청산 靑山

독립지사 지강 양한묵 한시집

독립지사 지강 양한묵 한시집

청산(靑山)

초 판 1쇄 인쇄 2023년 7월 10일
초 판 1쇄 펴냄 2023년 7월 20일

지은이 지강 양한묵
기 획 제주양씨학포공파대종회
역해자 양현승
펴낸이 유정식

책임편집 유정식
편집/표지디자인 김효진

펴낸곳 나무자전거 • 제주양씨학포공파대종회
출판등록 2009년 8월 4일 제 25100-2009-000024호
주소 서울 노원구 덕릉로 789, 2층
전화 02-6326-8574
팩스 02-6499-2499
전자우편 namucycle@gmail.com

ISBN : 978-89-98417-57-4 (03810)

정가 : 40,000원

청산 靑山

독립지사 지강 양한묵 한시집

지강 양한묵 저
양현승 역해

제주양씨학포공파대종회

나무자전거

양한묵 선생의 발자취

1862	4월 29일 전라남도 해남군 옥천면 영계리에서 아버지 상태(相泰), 어머니 낭주최씨(郎州崔氏)의 3남 중 장남으로 출생
1866~1881	5세에 시학(始學)하여 양사재(분원)에 취학 한문수학. 사서삼경을 비롯 유가 및 제서 섭렵, 불서·성경·고신도·음양·복술서 등 연구
1882	금강산, 구월산, 지리산, 묘향산 등 명산대찰 주유
1883~1893	자하도(紫霞島) 방문. 광주 무등산 증심사에서 잠심 명상. 교육사업에 종사. 계룡산 등을 주유하고 상경
1894	탁지부주사(능주세무관), 보성·장흥 동학교도 수백 명 구출
1897	능주세무서 사직. 중국 북경·천진·산동 등 유람
1898~1902	도일. 일본과 세계대세를 통찰하며 일본에 망명 중인 손병희·오세창·권동진의 권유로 동학에 입교하고 사생결맹(死生結盟)
1903	'진보회' 결성. 부문(訃文) 기초 손병희 명의로 정부에 제출
1904	손병희 등 제씨와 '보국안민지책', '진보회' 4대강령 민중운동 제기
1905	이준 등과 '헌정연구회' 조직. 〈황성신문〉에 '헌정요의' 연재
1906~1907	'헌정연구회'를 '대한자강회'로, 다시 '대한협회'로 개편. 헤이그밀사 이준의 여비 변출. '국채보상운동'. 천도교 서북삼도교구관장
1908~1918	천도교총부 현기과장, 법도사, 직무도사, 진리과장에 취임. 천도교교서 수권 저술. '이재명의사 이완용저격사건' 교사혐의 피체 4개월 옥고. '사범강습소' 개설. 보성전문중학·동덕여학교 등 경영. 교육진흥과 배일사상 고취. 경주 성지순례. '교리강습소' 개설 배일사상과 애국정신함양. 호남학회 임시의장. 잠시 귀향 휴양. 노령·만주·중국·미주의 해외우국동지와 연락
1918	손병희 선생과 밀의 독립준비를 정인보 외 3인에게 위촉
1919	민족대표 33인으로 '독립선언서'에 서명, 서대문 감옥에서 암살(향년 58세). 서울 수철리 공동묘지 안장
1922	천도교 주관 전라남도 화순군 도곡면 신덕리 달구산으로 반장
1962	건국훈장 대통령장 추서

芝江梁漢默先生

(1862~1919)

독립지사, 건국훈장 대통령장

지강(芝江) 유묵(遺墨)※

陣隊嚴整足 진대엄정족
以短曺墻而劘 이단조장이마
屈壘矣尤令人 굴루의우령인
聳聽第左右 용청제좌우
酬應不甚煩惱 수응불심번뇌
否弟風囪雨榻 부제풍창우탑
日與溪朋潤友 일여계붕윤우
携紙局賭白 휴지국도백
酒便作方外一 주편작방외일
浪客羞向 랑객수향
高明道耳 고명도이

旱餘甘霔洽 한여감주흡
慰三農此時 위삼농차시
枉函及於村欣 왕함급어촌흔
野悅之中披 야열지중피
來傾瀉何翅 래경사하시
如沃灌枯槁 여옥관고고
也謹審 야근심
兄體增護眷 형체증호권
節勻迪招邀 절균적초요
佳朋大設詞 가붕대설사
壇旗皷强壯 단기고강장

※ 양한묵(梁玄默) 유묵(遺墨) : 양한묵 선생의 유묵에 관한 내용 설명은 부록 편(P.318)에서 자세히 소개하고 있습니다.

양용승
(제주양씨 학포공파 대종회 회장)

지강 선생 시문학 세계에 새로운 지평이 열릴 것을 기대합니다

우리 제주 양문(濟州梁門)의 자랑이신 지강 양한묵 선생의 한시집 '청산(青山)'을 발간합니다. 그 동안 지강 선생은 전라남도 유일의 3·1운동 민족대표 33인이시자, 33인 중 유일하게 옥중 순국(殉國)하신 분으로, 독립지사이자 천도교 이론가로서 알려지고 연구되어 왔지만, 한시를 쓴 시인으로서의 모습은 전혀 알려지지 않았습니다. 그러던 중 올해 지강 선생 순국 104주년을 맞이하여 새롭게 현창사업을 시작하면서 학술대회(국가보훈처 후원, 2023년 9월 22일, 화순군 화순읍 하니움문화센터)를 기획하던 중 '청산'의 역주자 현승 종원이 기존의 지강 선생의 문집『백성이 한울이라』에 담긴 '한시(漢詩) 모음' 속 79수를 바탕으로 새롭게 발굴한 13수를 더해 총 92수의 한시를 번역하고 주석과 해설을 더하여 발행한 것입니다.

지강 선생은 일찍이 5세에 가학(家學)으로 시작하여 20세에 이르기 전 이미 사서삼경(四書三經)을 비롯하여 불서(佛書)·성경(聖經)·고신도(古神道)·음양

(陰陽)과 복술서(卜術書)에 이르기까지 섭렵하였고, 이후 3년 여 동안 전국을 유람하면서 호연지기를 키우고, 명상과 잠심(潛心 ; 깊이 생각함)을 병행하였습니다. 30세에 탁지부 주사(度支部主事) 능주 세무관(綾州稅務官)으로 탁월한 업무처리를 발휘하던 중, 1894년(33세) 일어난 동학농민혁명으로 보성과 장흥에서 체포된 수백 명의 동학교도들을 구출합니다. 이후 관직을 사퇴하고 36~40세 때까지 중국과 일본 등지를 주유(周遊)하면서 세계의 흐름을 파악하면서 외세에 휘둘리는 나라를 구할 방도를 모색하던 중, 41세에 일본에 망명 중이던 천도교 손병희 선생 등 제씨를 만나 결사동맹(決死同盟)을 맺고 천도교에 입교하여 귀국 후 천도교의 도사, 현기과장, 법도사, 진리과장을 역임하면서 교리(敎理) 확립은 물론 청년교육에 적극 앞장서고, '헌정연구회', '대한자강회', '호남학회' 등 각종 구국 계몽 사회단체와 수많은 민중운동을 전개합니다.

일본에서 귀국한 후 천도교총부에서 은인자중하면서 손병희 선생을 보필하여 교도를 영도하고 민족대표 33인의 한 사람으로 독립선언서를 천하에 선포하여 대한독립을 외치다가 일경에 체포되어 서대문감옥에서 1919년 5월 26일 58歲를 일기로 일제의 암형(暗刑)으로 옥중에서 서거하셨습니다. 지강 선생의 죽음에 대해 독립지사를 비롯 세인들 사이에는 독살(毒殺) 또는 암살(暗殺)설이 파다하였고, 일본 경찰 당국에서는 시신의 검시(檢屍)마저 막았습니다.

거슬러 올라가보면, 지강 선생의 위국충절과 사람을 사랑하는 대인호걸다운 모습은 일찍이 부모님의 교육에서 비롯한 것임을 알 수 있으니, 부친 상태(相泰) 공께서는 전라도 지방에 괴질이 창궐하자 비방의 약을 만들어 수많은 생명을 구하였습니다. 특히 모친 낭주 최씨(朗州崔氏)께서는 혼인한 지 얼마 안 되어(지강 선생이 태어나기 5년 전) 집안에서 거느리고 있던 남녀 비복(婢僕) 20여명을 면천(免賤)하여 독립시킨 일화는, 당시 만해도 내인(內人)의 행적이라 기록에는 남아 있지 않지만 가문과 지역사회에서는 전설처럼 전해오고 있습니다. 이러한 부모님의 교육은 천도교의 인간관인 '사람을 하늘처럼 섬긴다[事人如天]', '사람이 곧 하늘이다[人乃天]'라는 천도교의 교리와 합치되는 것이어서 문집 이름도 '백성이 한울이라'라 한 것과 같다 하겠으니, 옥사하실 때까지 평등주의와 휴머니즘으로 초지일관하는 주요 근인(根因)이 되었습니다.

우리 속담에 '구슬이 서 말이라도 꿰어야 보배'라는 말이 있듯이, 약 8년여 동안 『천도교월보』(1911년 6월~1919년 1월까지)에 매월 한두 수씩 연재처럼 게재된 이 시들은 자칫 월간 잡지 속에 묻어지고 잊어질 가능성마저 있었습니다. 따라서 이러한 시들을 한 권으로 엮어 근간을 이루는 애국 독립사상과 함께 지강 선생의 시문학 세계에 새로운 지평이 열릴 것을 기대합니다. 후손과 가문을 대표하는 입장에서 만시지탄을 금할 수 없습니다만 참으로 다행이라고 생각합니다. 이 시집 '청산' 발간에 이어 앞으로도 지강 선생이 지상에 발표한 글들을 하나로 묶은 전집류(全集類)와 대인이 걸어오신 길을 정리하여 평전(評傳) 출간도 기획하고 있습니다. 아울러 금년 9월 22일로 예정된 '독립지사 지강 양한묵 선생 학술대회'의 성공적인 개최를 계기로 지속적인 현창사업을 전개할 것을 약속드립니다.

끝으로 이 시집이 나오기까지 후원과 격려를 아끼지 않으신 구복규 화순군 군수님, 하성동 화순군의회 의장님과 관계자 여러분, 그리고 문중의 대소사에 관심과 애정을 가진 승구 상임부회장, 철승 총무와 여러 종원들에게도 문중을 대표하여 깊은 감사의 말씀을 드립니다.

2023년 5월
제주양씨학포공파대종회 회장 양용승

축 사

구복규
(전남화순군수)

양한묵 선생의 순국 104주년을 기리며

지강 양한묵 선생의 유산인 한시집 '청산'을 발간하게 되어 참으로 기쁘게 생각합니다. 우리 고장 화순은 대대로 많은 의인을 배출하며 의와 충의 고장으로 널리 인정받았습니다. 쌍산의소에서 봉기한 의병과 정미의병 등 화순은 호남 의병 활동의 주요 거점이자 항일 운동의 중심지였습니다. 특히 지강 양한묵 선생은 민족대표 33인 중 한 분이자 호남을 대표하는 독립운동가로서 우리 고장의 의를 드높이셨습니다.

민족대표 33인으로 3·1운동을 이끌던 선생은 독립선언서를 발표한 후 일제 헌병에 체포되셨고, 모진 고문에도 뜻을 굽히지 않은 선생은 민족대표 중 최초이자 유일하게 형무소에서 순국하셨습니다. 아울러, 선생은 절조 높은 의인이자 뛰어난 문인이시기도 하셨습니다. 천도교(동학) 교리를 정리한 〈대종정의〉를 지으셨고, 동학의 뿌리 사상인 '사람이 곧 하늘이다.'를 상징하는 '인내천(人乃天)'을 처음으로 쓰셨다고 합니다.

우리는 이 책을 통해 선생의 뛰어난 문학세계를 만날 수 있습니다. 이 책에는 선생의 한시 92수가 수록되어 있으며, 이 한시들에 대한 해설도 함께 수록되어 있습니다. 이러한 해설은 선생의 한시에 담긴 애국심, 민중계몽, 독립에 대한 열망 등을 이해하는 데 도움이 될 것입니다. 그동안 독립운동가들의 행적에 대한 연구와 저술은 많았지만, 그들의 문학에 대한 연구는 상대적으로 부족하였습니다. 이런 상황에서 선생의 한시집 '청산'은 그 빈틈을 메우는 중요한 자료가 될 것입니다.

이 한시집이 지강 양한묵 선생의 독립사상과 문학세계를 더욱 깊이 이해하고, 선생의 순수한 정신을 기리는 데 있어 중요한 자료가 되기를 바랍니다. 더불어 이번 9월에 예정된 '지강 양한묵 선생 순국 104주년 기념 학술대회'에서 더 깊은 논의가 진행될 예정이니 여러분의 많은 관심 부탁드립니다.

마지막으로 한시집 '청산'의 발간에 애써주신 제주양씨학포공파대종회를 비롯한 관계자 여러분께 깊은 감사의 말씀을 드리며, 지강 양한묵 선생의 한시에 담긴 정신이 화순군민은 물론 대한민국 국민들에게 의미있게 전달되길 바랍니다. 감사합니다.

한시집 '청산'의 발간을 다시 한번 축하하며, 지강 양한묵 선생의 유산이 우리 모두에게 큰 힘과 응원이 되길 바랍니다.

2023년 5월
화순군수 구복규

축 사

하성동
(화순군의회 의장)

우리 고장에 대한 자긍심을 심어주는 계기

지강 양한묵 선생 순국 104주년을 맞이하여 양한묵 선생의 시편들을 모은 「'청산(靑山)'-독립지사 지강 양한묵 선생 한시집」 출간을 매우 뜻 깊게 생각하며 진심으로 축하드립니다.

2023 계묘년 올해는 지강 양한묵 선생의 104주년이 되는 매우 뜻 깊은 한 해입니다. 먼저 양한묵 선생의 큰 나라사랑의 의로운 정신 앞에 경의를 표합니다

여러분들도 잘 아시다시피 우리 화순은 예로부터 의로운 고장, 의향으로 널리 알려져 왔습니다. 3·1 운동 독립선언서에 서명한 민족대표 33인 중 한 분이시기도 한 양한묵 선생께서는 옥중에서 숨진 유일한 대표로서 "독립을 계획하는 것은 조선인의 의무"라고 뜻을 굽히지 않고 가혹한 고문으로 1919년 5월 26일 순국하셨습니다.

이러한 양한묵 선생과 함께 우리의 선조들께서는 일제의 억압과 핍박에 맞서 온 겨레가 하나 되어 태극기를 흔들며 대한독립만세를 외치셨습니다.

그 외침은 오래도록 이어져 오늘날 우리가 누리고 있는 자유와 민주주의의 뿌리가 되었습니다.

이번 책자 발간을 통하여 후세들에게 우리 고장에 대한 자긍심을 심어주는 계기가 되기를 바라며 이를 계승하여 나라사랑의 전통문화를 올바르게 세우는 바탕이 되기를 기원합니다.

다시 한 번 '청산(靑山)'- 독립지사 지강 양한묵 선생 한시집」 출간을 축하드리며 이번 책자 발간을 위해 애쓰신 양용승 제주양씨학포공파대종회 회장님을 비롯한 관계자 여러분의 노고에 감사의 말씀을 올리며 아울러 충절의 고장 화순의 명성이 더욱 드높아지는 성과가 있길 기대합니다.

2023년 5월
화순군의회 의장 하성동

추 모 사

증조부님 영전에 삼가 무릎 꿇고 고유(告由)하옵니다

무심한 세월은 유수와 같이 흘러 증조부님께서 일제강점에 맞서 조국의 해방과 독립을 부르짖다 유명을 달리하신 지 올해로 104주년이 되었습니다. 한 목숨 바쳐 그토록 바라시던 조국 광복은 맞이하였으나, 얼마 있지 않아 서구 열강의 패권 전쟁에 휘말려 6·25 동족 잔상의 비극이 있었고, 조국의 산하는 반 토막이 났지만 근면 성실한 국민들의 피땀 어린 노력으로 오늘날 세계만방에 우뚝 선 자유대한민국을 이뤄냈습니다. 물론 과정은 순탄치 않아 수많은 젊은이들이 독제정권에 맞서 자유와 민주를 부르짖다가 산화했습니다.

불초 후손은 증조부님을 뵙지 못했으나, 우리 집안과 가문 그리고 사회와 국가에 면면히 이어져 온 고명(高名)과 유방(遺芳; 후세에 빛나는 명예)을 어려서부터 부모님을 비롯 집안 어른들로부터 전설처럼 듣고 신화라고 여기며 자라났습니다. 그리고 언젠가는 증조부님께서 역사에 남기신 충혼과 절의의 정신을 널리 알려 후손들에게 불변의 유훈으로 현창(顯彰)할 것을 마음에 굳게 다짐하였습니다. 그리고 몇 차례의 시도가 있었습니다만 이것마저 여의치 않아 많은 세월을 허송(虛送)하였으니 부끄럽기 짝이 없었습니다.

이제 100년의 세월을 넘게 보내면서 이번만큼은 증조부님의 숭고한 넋을 넓고 멀리 바르게 알려 천추의 역사에 길이 빛나게 하고자 합니다. 그 첫 사업으로 증조부님이 쓰신 수많은 저술 중 우선 고결하신 정신과 혼이 담긴 한시들을 엮어 한 권의 책으로 영전에 올리옵니다. 앞으로도 집안과 문중, 관계기관, 지역민들의 뜻을 받들어 현창사업을 계속 추진할 것을 약속드리오니, 하늘나라에서 굽어 살펴보시며 음우(陰佑)하여 주시옵기를 앙망하옵니다.

2023년 5월 증손 철승 근배

역해자 - 양현승
(제주양씨학포공파 삼지재한문학연구실)

총 92수를 수록·번역·해설하였습니다.

이번에 출간을 보게 된 지강 양한묵 선생의 한시 작품들은 이보다 먼저 1996년에 발기된 '독립지사 지강양한묵선생 현창사업추진위원회'에서 간행한 지강(芝江) 문집(文集)인 『백성이 한울이라』(위원장 文炳蘭, 도서출판 藝苑, 1996년) 중 제2부 '지강의 詩文과 思想' 의 '漢詩 모음'에 수록된 79편을 저본으로 하였습니다. 이 한시들은 지강 선생이 천도교 도사로 있으면서 『천도교월보』 1911년 6월호부터 순국하던 해인 1919년 1월호까지 약 8년여에 걸쳐 거의 매달 1~3수씩 연재하다시피 쓴 한시들입니다. 여기에 필자가 천도교총부(도서관 자료실)의 도움을 받아 『천도교월보』와 대조 확인하여 다소간의 오탈자를 수정하고, 문집에 누락된 작품 13수를 더하여 총 92수를 원문과 번역, 그리고 각 시의 내용에 대해 감히 해설의 사족(蛇足)을 첨가하였습니다. 아울러 『천도교월보』에 기고한 글 중 천도교 교리(敎理)에 관한 글을 제외한 수필적 성격의 산문 3편, 옥중 순국 당시 서울 수철리(水鐵里;현 서울 성동구 금호동) 공동묘지에 묻혔다가 1922년 천도교 주관으로 향리인 전라남도 화순군 신덕리로 반장(返葬)할 때 독립지사들이 쓴 만시(輓詩) 6수와 당시 동아일보(1922년 5월 5일자) 사설「死와 永生-梁漢默先生 返葬에 對하야」1편, 나라를 위기에 구한 충신들의 약전(略傳)을 모은『東國血史』(한국문화사, 1955년)에 실린 헌사(獻詞) 1수를 합하여 총 103편을 수록·해설하였습니다.

한시집(漢詩集) 제목을 '청산(靑山)'이라 하였습니다.

앞서 언급한 지강(芝江) 문집(文集)인『백성이 한울이라』에서는 '漢詩 모음'이라는 소제목으로 수록하면서 출전과 창작시기 등을 밝히지 않았음에 비해, 본 시집에서는 출전(대부분『천도교월보』임)과 발표 일시를 밝혀 시대 현실을 감안하여 작품 감상에 참고하고자 하였습니다. 아울러 감히 해설자 임의로 시집 이름을 '청산(靑山)'이라고 하였습니다. 매우 송구한 마음을 감출 수 없습니다.

그러나 그 까닭은 지강 선생께서는『천도교월보』에 매월 연재시 처럼 발표하다가 3·1운동을 맞이하여 민족대표 33인이 되어 꿈에도 그리던 대한독립을 목청껏 외치다가 일경에 체포 투옥되어 옥중 순국하셨으니, 생전에 시집 한권 출간하지 못하고 고인이 되신 것이 못내 마음 아팠습니다. 자칫 월간지에 게재되어 정리되지 못한 채 뿔뿔이 흩어지고 잊혀질 수 있다는 안타까움이 무모한(?) 용기를 내게 하였습니다.

그리고 무엇보다도 '청산(靑山)'은 지강 선생의 한시에서 가장 많이 쓰인(12회) 시어(詩語)이기 때문이고, 수필 형식의 산문에도「청산(靑山)」이라는 제목이 있습니다. 아울러 시 속에는 '청(靑)'과 유사어인 碧(푸를 벽), 蒼(푸를 창), 淸(맑을 청), 綠(초록빛 록), 翠(비취색 취), 晴(갤 청) 등이 48수 이상에서 사용됐음을 볼 수 있습니다. 곧 청산은 지강 선생이 찾았던 대한독립이고 이상향이며 무한 에너지 원(源)인 고향이기도 합니다. 그리고 역해하는 과정에서도 '푸른 산'으로 하지 않고 한자음 '청산'을 그대로 사용한 것은 우리의 민요를 비롯 전통 시가 문학에서도 자주 쓰이듯이 시적인 의미를 더 깊고 넓게 함축하고 있기 때문입니다.

해설이 필요한 이유 ;

국권침탈기라는 역사의 격랑(激浪) 속에 수장(水藏)된 보석의 발굴

감히 해설을 더한 것은 '(독립에 대한) 꿈도 꿀 수 없던 시대'에 지강 선생은 한시로 '꿈을 노래'하고 '꿈을 이루기 위해 목숨을 바치고자' 하였으며, 독자(국민)들에게 '꿈을 꾸게'한 일제 강점기하 저항시의 깃발로 꼿꼿이 서있음을 밝히고 싶었습니다.

예술가 특히 시인의 목에 (일제) 압제(壓制)의 칼날이 다가오면 시인은 세 가지 유형의 반응을 보이고 있음을 볼 수 있습니다. 첫째는 펜(붓)을 칼로 삼아 목숨을 걸고 저항시(抵抗詩)를 쓰는 것이요, 둘째는 건강하지 못한 시대 현실을 탓하며 절필(絶筆;붓을 꺾고 시를 쓰지 않음)하거나 낙향(落鄕;고향으로 돌아감)하는 것이요, 셋째는 압제에 굴복하여 친일시(親日詩) 작가로 훼절(毁節;節槪와 志操를 훼손하여 버림)하는 것입니다. 지강 선생은 이 셋 중에서 첫째를 꼿꼿하게 지키고자 하였습니다.

그러나 이 또한 지강 선생 개인적 차원의 지조와 절개가 아닌, 자칫 발표지『천도교월보』와 천도교에 가해지는 핍박을 염려하지 않을 수 없었습니다. 일제 강점기하 저항시를 게재하였던 잡지를 포함한 발표지들이 정간, 발행금지, 벌금, 발행정지, 폐간 등을 당하기 일쑤였기 때문입니다. 대표적 사례로 조금 후대의 천도교단의 민족문화실현운동을 위한 월간지『개벽(開闢)』지가 상화 이상화(尙火李相和;1901~1943년)의 〈빼앗긴 들에도 봄은 오는가〉를 게재하였다가 폐간(1926년 8월 통권 72호)된 아픈 사례를 들 수 있습니다.

따라서 지강 선생도 자신의 시를 발표함에 있어 일제의 혹독한 언론검열과 감시, 탄압을 피하기 위하여 고도(?)의 문학적 수사(修辭)를 택할 수밖에 없어, 중의(重義), 압축(壓縮), 비유(譬喩), 생략(省略), 난해한 전고(典故;典禮와 故事)의 사용, 암시(暗示) 등의 표현수법을 사용할 수밖에 없었습니다. 이것을 해설을 통해 밝혀내지 않고서는 '대부분의 한시(漢詩)들이란 음풍농월(吟風弄月)한 것'이라는 선입견 아래 감상하게 되는 오류를 범할 수 있기 때문에, 언감생심(焉敢生心) 해설문을 더할 수 있는 용기를 내게 하였습니다.

문학작품(시)의 해설이란 작품의 존재와 의미 규명을 위하여 '작가 ↔ 작품 ↔ 현실'을 세 개의 축으로 하였을 때 비로소 가능합니다. 특히 작가가 생존하였던 현실을 감안하지 않고서는 작품의 가치와 의미가 제대로 평가받을 수 없다고 하겠습니다. 그러나 아무리 유능한 해설이라도 작가의 예술세계와 예술혼을 제대로 전달할 수 있다고 생각하는 것은 참으로 위험한 일이기 때문에 용기가 필요했습니다.

간략하게 한문·한글문학을 아울러서 국권침탈기의 배일(排日) 저항시 문학을 정리하여보면, 경술국치 직후 매천 황현(梅泉黃玹 ; 1855~1910년)의 〈절명시(絶命詩)〉(1910년), 만해 한용운(萬海韓龍雲 ; 1879~1944년)의 〈님의 침묵〉(1926년), 이육사(李陸史 ; 1904~1944년)의 〈절정(絶頂)〉(1940년)과 〈광야(曠野)〉(1945년), 윤동주(尹東柱;1917~1945년)의 〈하늘과 바람과 별과 시〉(1941년) 등 네 명의 시인을 들 수 있습니다. 필자는 여기에 1910년대를 대표하는 저항시로 황현 선생을 이은, 8년여(1911~1919년) 동안 지속적으로 발표한 지강 선생의 한시작품들이 1920년대 만해의 〈님의 침묵〉이 발간되기 이전까지 저항시 문학사의 공백기(?)에 올연(兀然;우뚝함)하므로, 독립운동사뿐만 아니라 문학사적 측면에서도 우뚝한 시인으로서 평가받는 시초를 조성하기 위한 의도가 있음을 밝힙니다.

오로지 바라는 바는, 이번 지강 선생의 한시집 '청산(青山)'의 발간을 계기로 독자들과 함께 시문학 연구자들에게 소중하고도 새로운 연구 자료가 되기를 바랍니다. 아울러 '청산'의 발간에 관심을 가지시고 소중한 자료를 아낌없이 내어주신 천도교중앙총부 이창번 도서관장님과 강선녀 자료실장님, 그리고 지강 선생의 만사를 쓰신 이종린(李鍾麟) 독립운동가의 손자이시자 『서울을 걷다』의 저자이신 이동초 천도교 선도사님께 깊은 감사의 말씀을 올립니다.

22023년 5월

제주양씨학포공파 삼지재한문학연구실에서 현승 근배

목 차

한시

산문

輓詞 및 東亞日報 社說

일러두기

1 이 책은 제주양씨학포공파 문중의 지원에 의해 이루어졌다.

2 이 책은 독립지사 지강 양한묵 선생이 『천도교월보』 사조부(詞藻部)에 1911년 6월호부터 1919년 1월호까지 게재한 한시 92수로 이루어졌다.

3 이 책에 수록된 지강의 한시는 기존 지강 문집 『백성이 한울이라』에 게재된 79수와 『천도교월보』에 새롭게 발굴한 13수를 더해 총 92수이며, 확인 대조 결과 다소간의 오자와 탈자를 수정하였다. 아울러 전체 작품의 『천도교월보』 게재 월호수를 밝혔다.

4 이 책은 지강의 한시 외에 1922년 5월 천도교 주도로 서울 수철리 공동묘지에서 전라남도 화순군 도곡면 신덕리로 반장(返葬) 시 독립지사들이 쓴 만시(輓詩) 6수, 『천도교월보』에 게재한 천도교 교리 글 외에 문학적 산문 3편, 동아일보 사설 등을 실었다.

5 이 책의 서명은 역해자가 '청산(青山)'이라 정하였다. 그 이유는 지강 선생이 『천도교월보』에 매월 연재시처럼 게재하다가 기미독립선언의 민족대표 33인으로 서명한 후 2개월 만인 1919년 5월 26일 일제에 의해 옥중에서 암살(暗殺)된 관계로 서명(書名)이 따로 있지 않으며, '청산'은 지강의 시 속에서 12회 이상 쓰였으며, 산문 중에도 '청산(青山)'이란 제명의 글이 따로 있기 때문이다.

6 국역은 직역을 원칙으로 하였으며, 내용 감상과 이해에 도움을 줄 수 있다고 판단된 경우에 한하여 부분적으로 의역하였다.

7 시가 특성상 함축과 압축적 표현의 운율감을 살려야 하나, 국역시에는 조사와 어미를 폭넓게 사용하여 내용 파악과 감상과 이해에 도움을 주고자 하였다.

8 제목이나 내용에서 지역(地域), 지명(地名)과 건물 등이 밝혀진 경우에는 현장 사진을 겸하여 감상과 이해에 도움을 주고자 하였다. 그러나 밝힐 수 없는 경우에는 '미상'으로 처리하였다.

9 서명(書名)은 『 』, 작품명은 〈 〉, 대두법(擡頭法)은 [ ] 등의 부호를 사용하고, 서책의 직접 인용부분은 「 」, 간접 인용부분은 ' '으로 하였다.

10 매 시마다 한자음을 병기하여 원시 대조와 이해에 편의를 주고자 하였으며, 한글 서술 부분을 한자어 뜻을 명확히 하고자 하는 경우에는 [ ] 안에 한자어를 병기하였다.

11 주석은 원문에 나오는 지명(地名), 인명(人名), 전고(典故)를 중심으로 밝히고, 여러 개의 뜻을 가진 난해 어구의 경우는 본문 내용 이해에 도움이 되는 의미만을 밝혔다.

12 작품마다 해설을 붙인 이유는, 발표 당시가 일제 언론 검열이 가혹했던 시대임을 감안하여 작가 지강 선생의 고도의 시적 수사(修辭)와 표현 의도를 살피고자 한 것이다.

한시
(漢詩)

001

용담정에서[1]

龍潭亭

也到龍潭不見亭 야도용담불견정
滿庭春草自青青 만정춘초자청청
高歌一曲長回首 고가일곡장회수
天北天南有斗星 천북천남유두성

- 『천도교월보』, 1911년 6월호

용담에 이르렀으나 정자[2]는 보이지 않고
뜰 가득 봄풀만 무성하네.[3]
노래 한 곡 소리 높여 부르고 머리 돌려 오래도록 바라보니
하늘에는 남북으로 북두성[4]이 걸쳐 있네.

해설

연보에 의하면 1911년에 양한묵 선생은 천도교 직무도사職務道師에 취임하고, 이때를 전후해서 천도교 교서敎書를 다수 저술합니다. 용담정은 영남의 유학자로 명성이 높았던 최제우의 부친 최옥崔鋈이 짓고 제자들을 가르친 곳입니다. 그리고 보성전문학교(천도교에서 설립한 현 고려대학교 전신) 학생들을 대동하고 수운 최제우(1824~1864년) 대신사의 출생지이자 득도한 용담정

을 중심으로 한 경주 일원으로 성지순례를 갑니다. 이때는 최제우 대신사가 사도난정邪道亂正의 죄목으로 대구에서 효수형에 처해진 지 47년 만으로, 그동안 조정과 일본군에 의해 동학농민운동과 관련지어 많은 핍박과 박해 속에 동학의 유적지와 성지들은 방치되었으며, 방치된 동학 성지 용담정을 찾은 심회를 쓰고 있습니다.

기와 승(1, 2구)에서 기대를 안고 찾아온 용담정의 정자는 보이지 않고 봄날을 맞이해서 풀만 무성하게 자란 모습을 직설적으로 묘사합니다. 무성한 풀잎 사이로 발에 밟히는 기왓장을 딛고 서서 쓰러진 기둥과 주춧돌을 바라보고 있는 시인의 모습을 그려볼 수 있습니다.

전(3구)에서는 이미 폐허가 된 성지를 바라보며 만감이 교차하는 듯 장탄식의 노래가 자신도 모르게 나오고 있으나, 과거를 돌아보며 세월의 흐름 속에 흥망성쇠의 무상감을 노래하는 단순한 회고가는 아닙니다. 내정內政의 부패와 외세의 격랑 속에 이미 경술국치(庚戌國恥;1910년 8월 29일)를 뼈저리게 실감하며, 유일한 희망인 자라나는 신세대들에게 조국독립의 의지를 심어주고자 함께 찾아온 것입니다. 그러나 희망의 상징인 동학의 성지가 처참하게 망가져 이끼긴 기왓장만이 뒹굴고 있는 모습은 작가에게는 물론 동참한 학생들에게도 차마 못 볼 광경이었으리라 여겨집니다.

---

1 001~005번까지의 시는 동학(東學)의 창도자인 수운 최제우(水雲崔濟愚)의 탄생지이자 득도한 경주 일원 성지(聖地)를 함께 순례한 5인의 한시와 함께 수록. '성지기사(聖地記事)'라는 제목으로 일행 다섯 사람들과 성지를 순례하며 느낀 감회를 쓴 것.

2 龍潭(용담) : 용담정(龍潭亭). 현 경북 경주시 현곡면 가정리에 있는 최제우가 태어난 곳이자, 동학을 창도한 곳에 있었다는 정자. 최제우의 부친 최옥(崔鋈)이 정자를 짓고 제자들을 가르친 곳이다. 이 정자에 전하는 전설에 〈龍潭亭樹上에 仙女가 下降〉의 내용은「이때는 壬戌年 十月十四日 밤이다. 先生이 龍潭亭에서 高聲으로 呪文을 誦하더니 弟子들이 밖으로부터 들어오며 하는 말이 '洞口나무 우에 婥姸美人이 앉아 있다.'하거늘 先生曰 '너희는 떠들지 말라.'하였다.」(『東學思想資料集·貳』, 아세아문화사, 1979. p.388)

3 성지 순례를 할 당시에는 최제우가 이단지도(異端之道)를 퍼뜨린다 하여 역적으로 몰려 참형에 처한(1864년 고종 1) 다음 50여 년 동안 폐허가 된 용담정의 모습.

4 斗星(두성) : 북두성(北斗星). 동학을 창도한 수운 최제우는 비록 이단지도로 참형을 당했으나, 보국안민, 광제창생의 숭고한 뜻은 영원할 것이라는 것을 암시.

결(4구)에서는, 그러나 절망의 순간에 고개를 들어 하늘을 바라봅니다. 용담정은 비록 잡초로 덮여있지만 동학과 천도교가 우리에게 제시해 주는 보국안민(輔國安民;충성을 다해 나랏일을 돕고 백성을 편안하게 함)과 광제창생(廣濟蒼生;세상의 모든 사람들을 널리 구제함)의 이념과 사상은 조국과 민족의 앞길에 망망대해 등댓불처럼 뚜렷하게 빛나고 있지 않습니까. 아니 지상의 등댓불이야 꺼질 때도 있겠지만 그보다 높은 하늘의 영원한 북두칠성으로 걸려 있지 않는가 라고 반문하며, 폐허의 잔재 앞에서도 결연한 의지를 다짐하고 있습니다. 어떠한 난관이 있더라도 나라와 역사는 계속되어야 함을 알고 있기 때문이었겠지요.

용담정(龍潭亭)과 용추각(龍湫閣) 경상북도 경주시 현곡면 가정리 구미산 계곡에 있는 용담정(左)과 용추각(上). 천도교의 성지(聖地)로 최제우 대신사의 부친 최옥(崔鋈)이 짓고 한문을 가르친 용담정. 원 위치는 용담정 오른 편 4~50미터 위 용추각(龍湫閣) 자리에 있었다고 한다(천도교용담수련원장 최상락님 증언). 최제우 선생이 태어난 생가는 용담정 아랫마을에 복원되어 있다.

002

대신사의 태묘에서
大神師太墓

柯里西原龜尾下 가리서원구미하
大神幽宅尚依然 대신유택상의연
聖父如今來酌酒 성부여금래작주
一塵不掩萬年天 일진불엄만년천

-『천도교월보』, 1911년 7월호

가리(柯里)[5]의 서쪽 언덕 구미산(龜尾山)[6] 아래
대신사(大神師)[7]의 무덤은 오히려 옛 모습 그대로이니,
한울님[聖父][8]께서 만약 지금 오신다면 술을 따라 올리리니
티끌 하나도 오래도록 하늘을 가리지 못하리라.

---

5 柯里(가리) : 현 경상북도 경주시 현곡면 가정리(柯亭里) 산75번지.

6 龜尾(구미) : 구미산(龜尾山). 일명 개비산(皆比山). 경상북도 경주시 건천읍과 서면, 현곡면에 걸쳐 있는 산으로 이 근처 구미산 기슭에서 동학의 창시자 최제우가 득도하였으며, 이곳에 수운 최제우의 무덤이 있다.

7 大神(대신) : 대신사(大神師). 동학의 창도자 수운(水雲) 최제우(崔濟愚)의 경칭(敬稱).

8 聖父(성부) : 동학에서의 '한울님' 곧 하느님을 말함.

해설

폐허가 된 용담정을 보고 발걸음은 무겁지만 결연한 의지를 다지며 용담정에서 대신사 최제우 선생의 묘로 향합니다. 대구 감영에서 효수형에 처해져 순도(殉道; 정의나 도의를 위하여 몸을 바침)한 시신을 신도들이 어렵게 수습하여 이곳에 묻었다고 합니다. 묘와 묘역은 벌초도 하지 않아 잡초에 묻혀 있지만 형태만은 완전한 모습입니다. 한 사람의 죽음이 많은 사람들, 특히 나라와 민족이 나아갈 길을 밝혀주고 있다는 생각을 하자 삶과 죽음의 의미를 다시 돌이켜 보게 하는 숙연한 생각이 떠오릅니다.

기와 승(1, 2구)에서는 예상보다는 완전한 모습의 대신사 최제우의 무덤을 본 소감을 '다행'이라는 안도감을 가지고 바라보고 있습니다. 이어 전(3구)에서는 대신사께서 지금 다시 살아온다면 술을 따라 올리겠노라고 하며, 마음으로나마 영접하는 심정을 쓰고 있습니다.

이어 결(4구)에서는 '티끌 하나도 오래도록 하늘을 가리지 못하리라.'라고 하며, 대신사 최제우의 죽음을 결코 헛되지 않게 하리라는 확신을 쓰고 있습니다. '티끌'은 최제우의 죄명罪名 사도난정邪道亂正은 위정자들의 잘못된 판단을 말하며, 손바닥으로 얼굴은 가릴 수 있으나 하늘은 가릴 수 없다는 것을, 한 자루의 촛불이 자신을 태워 어둠을 밝히듯이, 나라가 어려울 때 육신을 죽여 나라와 세상을 위해 살신성인(殺身成仁; 목숨을 바쳐 仁을 이룸)한 고귀한 넋을 결코 헛되게 하지 않겠다는 스스로에 대한 다짐이기도 합니다.

최제우 대신사의 묘와 묘비 경상북도 경주시 현곡면 가정리에 있는 최제우 대신사의 묘는 생가에서 300여 미터 맞은 편 산록에 있다.

003

서천[9]에서의 감회
西川有感

月城西畔碧流川 월성서반벽류천
兩岸砧聲度幾年 양안침성도기년
漂女如今爭拭目 표녀여금쟁식목
神光已滿六洲天 신광이만육주천

-『천도교월보』, 1911년 7월호

월성[10] 서쪽 언덕의 푸른 물이 흐르는 냇가에
양쪽 기슭의 아낙네들 방망이 소리[11]는 몇 년이나 지났는가.
빨래하는 여인네들 지금처럼 다투어 간절히 바라는 것은[12]
신령한 빛[13]이 이미 온 세상[14]에 가득한 것이었네.

해설

대신사 최제우의 탄생 신화가 전하고 있는 경주의 '서천'을 가서 본 감회를 쓰고 있습니다. 먼저 기와 승(1, 2구)에서는 서천에 흐르고 냇물을 중심으로 한 서경묘사를 하면서, 냇물에서 평화롭게 인근 아낙네들이 빨래하면서 두드렸을 방망이 소리를 상상해봅니다. '푸른 물'의 시각적 표현과 '다듬이 소리'의 청각적 표현을 통해, 그리고 시간은 옛날로 거슬러 올라가 봅니다.

전과 결(3, 4구)에서는 냇가에서 여인들이 빨래를 하면서 간절히 바라던 소망 중의 하나인 기자치성(祈子致誠; 자식이 없는 부모가 자식을 낳기 위하여 벌이는 여러 형태의 신앙)의 보편적이고도 간절한 마음을 '식목(拭目; 간절히 바라거나 주시하고 봄)'이라고 쓰고 있습니다. 곧 '크게 될 자식'의 잉태를 바라는 것으로, '신령한 빛이 온 세상에 가득한'이라고 합니다. 최제우는 아버지 최옥崔鋈의 만득자(晩得子; 늙어서 낳은 자식)인데다, 어머니가 한씨 과부韓氏寡婦라는 것은 당시에는 맺어지기 어려운 부부였습니다. 이 만남의 과정 중 '해와 달이 품속에 들어왔다'고 한 것은 신이적神異的 체험을 말하고 있습니다. 물론 이러한 신이체험은 아무에게나 일어나는 것은 아니어서 부모가 여러 사람에게 좋은 일을 많이 함으로써 자식을 얻기 위한 공덕功德을 쌓은 경우에 해당합니다.

---

9 西川(서천) : 경주 서사리(西四里)에서 세 개의 물이 발원하는데, 하나는 인박산(咽薄山)에서, 하나는 흑장산(黑匠山)에서, 하나는 지화금곡(只火谷山)에서 발원하여 형산포(兄山浦)로 합류하여 들어간다.(『新增東國輿地勝覽』에「在府西四里有三源 一出咽薄山 一出黑匠山 一出只火谷山 合流入兄山浦」).

10 月城(월성) : 경상북도 경주(慶州)의 옛 이름.

11 漂女(표녀) : 빨래하는 여자.

12 拭目(식목) : 눈을 비비고 봄. 곧 간절히 바라거나 주시하고 봄.

13 수운 최제우의 탄생에 대한 이적(異蹟)을 말하고 있는 부분이다.「최제우의 아버지 최옥(崔鋈)은 도학(道學)이 높아 경상도 일대에서 사림(士林)의 사표(師表)가 되었다. 최옥은 문장과 도덕과 가세가 융성하되 다만 사십이 넘도록 자식 없음을 한탄하더니, 하루는 우연히 내실에 들어간즉 어떤 생면부지(生面不知)인 한 부인이 자리에 있는지라 그가 온 까닭을 물은즉 말하되, "나는 금척리(金尺里)에 사는 한씨 과부(韓氏寡婦)로서 이십 세부터 독거하여 지금 나이 이미 삼십에 이르도록 친가에 있었더니, 오늘 아침 문득 정신이 혼도(昏倒)하면서 해와 달이 품속으로 들어오고 이상한 기운이 몸을 싸더니 부지불식 중에 이곳에 왔나이다."하거늘 최옥은 이 말을 듣고 기이히 생각할 뿐만 아니라, 또한 감동된 바 있어 서로 부부의 의(義)를 맺었더니 그 달부터 태기(胎氣)가 있어 그 해 갑신(甲申) 10월 28일에 대신사(大神師; 崔濟愚)가 탄생하였다.(『東學思想資料集·貳』, 아세아문화사, 1979. p.388).「그가 태어나던 날은 씻은 듯이 맑게 갠 날씨에 바람이 불고 오색구름이 집을 감싸, 상서로운 향기가 산실에 가득하였다고 한다. 또 그가 태어나기를 전후하여 마을 앞 구미산(龜尾山)이 사흘 동안 울었다.」고도 한다.(성주현,『손병희』, 역사공간, 2012.)

14 六洲(육주) : 전 세계. 육대주(六大洲).

성지순례 일행의 다음 여정지인 경주김씨慶州金氏 시조 김알지金閼智 탄생의 상서가 있는 계림鷄林에 이어 금척교金尺橋와 관련 있는 것으로 여겨집니다.

용담정 병풍 용담정에 있는 최제우 대신사의 일대기를 그린 10폭 병풍 중 본시의 내용을 그림으로 그린 병풍. 빨래하는 아낙들이 최제우 대신사를 보고 환영하는 모습을 그리고 있다.

서천(西川) 경상북도 경주시 건천읍 모량리(牟梁里;시인 박목월선생 생가가 있음)와 금척리(金尺里) 사이에 있는 냇물. 동쪽 단석산(斷石山;김유신이 무예를 단련하면서 칼로 바위를 갈랐다는 전설의 산)에서 서쪽 노동산으로 흐르고 있다.(안내하여 주신 모량리에 50년 째 살고 있는 홍석조(洪錫祚) 님께 감사드린다.)

004

계림[15]에서
鷄林

金鷄一唱聖人生 금계일창성인생
黃葉千秋月滿城 황엽천추월만성
白馬王孫歸去後 백마왕손귀거후
園林啼鳥自春聲 원림제조자춘성

-『천도교월보』, 1911년 7월호

금계 한 번 우는 소리에 성인[16]이 탄생한 곳인데
낙엽 지고 오랜 세월 동안 달빛만 성에 가득하네.
왕손은 백마를 타고 떠난 후이니[17]
노닐던 원림에는 새소리 물소리만[18] 들리네.

---

15 鷄林(계림) : 경상북도 경주시 교동에 있는 경주김씨 시조의 발상지. 처음에는 시림(始林)이라 하던 것을 김알지(金閼智) 탄생의 상서가 있은 후로 계림이라 부르고, 국호로 삼았다. 경주김씨 시조 김알지 탄생 신화는『三国史記』(新羅本紀 脱解尼師今条)와『三国遺事』(紀異 金閼智 脱解王代条)의 내용에 다소 차이가 있다.

16 聖人(성인) : 경주김씨의 시조 김알지(金閼智).

17 白馬王孫歸去後(백마왕손귀거후) : 왕손은 백마를 타고 떠난 후. 탈해왕(脱解王)이 김알지(金閼智)를 태자로 책봉하였으나 뒤에 파사(婆娑)에게 왕위를 사양하고 오르지 않았음을 의미.

18 春聲(춘성) : 봄날의 소리. 곧 새가 지저귀는 소리와 물이 흐르는 소리 등.

해설

시 전문의 내용은 경주김씨의 시조 김알지金閼智 탄생 신화와 그에 대한 감회입니다. 기(1구)의 내용은 『삼국사기』에 의하면, 「탈해왕 9년 3월에 왕이 밤중에 금성金城 서쪽 시림始林에서 닭 우는 소리를 듣고 호공瓠公을 보내어 살펴보도록 하니, 금빛 궤짝이 나뭇가지에 달려 있고, 흰 닭이 그 아래에서 우는 것이었다.」에 해당합니다. '금빛 궤'에서 나왔으니 성을 김씨金氏라 부르고, 처음 발견된 장소인 '시림始林'을 고쳐서 '계림鷄林'이라 했습니다. '알지閼智'는 우리말 '어린애'를 뜻합니다. 전(2구)에서는 왕이 알지를 태자로 책봉하였으나 뒤에 파사婆娑에게 사양하여 왕위에 오르지 않았음을 '왕손은 백마를 타고 떠났다'고 합니다.

승(2구)과 결(4구)에서는 천년사직 신라의 멸망에 대한 회고의 정을 표현하고 있는데, '낙엽 지고 달빛만 성에 가득하다.'와 '새소리 물소리만 들리네.'라고 하여, 적막강산에 달빛이 흐르고 밤잠을 설치는 새소리와 정적을 흔드는 물소리로 시각적, 청각적으로 묘사하여 구체적으로 표현하고 있습니다. 세월의 흐름 속에 영원한 것이 없다는 것은 세상만사 당연한 이치이겠지만, 망해버린 신라와 지금 나라를 빼앗긴 조선 땅의 현실이 오버랩되면서 회고를 넘어선 감당하기 힘든 비감悲感이 흐르고 있다 하겠습니다.

경주 계림(鷄林) 비각(碑閣) 경상북도 경주시 교동에 있는 경주김씨(慶州金氏) 시조 발상지. 처음에는 시림(始林)이라 하던 것을 김알지(金閼智) 탄생의 상서가 있은 후 계림으로 고쳐 부름. 숲 속에는 순조(純祖)가 하사한 계림비각(鷄林碑閣)이 있다.

005

금척교
金尺橋

千里人來金尺橋 천리인래금척교
軟楊芳草馬行驕 연양방초마행교
此地無端多感慨 차지무단다감개
羅天明月夢遙遙 라천명월몽요요

-『천도교월보』, 1911년 7월호

천 리 밖에서 사람들이 금척교[19]를 찾아오니
보드라운 버들과 향기로운 풀 위의 말 걸음도 힘이 있네.
이곳에서 까닭 없이 울적함을 느끼는 것은
신라의 하늘 아래 꾸었을 밝은 달밤의 꿈이 아득하기[20] 때문이리.

해설

성지 순례의 마지막 일정으로 들린 곳은 금척교가 있는 금척리金尺里인데, 대신사 수운 최제우의 외갓집 동네인 한씨 부인이 살던 곳에 대한 감상으로 7언 절구입니다.

기와 승(1, 2구)에서는 계절이 마침 봄이라 갓 새싹이 돋기 시작한 버드나무와 풋풋한 봄내음이 코끝에 스치니 말 걸음도 한층 힘이 있다고 합니다. '부드

럽다'는 촉각과 '향기롭다'는 후각, '힘 있는 말 걸음'의 시각적 묘사를 한 구절에 담아내는 시적 상상력과 감각적 표현이 돋보입니다.

그러나 후반부 전과 결(3, 4구)에서는 이러한 전반부의 봄날 생동감 있는 분위기와는 사뭇 대조되는 '울적함[感慨]'을 느낀다고 하는데, 이러한 까닭은 망해버린 신라 왕조 천년사직의 꿈, 곧 '신라의 달밤' 때문이라고 합니다. 전편의 시 〈계림鷄林〉과 유사한 시적 감정입니다. 그러나 이 시구 사이에는 쓰러져가는 나라를 구하고자 했으나 형장의 이슬로 사라진 '영웅의 꿈'인 최제우의 살신성인에 대한 안타까움이 깔려있음을 생각하기에 그리 어렵지 않습니다. 곧 대신사 최제우의 탄생 신화가 시작된 곳에서 감회를 저변에 숨기고 목적(牧笛;목동의 피리소리)에 부친 망한 신라 천년사직에 대한 회고의 정에는 또 다른 조국의 현실에 대한 개탄慨嘆이 오버랩되고 있다 하겠습니다. 쓰라린 조국의 현실을 보고도 마음 놓고 아픈 내색을 할 수 없는 현실이 더 참담한 것은 경험하여 보지 않는 사람이라면 미루어 상상하기 힘들 것입니다.

19 金尺橋(금척교) : 현 경상북도 경주시 건천읍 금척리(金尺里)에 있었던 다리. 이곳 금척리는 최제우의 어머니 한씨 과부(韓氏寡婦)가 살던 곳(주석 13 참고). 신화상 '금척'의 상징적 의미는 성인(聖人)이나 성군(聖君)의 권위를 상징한다. 신라 시조 박혁거세의 꿈에 신인(神人)이 나타나 그에게 금자[金尺]를 주었는데, 꿈을 깨보니 손에 금자가 쥐어져 있었다. 이상하게 생각되어 꿈에 가르쳐준 신인의 말대로 죽은 사람을 금자로 재니 죽은 사람이 다시 살아나고, 병든 사람을 재면 병이 나았다. 소중하게 간직하여 나라의 보물로 자자손손 물려오던 중 당(唐)의 황제가 사신을 보내 이 신기한 금자를 보여 달라고 요청하였다. 왕은 이를 거절하기 위한 수단으로 38기의 무덤을 만들어 금자를 감추었다고 한다. 그 후 이 금척고분(金尺古墳)의 이름을 따서 '금척'이라고 부르기 시작하였다고 한다. 또한 조선시대『龍飛御天歌, 83章』에서도 태조 이성계의 조선개국의 정당성을 '몽금척(夢金尺)' 일화로 강조하고 있다.

20 遙遙(요요) : 거리가 먼 모양. 시간이 깊을 형용.

금척교(金尺橋)와 금척리 고분군(古墳群) 금척리(金尺里)는 최제우 대신사의 어머니 한씨(韓氏) 부인의 친정이 있던 동네이다. 금척(金尺)은 신라 시조 박혁거세의 꿈에 신인(神人)이 나타나 금자[金尺]을 주었는데, 신인의 말대로 죽은 사람을 금자로 재니 다시 살아나고 병든 사람이 나았다고 한다. 당(唐)나라 황제가 사신을 보내어 보여 달라고 하자 왕은 거절하기 위한 수단으로 38기의 무덤을 만들어 감추었다고 한데서 금척리 고분군이 만들어 졌다고 한다.

006

필운대[21]
弼雲臺

西山晩屐上莓苔 서산만극상매태
夕氣蒼凉野鳥廻 석기창량야조회
芳草無言春酒滴 방초무언춘주적
林亭莫遣市聲來 임정막견시성래

-『천도교월보』, 1911년 7월호

해거름에 나막신을 신고 서산의 이끼[22] 낀 바위에 오르니
저녁 기운은 서늘하고 들새들은 날아오네.
향기로운 풀밭에 앉아 말없이 춘주[23]를 따르노니
숲 속 정자에 저자의 시끄러운 소리는 들리지 않게 하리라.

21 弼雲臺(필운대) : 현 서울시 종로구 필운동에 있는 큰 암벽. 이 부근에 조선 중기의 문신 백사 이항복(白沙李恒福 ;1556~1618년)의 집터가 있다. 필운은 이항복의 또 다른 호이다. 그 왼쪽에 '필운대(弼雲臺)'라는 정자(正字)가 새겨져 있고, 가운데에 시구(詩句)가 새겨져 있으며, 오른쪽에 10명의 인명이 나열되어 있다.

22 莓苔(매태) : 이끼.

23 春酒(춘주) : 겨울에 빚어 봄에 익은 술. 또는 봄에 빚어 추동(秋冬)에 익은 술.

해설

긴 여름 해가 설피 기울자 양한묵 선생은 직무도사(職務道師;1911년에 천도교 직무도사에 취임하고, 여러 권의 천도교 교리서를 집필)로 있는 서울 종로구 경운동(현 서울 종로구 삼일대로 457)에 있는 천도교 총부에서 걸어 나와 광화문 앞을 지나 필운대弼雲臺로 향했습니다. 광화문 앞을 지나며 망해버린 왕조의 상징으로 추레하게 서 있는 경복궁을 보지 않으려고 애써 고개를 돌리고 지나왔던 자신을 생각하니 발걸음이 무겁고 부끄러웠습니다.

필운弼雲은 임진왜란 당시 존망의 위기에 처한 나라 정세를 갈무리하면서 선조를 보필했던 백사 이항복(白沙李恒福;1556~1612년)이 스스로 지은 자호自號입니다. 필운대가 먼저 있어 이항복이 자신의 호로 삼은 소처이호所處以號[24]인지, 아니면 이항복 자호에 의하여 생긴 지명인지는 알 수 없으나, 양한묵 선생은 마음이 답답할 때면 가끔 찾는 곳이었습니다. 기실 이항복은 필운이나 백사라는 호보다는 '오성鰲城과 한음(漢陰;李德馨. 1561~1613년)'으로 어린 초등학생들에게도 친숙하게 알려진 역사에서 빼어난 기지와 작희(作戱;장난)의 상징적 인물입니다.

양한묵 선생이 그곳을 자주 찾은 이유는 인왕산 남쪽 끝자락에 자리한 필운대 암벽 아래 앉아 있노라면 한양 전경이 한눈에 시원스레 펼쳐지고, 나라는 망했어도 저녁밥 짓는 연기가 저잣거리에서 모락모락 피어오르는 모습을 바라보노라면 나름 백성들의 편안한 저녁에 안도감을 일시적으로나마 느낄 수 있기 때문이었는지도 모를 일입니다. 아니면 이항복이 처했던 임진왜란이라는 국난, 이항복이 헤쳐 나갔던 국난 상황을 되새겨보고 반면교사反面教師[25]로 삼고자 한 것인지도 모르겠습니다.

---

24 所處以號(소처이호) : 자신이 생활하고 있거나 인연이 있는 처소(處所 ; 地名)로 호(號)를 정한 것으로 선인들의 호 중에는 많은 수가 이러한 방법으로 지어졌다.(강현규, 신용호 공저. 『한국인의 자·호연구』, 계명문화사, 1990년).

25 反面教師(반면교사) : 지극히 나쁜 면만을 가르쳐 주는 선생이란 뜻으로, 나쁜 상황을 통해 해결 방법을 찾는 것

먼저 기와 승(1, 2구)에서는 필운대에 올라 눈 아래 펼쳐진 정경을 묘사하고 있습니다. 높은 곳에 오르노라 등골에 흘렀던 땀과 가쁜 숨도 저녁 서늘한 기운에 자자들고, 큰 한숨을 내쉬니 새들도 둥지를 찾아 날아든다고 합니다. 필운대에서 하루의 생각을 정리하고픈 작가와 해가 지자 둥지로 날아드는 새들의 모습에서 유사 정서를 느낄 수 있습니다.

이어 전과 결(3, 4구)에서는 힘들게 들고 올라온 술병을 기울여 따르는 자신의 모습을 말하고 있습니다. 혼자인지 지인이 동행했는지는 알 수 없습니다만, 술이 그리워서가 아니고 무언가 착잡한 생각이 뒷머리를 억누를 때 잠시나마 세상사를 잊고 싶었던 게지요. 아니면 이 난국에서 자신과 나라가 나아갈 길을 찾고자 했던 것일까요. 시끄러운 저자의 소음과 격리된 곳에서 자신의 생각을 정리하고 싶었던 것을 명령형 어법 '막(莫 ; ~하라)'으로 강조하고 있습니다. 신라의 대학자 최치원(崔致遠 ; 857~?)은 〈제가야산독서당(題伽倻山讀書堂)〉에서 '시비 따지는 소리 두려워 / 흐르는 물소리로 산을 귀 먹게 하리라(常恐是非聲到耳/故教流水盡籠山)'처럼 하고 싶으니, 흐르는 물도 없으니 한 잔 술로 망우忘憂의 경지에 이르고 싶었으리라 여겨집니다.

필운대는 현재 서울 종로구 필운동 배화여자고등학교 교정 뒤편에 있어, 교문을 통과해야 합니다. 교사校舍가 우뚝 앞을 가리고 있어 경복궁을 비롯 서울 세종로를 한눈에 바라볼 수는 없었습니다. 암벽에는 필운대가 이항복의 집터라고 조상을 기리는 고종高宗 때 영의정을 지낸 후손 이유원(李裕元; 1814~1888년)의 시가 새겨져 있습니다. 또 '낙석주의'라는 표지와 '출입금지'를 쓴 가로막이 있고, 암벽에서 졸졸 흘러나와 고였을 옹달샘은 말라 낙엽에 묻혀 있었습니다. 저 옹달샘의 시원한 물을 표주박으로 떠 마시면서 이곳에 모여 시회詩會를 열었을 옛 문사와 한량들을 생각하며 발길을 돌렸습니다.

필운대(弼雲臺) 서울시 종로구 필운동 인왕산 남쪽 기슭의 암벽. 현재는 배화여자고등학교 교정 안 뒤쪽에 있으며, 교사(校舍)가 앞을 가리고 있다. 선조 때 영의정을 지낸 백사 이항복(白沙李恒福)의 집이 인근에 있어 이항복의 또 다른 호이기도 하다. 조선 시대 선비들이 시회(詩會)를 즐기던 공간이다.

007

부중[26]에서 읊조리다

部中卽事

道襟淸淨若禪家 도금청정약선가
無數靑山一笛過 무수청산일적과
幾處晴江明月裏 기처청강명월리
紅蓮花上白蓮花 홍련화상백련화

-『천도교월보』, 1911년 8월호

도사(道師)의 도포(道袍)자락은 맑고 깨끗하기가 참선하는 스님 같아
수많은 청산에 지나가는 한 가락 피리 소리일러라.
맑은 강 밝은 달빛 아래
붉은 연꽃송이 속 하얀 연꽃은 몇 곳에 피었을까.

해설

양한묵 선생이 이 해(1911년)에 처음 직무도사職務道師의 직책을 맡아 다른 도사들과 같이 하얀 도포를 입고 예배 보는 모습을 그리고 있는 7언 절구입니다.

26 部中(부중) : 부서(部署). 담당 조직 안에서 일의 성격에 따라 나누어진 부분. 본문에서는 양한묵 선생이 1911년 50세에 천도교 직무도사(職務道師) 직책을 맡고, 교서(敎書) 여러 권을 저술하던 해이다.

먼저 기와 승(1, 2구)에서는 예배를 보기 위해 흰 도포를 입고 죽 도열한 도사들의 엄숙하고 장엄하게 서 있는 모습을 제시하는데, 그 모습이 마치 참선 삼매경에 들어 있는 승려들 같다고 합니다. 또한 주문呪文과 경經을 읽는 소리는 청산 속에 울려 퍼지는 한 곡조 피리 소리 같다고 합니다.

이어 전과 결(3, 4구)에서는 다시 그 모습을 '맑은 강[晴江]과 밝은 달빛[明月], 아래 피어 있는 하얀 연꽃[白蓮] 같다'고 합니다. 강의 맑은 물빛과 하늘의 달빛, 그리고 흰 도포자락의 세 가지 색이 조응照應을 이루어 한껏 정적인 분위기를 자아내게 합니다. 거기에 청산을 지나가는 '한 곡조 피리 소리[一笛]'는 정적 분위기에 잔잔한 울림을 주는 정중동靜中動의 묘사가 빼어난 시입니다. 마치 고려 말 문신 이조년(李兆年;1269~1343년)의 시조(일명 '情恨歌')에서,

이화(梨花)에 월백(月白)하고 은한(銀漢)이 삼경(三更)인 제
일지춘심(一枝春心)을 자규(子規)야 알랴마는
다정(多情)도 병(病)인양 하여 잠 못 들어 하노라.

의 첫 구에서 '하얀 배꽃[梨花]'과 '흰 달빛[月白]' 그리고 '은하수[銀漢]'의 삼백三白이 시각적으로 조응을 이루고, 여기에 '소쩍새[子規] 울음소리'를 배경음背景音 삼아 청각적으로 얹은 시적 감성과 표현이 극치를 이룬 시라 하겠습니다.

008

가을의 처량한 생각
秋思

滿城蟬語一簾凉 만성선어일렴량
玉露秋花點點香 옥로추화점점향
也想江南明月夜 야상강남명월야
竹林深處鶴聲長 죽림심처학성장

-『천도교월보』, 1911년 9월호

성에 가득한 매미 소리[27] 주렴 안은 서늘한데
이슬 맞은 가을꽃들은 송이송이 향기롭네.
강남[28] 땅 밝은 달밤을 생각하니
대숲 우거진 깊은 곳에 학 울음소리 높으리라.

27 蟬語(선어) : 매미 울음소리.

28 江南(강남) : 본문에서는 작가 양한묵 선생의 고향 전라남도 해남 땅. 또는 정신적 고향인 전라남도 화순군 도곡면 달아실.

해설

늦더위가 기승을 부리더니 다소 기가 죽었고, 철늦은 매미는 오동잎 뒤에서 구성지게 웁니다. 이제 가을이 금방 올 모양으로 그늘은 서늘하고 누마루에 쳐놓은 주렴도 운치가 덜 합니다. 왕골 짚새기에 젖어오는, 발에 차이는 풀잎의 이슬도 선뜩하게 느껴지고 찬이슬 내린다는 한로寒露도 얼마 남지 않았으니, 박비향(撲鼻香; 향기가 코를 찌름)은 아니지만 이슬 젖은 풀꽃 향기가 아침 햇살을 타고 피어올라 코끝에 얹힙니다. 이렇게 기와 승(1, 2구)은 성큼 다가오는 가을을 청각(매미소리)과 촉각(서늘함), 그리고 시각(가을꽃)과 후각(향기)을 동원하지만 전혀 번잡하게 느껴지지 않을 만큼 시적 표현이 단아합니다.

전(3구)에서는 시상詩想이 여름이 구비를 돌아 가을로 가듯이 고향 생각으로 급선회합니다. 강남은 모든 사람들에게 고향을 상징하는 공간이고, 사향(思鄕; 고향을 생각함)은 '보편적 정신의 안주 공간安住空間'을 그리워하는 마음이라고 합니다. 현실에 대한 부적응不適應으로 말미암은 괴리감乖離感은 차치하고라도 누구나 가지고 있는 이상향理想鄕이라 하겠습니다. 그리고 가족들과 마당에 멍석을 펴고 단란히 둘러앉아 저녁밥을 먹으며 쳐다보았던 '고향의 달'이 등장합니다.

결(4구)에서는 좀 더 구체적으로 고향의 정경이 묘사되고 있으니 '대숲이 우거진 곳'이고, '학이 우는 곳'입니다. 성큼 다가오는 가을 기운에서 느끼는 향수가 이 시의 주 내용입니다.

『천도교월보』 창간 1주 기념[29] 축하시
『天道教月報』 一周紀念祝賀詩

報年至一 보년지일
勳譽益崇 훈예익숭
天口含籟 천구함뢰
道氣噴虹 도기분홍
大族生魄 대족생백
萬法歸宗 만법귀종
五賢成德 오현성덕
報年無窮 보년무궁

-『천도교월보』, 1911년 9월호

월보의 발간 햇수가 1년이 되니
공훈과 명예로움이 더욱 높아지네.

29 『천도교월보』는 1910년 8월 15일 창간되어 1937년 5월 폐간되기까지 통권 제295호를 낸 천도교회의 월간 기관지. 내용은 교리부·학술부·기예부·물가부(物価部) 등으로 나누어져 있었으며, 학술부에는 지리·역사·물리화학·경제·농업 등에 관한 지상강의(紙上講義)로 채워져 있다. 이러한 점은 월보가 단지 교회 기관지에 머물지 않고 민중을 계몽하여 민족문화 향상에 이바지하려는 의도를 지니고 있었음을 나타내준다.

하늘의 뜻을 대변[30]하는 울림을 머금었고
고아(高雅)한 기상[31]은 무지개로 솟았으니,
한민족의 넋이 살아나고
우주간의 모든 법이 근본으로 돌아오네.
다섯 현인이 덕을 이루었으니
월보의 발간 햇수도 무궁하리라.

해설

1910년 8월에 창간된 『천도교회월보(天道教會月報)』는 1911년 9월호 발행으로 창간 1주년을 맞이하고, 1937년 5월에 폐간되기까지 통권 제295호를 발행한 천도교 월간 기관지입니다. 그러나 내용은 교리부·학술부·기예부·물가부物價部 등으로 나누어져 있으며, 학술부에는 지리·역사·물리화학·경제·농업 등에 관한 지상강의紙上講義로 채워져 있습니다. 이러한 점은 월보가 단지 교회 기관지에 머물지 않고 민중을 계몽하여 민족문화 향상에 이바지하려는 의도를 지니고 있었음을 나타내주는 것입니다. 그리고 창간호부터 순 한글로 발간하는데, 제2호부터는 단편소설도 연재합니다.

양한묵 선생은 이러하 『천도교회월보』 창간 1주년을 맞아 당대 저명인사들과 함께 축하시를 써서 발표합니다. 형식은 전문 4언 8구이며 율시律詩의 압운押韻을 밟고 있습니다. 먼저 1, 2구에서는 창간 1주년을 맞아, 1년 동안 월보가 해온 업적을 공훈이 높고 명예가 더욱 높아졌다고 합니다. 3, 4구에서는 이러한 월보에 대한 찬양을 '하늘의 뜻을 머금었다'고 하니, 이것은 하늘의 뜻이자 곧 백성의 뜻이었음을 말하는 것이니, 천도교의 핵심사상인 인내천人乃天을 함의하고 있다 하겠습니다. 그리고 한마디로 줄여 '고아高雅한 기상[道氣]'이 무지개처럼 내뿜었다고 합니다.

30 天口(천구) : 하늘의 뜻을 대변함.

31 道氣(도기) : 빼어나고 고아(高雅)한 기상.

5, 6구에서는 더 나아가 월보 때문에 국가적으로는 '한민족[大族]의 넋을 살아나게' 했으니, 온누리에 퍼져 있는 온갖 사상 종교[萬法]들도 천도교를 중심으로 귀의한다고 합니다. 이어 7, 8구에서는 '다섯 현인[五賢]이 덕을 이루었다'고 하면서, 다섯 현인들의 덕과 함께 월보의 발간도 무궁할 것이라고 합니다. 다소 안타까운 것은 '오현五賢'이 누구를 의미하는 것인지를 밝힐 수 없었습니다.

전체적으로는 천도교회월보의 지난 1년간 국가와 국민들에게 끼친 업적과 공훈을 칭송하고, 오래도록 발간되어 국민계몽과 함께 천도교의 이념과 사상을 널리 퍼뜨리는데 선봉에서 굳건히 제 역할을 해줄 것을 기원하고 있는 내용이라 하겠습니다.

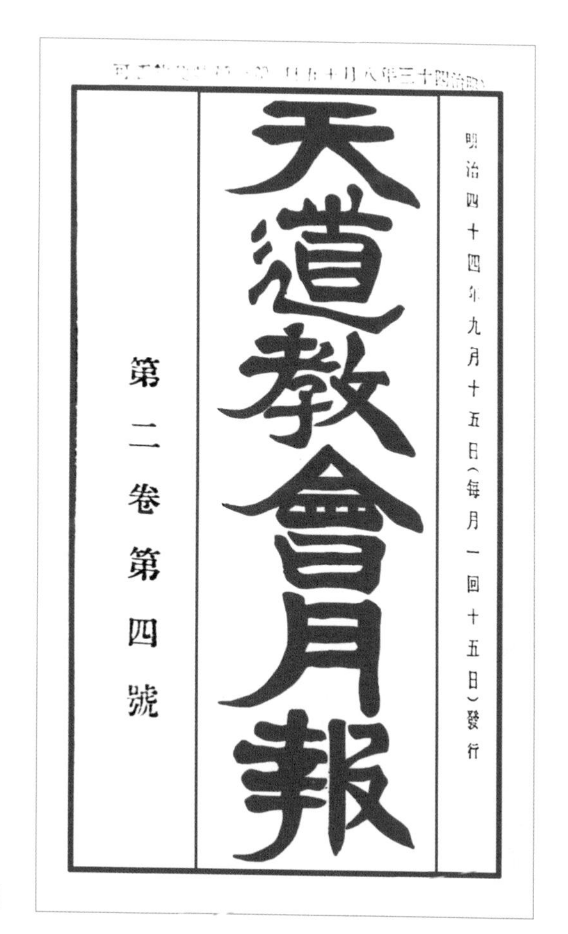

『천도교월보』 창간 1주년 기념호 표지

010

청린천의 샘물을 마시며[32]

飮靑麟泉泉

靑麟泉脉始生時 청린천맥시생시

見得天機自發時 견득천기자발시

聞道山翁常飮水 문도산옹상음수

何如林下讀書時 하여임하독서시

-『천도교월보』, 1911년 10월호

청린천[33] 물줄기가 처음 생겨난 때에

천기가 스스로 발생하는 때를 볼 수 있었을 것이다.

산에 사는 노인이 늘 이 물을 마셨다는 것을 들었는데

숲에서 서책을 읽을 때에는 어떠했을까.

해설

형식은 7언 절구로 청린천 샘물을 마시면서 느끼는 감회를 쓰고 있습니다. 먼저 기와 승(1, 2구)에서는 청린천 샘물이 처음 바위틈에서 터져 나와 흐르기 시작하였을 때를 상상하면서, 그때가 곧 천기(天機 ; 모든 조화를 꾸미는 하늘의 기밀)를 볼 수 있었을 때라고 합니다. 그러나 단순히 청린천 샘물의 시원始原을 말하고자 함이 아닙니다. 곧 우리 국토의 원시성과 태고성, 그리고 일제강점 이전의 신성성神聖性을 말하고자 한 것입니다. 마치 조금 후대 일제 강점기하 3대 저항시인 중 한 사람이었던 이육사(李陸史; 1904~1944년)가 그의 시 〈광야(曠野)〉 1, 2연에서

까마득한 날에
하늘이 처음 열리고
어데 닭 우는 소리 들렸으랴.

모든 산맥들이
바다를 연모해 휘달릴 때도
차마 이곳을 범(犯)하던 못하였으리라.
(후략)

라고 노래했던 조국의 국토이고 산하를 의미합니다. 때 묻지 않은 청산靑山에 솟아나는 맑은 샘물이 곧 청천淸泉입니다. 흰옷 입은 백성들은 이 맑은 샘물을 마시며 순수하고 평화롭게 살아가고 있었습니다.

---

32 경암(敬庵) 이관(李瓘)의 〈음청린천천(飮青麟泉泉)〉의 시에 대한 화답시(和答詩)로 원제목은 '화(和)'로 되어 있다. 이관은 지강 양한묵 선생과 『천도교월보』에 다수의 한시(漢詩)를 화답(和答)한 시우(詩友). 생몰연도는 1860년~1928년. 호는 敬庵. 아호는 綠旅·天民子·天遊子·敬天子 등. 1860년(庚申) 12월 17일 경남 산청군 단성면 남사리 출신으로 경성부 가회동 144번지 거주. 한성교구. 『천도교월보』가 창간되자 월보과장(1910.09.22), 도사실 편집원(1913.01월), 1919년 이종일과 함께 3·1운동에 뜻을 같이하고 보성사에서 인쇄한 독립선언서를 지방으로부터 상경한 대표에게 배부, 활동하다가 격문기초자로 피체되어 징역 7월에 집행유예 3년을 받아 8개월의 옥고를 치뤘다. 1921년 미국 워싱턴에서 군축문제를 다룰 열강회의에서 한국의 독립을 승인케 하고자 태평양회의 청원서에 대한민국회의 자격으로 서명하여 2년 7개월간 활동하였다. 그 후 편집실 편집위원(1921년) 등을 역임하면서 교회 월보에 교리와 교사에 관한 글을 썼다. 1928년 8월 17일 환원. 1990년 광복절에 건국훈장 애국장을 추서받았다.(이동초 편, 『동학천도교인명사전』, 2019.)

33 青麟泉(청린천) : 서울특별시 종로구 북촌로 112(삼청동 25-23인근) 부근에 취운정 정자가 있었고, 이곳을 예전에는 청린동(青麟洞)이라 불렀는데, 이곳에 있었던 샘을 말함.(이동초 저, 『서울을 걷다』, 도서출판 모시는 사람들, 2017)

전과 결(3, 4구)에서는, '산에 사는 노인'은 지난 오천 년의 역사를 묵묵히 지키며 공자나 부처 같은 성인聖人들의 가르침을 되새기고 실천하며 살아온 순박한 우리민족의 혼과 정신을 상징하는 인물입니다. 작가 양한묵 선생은 일본제국주의 총칼 아래 무참히 짓밟힌 조국의 산하가 너무도 안타깝고 가슴이 쓰라린 가운데 옛 선인들처럼 굳건히 조국을 다시 살려내기 위해 역사의 마루[宗]에서 기꺼이 폭풍한설을 이겨내리라는 것을 '샘물'과 '노인'을 통해 상징적으로 노래하고 있다 하겠습니다.

필자가 북촌 오르막길을 걸어 오르면서 청린천 옛 우물을 찾고자 했으나, 현 감사원 갈림길 삼거리 인도 옆에 '취운정翠雲亭 옛터'라는 표지판은 볼 수 있었으나, 청린천은 찾지 못했습니다. 아마도 샘물이라면 골짜기에 있을 것 같아, 골짜기를 찾아 내려가려고 성균관대학교 뒷길로 길을 잡았으나, '남북회담'장소로 쓰이고 건물의 담이 높게 쳐져 있고, 이 부근의 옛 지명이 '청린동靑麟洞'이라는 기록만 확인할 수 있었습니다. 그리고 성균관대학교 후문 옆 골짜기 상류 쪽에 '옥류정玉流亭'이라는 새로 세운 정자가 있어, 이 정자 아래 골짜기 어디쯤엔가 청린천이 있을 것이라고 추측해보고 발길을 돌렸습니다. '동洞'이라는 본래의 의미가 '같은[同] 샘의 물[水]을 마시는 사람들이 사는 곳'이라고 하였으니, 아마도 이 아래쪽에서 옛 청린동 주민들이 맑고 맑은 이 청린천에서 흐르는 샘물을 함께 마시며 살았으리라고 생각했습니다.

011

취운정에서[34]

翠雲亭

小閣清凉倚石峯 소각청량의석봉
秋林始肅碧花容 추림시숙벽화용
回首無端看下界 회수무단간하계
城烟市石自重重 성연시석자중중

-『천도교월보』, 1911년 10월호

작은집이 맑고 시원하게 돌 봉우리에 의지해 있는데
늦가을에 비로소 초겨울 경치[35] 속에 푸른 꽃모양이네.[36]
머리를 돌려 까닭 없이 하계를 바라보니
성안의 연하(煙霞)가 옥(玉)돌[37]에 겹겹이 둘러 있네.

34 翠雲亭(취운정) : 서울특별시 종로구 북촌로 112에 있는 정자로, 1870년 중반 민태호(閔台鎬;1834~1884년)가 지었다. 취운정은 유폐된 유길준(兪吉濬 ; 1856~1914년)이 『서유견문(西遊見聞)』을 집필한 곳이며, 일제 강점기에는 독립운동가들이 회합 장소로도 이용하였다.(이동초 저, 『서울을 걷다』, 도서출판 모시는 사람들, 2017 참고).

35 肅(숙) : 숙살(肅殺). 늦가을이나 초겨울의 기운과 경치.

36 碧花容(벽화용) : 붉게 물든 단풍 속에 있는 파란 단청을 한 취운정 모습을 푸른 꽃과 같다고 한 표현.

37 市石(시석) : 시장에서 산 보통 옥(玉).

해설

이 시를 지을 당시 작가 양한묵 선생의 집은 종로구 계동桂洞에 있었는데, 현재 행정동으로는 종로구 가회동입니다. 또한 계동의 원래 명칭은 '제생동(濟生洞 ; 濟生院이 있었으므로)'이었다가 '계생동桂生洞'으로 바뀌고, '기생동(妓生洞 ; 기생들이 사는 동네)'과 이름이 비슷하다하여 '생'자를 떼서 현재의 계동이 되었다고 합니다. 그런데 이 동이 창경궁 높은 담을 따라 길게 늘어선 모양이니, 한가로운 시간에 담을 따라 걸으면 자연스레 산책코스로 빨래터를 지나 청린천에 이른다고 합니다. 청린천 샘물로 목을 축이고 다시 산비탈을 오르면 산 중턱에 있는 취운정에 이릅니다.

초겨울에 취운정에 이르러 정자를 올려다보면 뒤로 암산인 삼각산 나무들은 잎이 진 다소 황량한 배경 속에 파란 단청을 한 취운정이 흡사 한 송이 꽃처럼 보인다고 합니다(1, 2구). 그러나 이 구절이 함의하고 있는 내용은 단순히 배경 묘사로 보이지 않습니다. 왜냐하면 취운정은 1870년 중반 민태호(閔台鎬 ; 1834~1884년)에 의해 지어졌으며, 갑신정변(1884년)의 주모자인 김옥균·박영효 등과 친분관계에 있어 개화파로 간주되어 체포되었다가 한규설(韓圭卨 ; 1848~1930년)의 도움으로 극형을 면한 유길준(兪吉濬 ; 1856~1914년)이 이곳 취운정에 유폐되어 『서유견문(西遊見聞)』을 집필한 곳이며, 일제 강점기에는 독립운동가들이 회합 장소로도 자주 이용한 곳이기 때문입니다.

양한묵 선생은 이곳을 산책코스로 자주 찾은 것이 아니라, 이곳에서 많은 독립지사들과 독립운동의 방향, 교육을 통한 개화·계몽운동에 대해서 그들과 기탄없는 대화를 나눈 공간이었을 것으로 여겨집니다. 특히 양한묵 선생보다 10여살 내외의 연상이지만 일찍이 양한묵 선생처럼 일본과 중국을 비롯 서구국가들을 돌아다니며 안목을 키우고 항일(抗日)의 선봉에 섰던 한규설('조선교육회' 창립)·유길준('桂山學校·勞動夜學會' 설립) 등은 일본정부로부터 남작(男爵)의 작위를 거절한 인물들입니다. 이들과의 만남은 답답한 나라 현실의 해결책과 방도를 모색하며 동병상린同病相憐을 함께할 수 있었기 때문으로 여겨집니다.

전과 결(3, 4구)에서는 그곳에서 고개를 돌려 내려다보이는 하계(下界 ; 漢城)의 현실은 '연기와 안개[煙霞]'가 자욱하다고 하면서 답답한 현실을 토로하고, 개방·개화·계몽을 거부하는 수구보수들이 나라를 지킨다는 미명 아래 단단한 갑옷[市石]을 '겹겹이 둘러 입고 있다[重重]'고 개탄하고 있습니다. 이것은 곧 미개未開한 백성들을 상대로 한 한탄이 아닌 일제의 앞잡이가 되어 있거나 눈앞의 자그마한 기득권에 눈이 어두워 나라의 먼 장래를 보려하지 않는 소위 자칭 사회지도층을 향한 개탄이라고 하겠습니다.

표면상으로는 취운정 정자에 올라 자연 속에 유유자적하는 물외한인(物外閒人 ; 세속을 벗어난 한가로운 사람)의 물심일여(物心一如 ; 사물과 마음이 하나로 구분 없이 통합함)의 경지를 노래한 것처럼 보이지만, 이 시가 지어진 시간과 공간의 틀 속에서는 마음속을 시원스레 털어놓지 못하는 선각자의 울분이 삼각산처럼 응어리진 채로 웅크리고 있음을 볼 수 있겠습니다.

취운정(翠雲亭) 터 표지판 서울시 종로구 북촌로 112 부근에 있었던 정자로, 1870년 중반 민태호(閔台鎬)가 지었으며, 유길준(兪吉濬)이 이곳에서 「서유견문(西遊見聞)」을 지었으며, 일제 강점기에는 독립운동가들의 회합장소이기도 하였다. 이 표석은 현재 서울 종로구 삼청동 감사원 삼거리 인도에 있다.

012

성균관을 지나며[38]

過成均館

泮水橋西倚小巖 반수교서의소암

滿宮秋草碧毿毿 만궁추초벽삼삼

儒人盛事歸何處 유인성사귀하처

鳥在靑山魚在潭 조재청산어재담

-『천도교월보』, 1911년 10월호

반수교[39] 서쪽 작은 바위에 의지해 있는데

반궁[40] 가득 가을 풀만 푸르게 우거져 있네.[41]

선비들이 이루어놓은 성대한 일은 어디로 돌아갔는가,

새는 청산에서 날아야 하고 물고기는 못에서 놀아야 하는데.[42]

---

38 경암 이관(敬庵李瓘)과 같은 제목으로 쓴 시이다.

39 泮水橋(반수교) : 반궁(泮宮) 앞을 흐르는 내에 놓인 다리. 반궁은 성균관(成均館)을 달리 이르는 말로 반관(泮館), 반상(泮庠)이라고도 함. 『增補文獻備考, 學校考, 太學』에 「成宗六年, 命還鑿泮水, 以復古制, 從大學生權子厚之請也」.

40 宮(궁) : 반궁(泮宮). 성균관(成均館).

41 毿毿(삼삼) : 길게 드리워진 모양. 어지러이 흩어져 있는 모양.

42 鳥在靑山魚在潭(조재청산어재담) : 새는 청산에서 날고 물고기는 연못에서 놀다. 연비어약(鳶飛魚躍 ; 솔개가 날고 물고기가 뛴다는 뜻으로, 만물이 각기 제자리를 얻음을 이르는 말)의 고사를 전용한 표현. 『詩經, 大雅』에 「鳶飛戾天, 魚躍于淵」.

해설

세계에서 가장 오래된 국립대학이자 유교의 산실로서 우리나라 정신문화의 상징인 성균관이 일제에 의해 폐지된 것은 무력으로 우리나라를 합병한 직후인 1910년입니다. 나라를 이끌어갈 동량지재(棟梁之材 ; 한 나라의 기둥이 될 만한 인재) 양성 기관인 성균관을 폐쇄한 것은 국가이념을 부정하고 민족성을 말살하기 위한 철저히 계산된 탄압의 핵심이었습니다.

시절은 가을, 이제는 아무도 돌보지 않아 기와지붕에는 자라난 잡초들이 시들어 쓰러져 있고 낙엽들만 쌓여 뒹구는 성균관을 바라보는 처참한 심정을 기와 승(1, 2구)에서 배경묘사로 그림처럼 그려내며, '반궁(泮宮 ; 성균관과 문묘를 통틀어 일컫는 말) 가득 가을 풀만 우거져 있네'라고 하고 있습니다. 불과 몇 해 전만 해도 유복儒服을 입은 학자들이 분주히 오고가며 임금의 바른 정사를 위해 열띤 토론을 하며 불의에는 목숨도 아까워하지 않았던 선비들은 지금은 뿔뿔이 흩어져 자취도 찾을 수 없으니, '장차 이 나라가 어찌 되려는지?' 지나는 길손의 심정이 착잡하기 이를 데 없었을 것입니다(3구). 안타까운 마음에 연비어약(鳶飛魚躍 ; 만물이 각기 제 자리를 얻음, 곧 평화로운 상태)을 떠올리며 '새는 청산에서 날아야 하고 물고기는 못에서 놀아야 하듯'(4구) 성균관에 있어야 할 유생과 선비들은 어디 가고 없느냐고 물어봅니다.

공부자孔夫子를 위한 제전祭奠은 차치하고라도, 당장에 '나라를 위한 동량지재의 양성이 화급火急한 상황'임을 절감한 양한묵 선생은 어금니를 굳게 깨물면서 뒷짐을 지고 무거운 발걸음으로 성균관을 걸어 나오는 모습이 상상됩니다.

성균관(成均館) 명륜당(明倫堂) 성균관 대성전(大成殿) 뒤에 있는 강당으로 성균관의 교육 기능을 수행하던 강학(講學) 장소이다. 생원(生員)과 진사(進士)들이 지도자 덕목을 익혔으며 유생들의 시독(試讀)과 과장(科場)으로도 활용되었다.

013

8월에 북악에 올라 벗[43]과 창화하다(1)[44]

八月登北岳與芝友唱和(一)

遠目方開萬境清 원목방개만경청
何妨夕照近長庚 하방석조근장경
城頭更把青山過 성두갱파청산과
五百秋聲木杪生 오백추성목초생

-『천도교월보』, 1911년 11월호

멀리 바라보니 비로소 모든 경계(境界)가 훤히 트이니
어찌 저녁나절 햇빛이 가까워지는 샛별[45]을 가릴까.
성 꼭대기에서 청산[46]이 떠나가는 것을 다시 움켜잡고
시들어버린[47] 오백 년 된[48] 나무 끝[49]이라도 살려내리라.

해설

8년여 동안(1911.8~1918.12월호까지) 『천도교월보』에 매달 1수씩 연재한 92수(압수 등으로 결번된 월보 제외)의 양한묵 선생 한시 중 드물게 직접적으로 독립에 대한 지사적志士的 결의가 보이는 시입니다. 시우詩友이자 흉금을 털어놓을 수 있는 경암 이관(敬庵李瓘; 당시 『천도교월보』 편집장)과 함께 북악산에 올라 안전眼前이 확 트이는 한양을 바라보면서 쓴 7언 절구입니다.

먼저 기와 승(1, 2구)에서는 한양 도성이 한눈에 바라보여 시야가 훤히 트였는데, 단 하나 바로 앞에 보이는 추레하게 서 있는 경복궁을 외면할 수는 없었을 것입니다. 나라 잃은 설움에 울컥 치솟는 마음을 애써 억누르고 하는 말이 '어찌 석양빛이 샛별[長庚]을 가릴 수 있겠느냐?'고 합니다. 지금은 일제에 의해 국권을 빼앗겨 짓밟히고 있는 상태를 '석양(夕陽;夕照)'으로 표현하고 있습니다. 그러나 밤이 어두울수록 별은 더욱 밝게 빛나는 법이고, 겨울 추위가 혹독하다는 것은 봄이 다가오는 징조인 것을 부정할 수 없듯이.

전과 결(3, 4구)에서, 작가가 서 있는 위치는 성 꼭대기로 높은 곳에 서서 내려다보이는 한성은 조선왕조의 상징인데 '청산靑山'이라고 합니다. 그리고 '청산이 떠나간다[過].'고 합니다. 풀이에 따라서 여러 가지 의미를 함축하고 있겠지만 국권을 빼앗기고 살아온 1년 남짓의 시간의 경과를 의미한 듯합니다. 그(나라 없이 지내는) 시간이 흘러가는 것을 붙잡겠다고 합니다. 그리고 그 시간의 의미를 결(4구)에서 '오백五百' 곧 지속해 온 조선왕조 오백 년과 대비시킵니다. 나라 없이 지낸 1년 남짓의 시간과 오백 년이란 긴 세월 중에서 어느 시간이 더 길게 느껴졌던 것일까요. 인간이 의식하는 시간의 흐름에는 두 가지가 있다고 합니다. 하나는 물리적·객관적으로 인지하는 시간의 흐름이요, 다른 하나는 감정적·주관적(意識의 흐름)으로 인지하는 시간의 흐름이라고 합니다. 곧 행복할 때는 '주관적(의식의 흐름) 시간은 느리게 흐르는 것'처럼 느껴지니 상

---

43 芝友(지우) : 지란지교(芝蘭之交)를 나누는 벗. 본문에서는 동행하며 창화(唱和)한 경암 이관(敬庵李瓘)을 지칭.

44 唱和(창화) : 한쪽에서 노래하면 다른 한쪽에서 화답하거나, 남의 시에 운(韻)을 맞추어 화답의 시를 짓는 것. 동일 제목으로 모두 3편이 있으며, 나머지 두 수에는 '우(又)'라고 되어 연시(聯詩)의 성격이 있으나 감상의 편의상 (一), (二), (三)으로 구별하여 수록한다. 이후의 작품들도 마찬가지다.

45 長庚(장경) : 초저녁에 서쪽 하늘에 나타나는 금성(金星)을 이르는 말.

46 靑山(청산) : 조국의 산하(山河). 국토.

47 秋聲(추성) : 가을철에 나는 소리. 바람 소리, 낙엽 지는 소리, 벌레 소리 등. 본문에서는 '시듦 또는 쇠락(衰落)'의 뜻으로 풀이.

48 五百(오백) : 조선왕조 오백 년의 역사를 함축.

49 木杪(목초) : 나무 끝. 나뭇가지의 끝.

대적으로 '객관적(물리적) 시간의 흐름은 빠르게 흐르는 것'처럼 인식되고, 불행할 때는 '주관적 시간은 빠르게 흐르는 것'처럼 느껴지니 상대적으로 '객관적 시간은 느리게 흐르는 것'처럼 인식된다고 합니다.

곧 나랏님[君主; 임금]을 모시고 (우여곡절은 있었지만) 살아온 오백 년의 행복한 시간보다는, 나랏님이 없는 가운데 나라를 잃고 살아온 1년 남짓의 불행한 시간이 훨씬 길게 느껴지는 것이라고 하겠습니다. 이와 같은 두 가지의 시간 인식을 우리는 조선의 명기名妓 황진이(黃眞伊; 생몰년 미상)의 시조에서도 볼 수 있습니다.

동짓(冬至)달 기나긴 밤 한 허리를 버혀내어
춘풍(春風) 니블 아래 서리서리 너헛다가
어론님 오신날 밤이여든 구뷔구뷔 펴리라.

널리 회자(膾炙; 회와 구운 고기라는 뜻으로 널리 사람의 입에 자주 오르내림)되는 유명한 시조입니다. 그런데 이 시조 초장(初章; 1구)에서 '동짓달 밤'은 물론 밤이 긴 시간이기도 하지만, 임이 없이 홀로 독수공방(獨守空房; 여자가 남편 없이 혼자 지냄)하는 불행한 시간으로 '길게만 느껴지는 시간'이지요. 길게 느껴지는 시간을 잘라내었다가 종장(終章; 3구)에서 '임과 함께 지내는 행복한 시간' 곧 '짧게 느껴지는 시간'을 길게 만들고 싶다는 뜻이지요. 마치 시간의 흐름을 마음대로 조작하겠다는 의도는 훗날 아인슈타인의 '특수상대성원리(特殊相對性原理; 서로 등속도로 운동하는 座標系에서 물리의 기본 법칙은 변하지 않는다는 원리)'보다 훨씬 앞선 시간 인식이라 하겠습니다.

결(4구)에서 북풍한설 속에서도 오백 년 동안 꿋꿋하게 자란 낙락장송, 곧 오백 년 조선왕조가 지금 시들었다[秋聲]고 합니다. 그리고 시든 나무의 가지 끝[木杪]이라도 살려내겠다고 합니다. 지사志士와 범부(凡夫; 凡人)의 차이는 어디에 있는 것일까요. 일제 강점기하에서 망해버린 나라를 보며 한탄과 울분을 토로하는 시들은 많이 있습니다. 그러나 절망의 끝(공간)에서 조차전패

(造次顚沛；엎어지고 자빠지는 매우 황급한 때)의 순간(시간)에도 희망의 끈[長庚과 木杪生]을 놓지 않고서 '기어이 조국의 빛과 나라의 생명을 살려내고야 말겠다.'는 지사적 의지가 단연 돋보이는 작품입니다.

경복궁(景福宮) 신무문(神武門)에서 바라본 북악산(北岳山) 경복궁의 북문(北門)인 신무문에서 북악산을 바라보면 청와대(靑瓦臺) 뒤편으로 삼각산이 과거에는 경복궁을 지금은 청와대를 품은 모습이다.

014

8월에 북악에 올라 벗과 창화하다(2)
八月登北岳與芝友唱和(二)

半收溪山作漢陽 반수계산작한양
古人心思碧天長 고인심사벽천장
詩人到此惟無言 시인도차유무언
白石秋花夕日蒼 백석추화석일창

-『천도교월보』, 1911년 11월호

산과 물[50]을 절반씩 거두어 한양(漢陽)을 만들었으니
옛사람의 마음 씀이 푸른 하늘보다 멀고도 넓네.
시인은 이곳에 이르러 유독 말이 없고
흰 돌에 가을꽃만이 석양에 푸르네.

해설

서로의 흉금(胸襟; 마음속에 품은 생각)을 풀어내도 엿듣는 사람(일본 순사) 없고, 거릴 낄 것 없는 지우(芝友; 芝蘭之交를 나누는 벗)와 산정에 올랐으니 무슨 말인들 못했겠습니까. 오늘 만큼은 마음껏 품은 생각을 털어 내놓고 싶

50 溪山(계산) : 한양이 자리하고 있는 한강(漢江)과 북악(北岳).

은 심정이었으리라 여겨집니다. 기와 승(1, 2구)에서는 북악에서 바라보는 한양이 명당明堂 중의 명당이라고 탄복합니다. 배산임수背山臨水는 물론이요 좌청룡우백호左青龍右白虎요, 게다가 진산鎭山으로는 북한산(北韓山;三角山)이요, 목멱산(木覓山;南山)이 앞에 서고 한강이 감돌아 흐르니 천하의 명당이라. 옛적에 무학대사無學大師는 '밭가는 농부에게 꾸지람을 당한 후'[51]에야 이곳을 정할 수 있었다는 등의 전설을 생각하니, 일면 흥미롭기도 하고 망해버린 조선을 생각하니 숙연해기도 하다는 심정을 쓰고 있습니다. 조선왕조가 오백년을 지속했다는 것은 실로 어느 나라에서도 찾을 수 없는 역사이지만, 오백년도 수유(須臾;잠시 동안)이런가.

전과 결(3, 4구)에서는 망해버린 나라를 생각하니 착잡한 생각에 무슨 말을 해야 하는지 유구무언有口無言이라고 하면서 고개를 떨어뜨리니, 발아래 흰 암반 위에 가을꽃만이 석양 햇빛 속에 무심히도 흩날리고 있다고 합니다. 예로부터 '가을[秋]'과 '석양夕陽'은 늘 소멸의 시적 상징으로 자주 등장하고 있음을 상기하고, 이 시와 시적 분위기가 유사한 고려 말과 조선초기의 은사隱士인 원천석(元天錫;1330~?)의 시조 한수를 곁들여 감상을 돕고자 합니다.

흥망(興亡)이 유수(有數)ᄒᆞ니 만월대(滿月臺)도 추초(秋草)ㅣ로다.
오백 년(五百年) 왕업(王業)이 목적(牧笛)에 부쳐시니
석양(夕陽)에 지나는 객(客)이 눈믈계워 ᄒᆞ노라.

---

51 『순오지(旬五志)』·『지봉유설(芝峯類說)』·『연려실기술(練藜室記述)』 등에 실린 무학대사설화(無學大師說話)에 의하면, 이태조가 서울을 옮기기 위하여 무학에게 도읍터를 구해달라고 부탁하였다. 무학이 한양땅을 도읍터로 정한 뒤 대궐을 지으려고 여러 번 시도하였으나 번번이 허물어지고 말았다. 상심한 무학이 어느 곳을 지나가는데, 한 노인이 논을 갈면서 소에게 나무라기를, "이랴! 이 무학이보다 미련한 놈의 소야!"라고 하였다. 놀란 무학이 노인에게 까닭을 물었더니, "한양땅이 학(鶴)터인데, 등에 무거운 짐을 실었으니 학이 날개를 칠 것 아니냐, 그러니까 궁궐이 무너진다. 성부터 쌓으면 학의 날개가 눌려 꼼짝 못하므로 대궐이 무너지지 않는다."라고 하였다. 무학이 그 말대로 하니 대궐이 완공되었다. 그 노인은 삼각산의 산신령이라고도 한다. 이 이야기는 도읍터를 정하기 위하여 방황하다가 노인이 "십 리만 더 들어가라."고 해서 가 보았더니 좋은 터를 발견하였다 하여 왕십리유래담으로 변이되었다고도 한다.

북악산(北岳山)에서 내려다 본 경복궁(景福宮)과 광화문광장 북악산 성곽길을 걷다보면 서울 도심이 한눈에 내려다 보인다. 특히 2020년 북악산 북측 탐방로가 개방되면서부터는 좀더 가까이 경복궁과 광화문 광장을 한눈에 담을 수 있다.

015

8월에 북악에 올라 벗과 창화하다(3)
八月登北岳與芝友唱和(三)

北岳蒼蒼立晩天 북악창창입만천
殘城十里白生烟 잔성십리백생연
長林風氣林間落 장림풍기임간락
應破樓臺寂寂眠 응파루대적적면

-『천도교월보』, 1911년 11월호

북악산은 짙푸른데[52] 해거름에 올라서보니
무너진 성[53] 십 리에 흰 연기만 피어나네.
무성한 숲에 바람이 일어 나뭇잎만 떨어지고
깨진 누대 아래 쓸쓸하게[54] 잠드네.

해설

빼앗긴 나라의 현실을 그대로 묘사한 시입니다. 이 시의 발표는 11월입니다만 쓴 시기는 그 보다는 한두 달 전일 것으로 여겨집니다. 그리고 주 내용

52 蒼蒼(창창) : 짙푸른색.
53 殘城(잔성) : 무너진 성. 곧 망해버린 나라.
54 寂寂(적적) : 외롭고 쓸쓸한 모양.

은 앞선 시 2수와 맥락을 같이 합니다. 먼저 기와 승(1, 2구)에서는 북악산 정상에서 바라본 한성의 경치 묘사로, 현실을 암시하는 대표적인 시어는 '깨어진 성[殘城]'입니다. '흰 연기'와 더불어 흡사 적군의 침략을 당한 전쟁 후의 시가지를 연상시키고, 북악의 울창한 푸른 숲과 대조시켜 비창(悲愴; 마음이 몹시 상하고 슬픔)한 마음을 더욱 부추기는데, 중국 두보(杜甫; 712~770년)가 안사安史의 난 때 쓴 시 대표적 우국가憂國歌인 〈춘망(春望)〉을 연상시킵니다. 5언 율시律詩인 〈춘망〉 중 수연(首聯; 1, 2구)만 인용하여 보겠습니다.

> **國破山河在**(국파산하재) 나라는 깨어졌어도 산하는 그대로 이고
> **城春草木深**(성춘초목심) 성 안에 봄이 오니 초목만 무성하네.

이 시를 쓸 당시 두보의 나이는 46세(758년)인데, 기이하게도 양한묵 선생이 이 시를 쓸 때(49세)와 비슷하고 묘사한 내용 또한 유사합니다. 아마도 나라를 걱정하는 마음은 동서고금을 막론하고 만백성들의 공통된 마음이고, 또한 시인들이 느끼고 표현하는 것 또한 별반 다르지 않다는 것을 보여준 듯합니다.

전반부 원경遠景 묘사에 이어 전과 결(3, 4구)에서는 근경近景 묘사로 작가 자신과 주변의 모습을 그리고 있습니다. '나뭇잎이 떨어지는' 가운데 자신은 '깨진 누대[破樓臺]'에서 '쓸쓸하게 잠이 들었다'고 합니다. 승(承; 2구)의 '성이 무너졌으니[殘城]' 결(結; 4구)의 성누城樓인들 온전할 리 없었겠지요. 멀리 바라보아도 가까이 바라보아도 모든 것들은 일제 침략으로 철저히 짓밟힌 것들이라, 그 모습을 바라보는 참담한 심정을 가눌 수 없다고 합니다. 아마도 친한 벗과 북악에 올랐으니 그냥 갈 리는 없고 아마도 술 한 병쯤은 들고 올랐을 것이며, 술기운이 오르자 쓰러진 기둥에 기대어 잠든 모습을 상상하기란 어렵지 않겠습니다.

요즘 같으면 등산객들이 정상에 오르면 '정상주頂上酒'로 건배한다는데, 양한묵 선생은 벗과 함께 술잔을 부딪치면서 망해버린 나라를 보고 무슨 말로 '건배사(乾杯辭)'를 하였을까요?

북악산(北岳山) 한양도성(漢陽都城) 성곽(城郭)길 북악산의 도성 성곽길은 숙정문에서 곡장, 청운대를 지나 백악산 정상에서 긴 숨을 돌리고 창의문까지 계속 이어진다. 성곽길 곳곳에는 전망이 좋은 곳이 많아 어디서든 쉬어가기 좋다.

016

북악에서 돌아오면서 삼청동에서 술을 사다[55]

北岳歸路沽酒三淸洞

城樹暮烟暗 성수모연암

山村初月明 산촌초월명

小盃猶浹洽 소배유협흡

草履莫輕輕 초리막경경

-『천도교월보』, 1911년 11월호

성 안의 나무들은 저녁연기에 어두워가고

산촌에는 초승달이 밝네.

술잔은 작아도 오히려 얼큰히 취하노니[56]

짚신[57]을 신었을지라도 가벼이 걷지는 말게나.[58]

55 이 시는 경암 이관(敬庵李瓘)의 시 〈北岳歸路沽酒三淸洞〉에 대한 화답시로, 제목은 '화(和)'로 되어 있다. 시의 끝에, 「평하기를 '두 노인(지강 양한묵과 경암 이관)에게서 도옹(陶翁 ; 陶淵明)의 진수(眞髓)를 다시 본 듯하다.(評曰余於二翁復見陶翁眞髓)」라는 촌평(寸評)이 붙어있다.

56 浹洽(협흡) : 널리 적셔줌. 널리 미침.

57 草履(초리) : 짚신.

58 輕輕(경경) : 경경별별(輕輕瞥瞥). 사뿐사뿐 날렵한 모양.

해설

술의 별칭 중 하나가 망우물(忘憂物;근심을 잊게 하는 물건)[59]입니다. 그리고 제목으로 보나 내용상으로도 앞의 시 3수(작품 번호 013~015번)에 연이어 지은 시임을 알 수 있습니다. 또한 이 시를 게재한『천도교월보』의 편집자는 주註에서 '두 늙은이(양한묵과 이관)에게서 중국 도옹(陶翁;陶淵明, 365~427년)의 진수眞髓를 다시 본 듯하다.(評曰, 余於二翁復見陶翁眞髓)'라는 촌평寸評을 붙이고 있습니다.

기와 승(1, 2구)에서는, '부서진 누대 아래에서 설핏 든 잠'(작품 013번 4구)에서 깨어난 두 친구는 옷매무새를 바로하고 저잣거리를 걸어 집으로 향했겠지요. 길거리는 저녁 밥 짓는 연기 속에서 어두워져 가는데, 북악에서 오랜만에 푼 회포가 아쉬워 노서히 그대로 헤어질 수 없어 주막으로 찾아 들어갑니다. 요즘말로 2차를 간 것이겠지요. 성곽 끝에 걸린 초승달이 두 사내의 등을 밀어 주막으로 들어가게 했는지도 모를 일이고, 아니면 이들보다 조금 뒤의 소설가 현진건(玄鎭健;1900~1943년)이 〈술 권하는 사회〉(1921년 발표)에서 말했듯이 '유위유망(有爲有望;큰일을 하려는 의지도 있고 희망도 있는) 한 지식인들이 조선이라는 (일제 강점기) 사회에서 살아남으려면 피를 토하고 죽든지 그렇지 않으면 주정꾼 노릇밖에 할 수 없어서' 주막으로 들어간지도 모를 일입니다.

그러나 이 시의 백미(白眉;여럿 중에 가장 뛰어난 사람이나 물건)는 주註에서 '도연명을 다시 본 듯하다.'고 밝히고 있듯이 전과 결(3, 4구)에 있으니, 술 마시는 광경과 술을 마신 다음의 행동 묘사에 있다 하겠습니다. 먼저 '술잔은 작아도[小盃] 대취大醉했다'고 합니다. 박주(薄酒;맛이 변변치 못한 술)에 산채(山菜;산나물)를 안주로 먹었을지라도 취하기는 마찬가지이니, 술꾼들이 흔히 말하는 원근불사(遠近不辭;멀리서 불러도 가까이서 불러도 술만 있으면 마다하지 않음)·청탁불사(淸濁不辭;맑은 술이거나 흐린 술이거나 술이라면 마다하지

59 忘憂物(망우물) : 진(晉) 도잠(陶潛)의 〈飮酒詩 7〉에「汎此忘憂物, 遠我遺世情」.

않음)라는 말은 흔히 하는 말이지만, 술잔을 대소불사(大小不辭 ; 술잔이 크거나 작거나 가득히만 따라준다면 사양하지 않음)한다는 말은 참으로 묘미가 있다 하겠습니다. 아니면 술을 마신다는 것만으로도 큰 사치奢侈를 누리는 것이니, 술잔의 크고 작음을 따지겠느냐는 것입니다.

마지막 결(4구)에서 '짚신을 신었을지라도 가벼이 걷지는 말게나.'라고 함께 술을 마신 벗에게 객기客氣 아닌 취중농담을 해봅니다. 그러면서 본인은 바르게 걸었는지는 모르겠습니다. 우리가 흔히 부모의 자식 교육을 빗댈 때 "부모가 자식을 가르치는 것은 어미 게[蟹]가 자식 게에게 '애야! 엄마·아빠처럼 이렇게 반듯이 걸어야지!'라고 하면서 정작 자신은 옆으로 걸어 보이는 것."이라고 합니다만, 두 사람의 대화에도 이런 모습, 곧 '이 사람아! 비틀거리지 말고 나처럼 반듯이 걸어야지, 에헴!'하면서 비틀거리며 걸었을 것을 생각하니 웃음이 납니다.

그러나 이 구절을 취중농담이 아닌 취중진담醉中眞談으로 받아들어야 된다고 여겨집니다. 속담에 '입은 비뚤어졌어도 말은 바로 하라.'는 말처럼, 행색은 짚신을 신어 초라하게 보일지라도 걸음걸이만은 태산을 등에 진 듯 무게 있게 걸으라고 한 것은, 지금 비록 나라 잃은 백성이지만, 평화롭게 걷고 태산처럼 앉는 기백氣魄과 기상氣像만은 기氣죽지 말자는 것 아닐까요. 마치 도연명이가 〈귀거래사(歸去來辭)〉를 쓴 후 벼슬을 내팽개치고 집으로 돌아와 은사隱士로 살아가다가, 집이 가난해서 중양절(重陽節 ; 음력 9월 9일)이 다가오는데도 국화를 꺾어 국화주菊花酒를 담그지 못하고 국화꽃만 만지작거리고 있는 모습을 보고, 지방 현령이 만나자고 해도 은사의 지조를 굽히지 않고 만나주지 않았다는 일화처럼, 선비가 지기志氣를 잃으면 생불여사(生不如死 ; 삶이 죽음만 같지 못하다)라, 그래서 촌평에 '도연명의 진수를 다시 본 듯하다.'하다고 했을 것입니다.

017

취운정에서 벗과 서로 시를 주고받음[60]

翠雲亭與芝友相酬

城北青山最有靈 성북청산최유령
寒松不死水流淸 한송불사수류청
閒人到此無塵想 한인도차무진상
林外時聞叩角聲 임외시문고각성

-『천도교월보』, 1911년 12월호

한양성 북쪽의 청산은 매우 빼어난 영험(靈驗)이 있어
한송[61]은 겨울 추위에도 죽지 않고 물은 맑게 흐르네.
한가로운 사람[62]이 이곳에 이르면 세속의 잡념[63]이 없어지나
임천(林泉) 밖[64] 고각(叩角)[65] 소리도 때때로 들리리라.

---

60 相酬(상수) : 노래·말·시 따위를 서로 주고받음.
이 시 또한 경암 이관(敬庵李瓘)의 시 〈翠雲亭與芝友相酬〉에 대한 화답시로, 제목은 '화(和)'로 되어 있으나, 원시의 제목을 밝혀 〈翠雲亭與芝友相酬〉로 한다.

61 寒松(한송) : 추운 겨울에도 시들지 않는 소나무. 굳은 지조와 절개를 비유하는 말.

62 閒人(한인) : 한가하고 일이 없는 사람.

63 塵想(진상) : 세속에 얽매인 잡념(雜念).

64 林外(임외) : 임천지외(林泉之外). 속세. 세속. 임천(林泉)은 은거하는 곳. 은둔지.

65 叩角(고각) : 쇠뿔을 두드림. 춘추시대 제(齊)의 영척(甯戚)이 쇠뿔을 두드리며 노래를 불러 환공(桓公)에게 등용된 고사. 전의(轉義)되어 벼슬자리를 구함.

해설

취운정은 작가 양한묵 선생이 즐겨 찾았던 정자로 그가 남긴 한시 92수 중 제목으로 직접 언급한 것이 5수('雲亭'으로 명기하기도 함)이며, 삼청동(三淸洞 ; 5수)까지를 포함하면 10여 수입니다. 작가가 이곳을 즐겨 찾은 이유는 살고 있는 집[濟洞]과 가까워서도 아니고, 맑은 청린천靑麟泉 샘물을 마시기 위함도 아니며, 산책코스로 좋아서는 더욱 아닙니다. 그 이유는 앞 시에서 언급하였듯이 독립지사들과 자주 만날 수 있는 은밀한(?) 회합공간이었기 때문입니다.

기와 승(1, 2구)에서 취운정 주변의 자연경물 묘사 의미를 누구나 한 걸음만 들어가서 시적 의미를 생각하면 쉽게 알 수 있습니다. '한양성 북쪽'은 곧 지금 취운정터 표지판이 있는 북악산 동남쪽 자락이자 경복궁 바로 뒤 동북쪽 산언덕으로, '매우 빼어난 영험이 있는 곳'으로 길지吉地 중의 길지라고 극찬합니다. 그 이유는 '겨울에도 변함없는 낙락장송落落長松 한송寒松이 있으며, 추위에도 얼지 않고 흐르는 맑은 물' 때문이라고 합니다. 곧 청산靑山에 청송靑松과 청수淸水가 한데 어우러진 곳이기 때문이라고 합니다. '추운 겨울'은 곧 일반적 시적詩的 상징으로 '역경과 고난'을 의미하니, 다름 아닌 일제 강점기하의 억압과 고통을 말하는 것이지요. 그리고 이에 굴하지 않는 절개와 지조를 지닌 독립지사들이 많이 모이는 곳이니, 길지 중의 길지이고 명당 중의 명당이라고 하였지요. 길지와 명당이 따로 있는 것이 아니라, 덕 있는 사람이 사는 곳이 명당이고 길지라는 옛말과 다르지 않습니다.

전과 결(3, 4구)에서는 전반부에서 너무 드러낸 시적 상징어(소나무;절개와 지조/맑은 물;독립에 대한 순수한 열정)들을 희석(稀釋;묽게 함)시키기 위해 일반인 눈에 비치는 취운정 부근의 풍경을 예찬합니다. 곧 취운정에 오르면 '세속의 잡념'을 없앨 수 있지만, 저잣거리와 그리 멀지 않는 곳이라고 합니다. 그리고 여기에서도 '고각叩角소리(벼슬을 구하려는 사람)'를 통해서 일제 앞잡이들이나 친일파 매국노賣國奴들을 경계하는 태도를 보입니다.

시에서 표현하고 있는 외적인 자구字句상의 내용만으로는 취운정에서 유유자적하는 자연·전원시로 보이는 작품이지만, 호시탐탐虎視眈眈 각종 언론매

체들의 애국·애족적 행보를 감시하는 조선총독부와 일경日警의 감시와 검열을 피하기 위해서 함의(含意;말이나 글에서 겉으로 드러난 것 외에 속으로 어떤 의미를 담고 있음)된 바를 감추어야만 하는 당시의 현실을 감안하면, 충분히 이해가 되는 시라고 하겠습니다. 아울러 작가 양한묵 선생이 즐겨 사용하는 '청산青山'이 지니는 의미 중의 하나, 곧 '조국의 해방'을 밝힐 수 있는 작품이라고 하겠습니다.

한송(寒松) 겨울 추위에도 변함없는 낙락장송

018

선달그믐날 밤에[66]

除夜

遠客孤樓對雪江 원객고루대설강
月明鴻雁渡雙雙 월명홍안도쌍쌍
隣家買得屠蘇酒 인가매득도소주
一几吟聲倚曉窓 일궤음성의효창

-『천도교월보』, 1912년 1월호

멀리서 온 나그네가 외로운 누에 올라 눈 내리는 강을 바라보니
달은 밝고 기러기 쌍쌍이 강을 건너네.
인가에서 도소주(屠蘇酒)[67]를 사서 마시고
궤에 기대어 읊조리고 새벽이 오는 창에도 기대어보네.

66 이 시도 경암 이관(敬庵李瓘)과 동일 제목으로 싣고 있다.

67 屠蘇酒(도소주) : 설날에 마시던 약주(藥酒). 연초에 마시면 사기(邪氣)를 물리치고 장수한다는 도소(屠蘇 ; 산초(山椒)·방풍(防風)·백출(白朮)·밀감피(蜜柑皮)·육계피(肉桂皮) 등을 조합하여 만듦)를 넣어 빚은 술.

해설

나라를 잃은 지 만 1년 4개월이 지나고 다시 새해를 맞이해야 하는 섣달그믐날 밤입니다. 고향(전라남도 해남. 또는 정신적 本鄕은 화순. 양한묵 선생이 3·1운동 직후 투옥되어 심문받는 取調에서 대답하기를, 「출생지는 전라남도 화순군, 직업은 천도교 도사이며, 이름은 양한묵, 나이는 56세다.」라고 대답합니다.)을 떠나 타관객지에서 새해를 맞이하는 심정이 착잡할 수밖에 없었을 것입니다. 기와 승(1, 2구)에서는 나라를 위해 무언가를 해보겠다고 중국과 일본 등지를 5~6년 간 떠돌면서 보아왔던 일들이 주마등처럼 지나갔겠지요. 새해를 맞이하며 한 해를 정리해보고자 누대에 올라 한강을 바라보노라니, 눈앞을 가릴 정도로 펑펑 쏟아지는 눈은 헛되이 보낸 지난 세월처럼 강물에 흔적도 없이 녹아내리고 달빛 아래 기러기들은 쌍쌍이 날아갑니다.

전과 결(3, 4구)에서는 객수客愁를 달래기 위해 누에서 발걸음을 돌려 어깨에 쌓인 눈을 털며 주막으로 들어섭니다. 세주歲酒를 겸해서 새해에는 좋은 일만 있으라고 연초에 마시면 사기(邪氣;사악한 기운)를 물리친다는 도소주屠蘇酒를 한 잔 따라놓고 희미한 호롱불 아래 앉아봅니다. 몇 잔을 기울였는지 술기운이 얼큰하게 오르고 입으로는 자신도 모르게 시 한 수를 흥얼거려 봅니다.

"그래! 밤이 깊으면 새벽이 멀지 않듯이, 새해에는 국운國運이 바뀌어 나라 안에 좋은 일들만 있으리라"

애써 마음속으로 빌고 또 빌었으리라.

019

입춘 전날에
立春前日

大原一理本來微 대원일리본래미
歲暮長天誰與歸 세모장천수여귀
桃花芳草當春日 도화방초당춘일
好眼深看應有機 호안심간응유기

-『천도교월보』, 1912년 2월호

근원(根源)이 되는 하나의 이치(理致)는 미미(微微)하게 오는 것이니
한 해가 저무는 드넓은 하늘 아래 누구와 더불어 돌아갈까.
복사꽃 피고 풀이 향기로운 봄날을 맞이하여
좋은 눈으로 깊이 살피면 응당 기미(機微) 있으리라.

해설

전반부의 기(1구)와 승(2구)의 내용상 의미 연결이 이해하기 다소 어렵습니다. 기의 자구(字句)상 의미는 '입춘을 맞이해서 봄이 오는 들녘에서 깨닫는 이치는 곧 생생지리(生生之理 ; 만물이 끊임없이 생겨나는 이치)'[68]입니다. 그런데 그 나타남이 본래 미미한 것이어서 한눈에 식별하기가 어렵다는 것이

68 生生(생생) : 『易, 繫辭 上』에 「낳고 낳음을 역이라 함(生生之謂易)」.

지요. 비유하면 봄이 되면 들녘에 온갖 풀들이 어린 싹을 틔워 자라나는데 너무 작아서[微微], 어느 것이 약초藥草인지 독초毒草인지 알 수 없는 것과 같은 이치입니다. 이 뜻을 당시 시대 상황에 맞춰 함축하고 있는 의미를 고찰하자면, 일제가 국권을 찬탈簒奪한 후로 수 많은 단체가 우후죽순雨後竹筍처럼 만들어지는데, 모두가 겉으로는 국리민복國利民福을 내세우고 있지만, 과연 어느 단체가 진정으로 국가와 국민을 위한 단체, 또는 조선의 독립을 위한 것인지 아니면 일제의 조종으로 친일매국하는 단체인지 구별하기가 심히 어렵다는 뜻으로 풀이됩니다.

예를 들자면, 대표적인 친일매국 단체인 일진회一進會의 경우, 송병준(宋秉畯;1858~1925년)이 일본에서 망명생활을 하다가 귀국하여 전 독립협회회원 윤시병尹始炳·유학주兪鶴柱 등을 끌어들여 '유신회(維新會;1904년)'를 조직하였다가 다시 일진회로 개칭하고, ① 황실을 존중하게 하고 국가의 기초를 공고하게 할 것, ② 인민의 생명과 재산을 보호하게 할 것… 등등의 그럴듯한 명분을 내세우고, 다시 이용구李容九 등이 동학東學의 잔여세력을 규합하여 '진보회進步會'를 조직하자, 이를 다시 매수, 흡수한 후로 친일세력으로 온갖 앞잡이 노릇을 하다가 1910년 8월 29일 일제가 조선을 강점하고 난 후 데라우치통감에 의해 9월 26일 해체될 때까지 관제민의官制民意를 조작하여 국민들의 격분과 성토, 규탄의 대상이 되었습니다.

승(2구)에서는, 이렇듯 수십 개의 단체와 개인이 이합집산離合集散하며, 가식假飾과 위선僞善이 난무하는 가운데, 어떤 사람, 어느 단체가 진정으로 조국의 독립과 국민을 위한 단체인지를 구별하기란 보통 어려운 일이 아닐 수 없었을 것입니다. 그러니 함께할 동지를 찾는다는 것이 매우 어려운 상황임을 '희망과 소생하는 약동의 봄은 오고 있는데, 해 저무는 들녘(암담한 현실)에서 뉘와 함께 돌아갈꼬?'라고 한 것으로 여겨집니다. 곧 하루 종일 봄이 오는 들녘에서 조국의 해방을 위해 목숨을 던질 수 있는 문경지교(刎頸之交;생사를 같이 할 수 있는 매우 가까운 벗)를 찾는 어려움을 토로하고 있다 하겠습니다.

전과 결(3, 4구)에서는, 그래도 새봄 새날을 맞이하여 '좋은 눈으로 살피면 응당 기미機微가 있으리라.'하는 희망의 끈을 놓지 않는 긍정적 자세를 보이고 있습니다. 독립지사 양한묵 선생의 일대기를 살펴보노라면, 한 번도 조국의 독립과 해방을 가장한 가식과 위선자들의 올가미에 걸려들지 않고, 거의 초인간적(?)인 감각으로 훼절자毁節者와 변절자變節者를 식별하고 감별하는 혜안(慧眼;사물의 본질을 꿰뚫어보는 안목과 식견)을 지니고 있었음에 감탄을 금할 수 없다 하겠습니다.

입춘첩(立春帖)을 붙인 대문

020

봄날에(1)
春時節(一)

春城老伯集羣芳 춘성노백집군방
白石歌長漢水央 백석가장한수앙
會見園中生萬木 회견원중생만목
吾家日月盡天光 오가일월진천광

-『천도교월보』, 1912년 3월호

봄날의 도성에 어진 노인[69]들이 모이고
백석(白石)[70]의 노래가 한강 가운데 울려 퍼지네.
모여서 동산에 온갖 나무들이 자라남을 바라보니
우리 집의 해와 달도 하늘의 광채[71]를 다하고 있네.

해설

봄을 맞아 오늘 하루만은 온갖 걱정 근심 다 잊어버리고 마음 편히 즐기고 싶었을 것입니다. 그래서 기와 전(1, 2구)에서는 화창한 봄날을 맞아 도성에

69 老伯(노백) : 아버지 연배에 대한 경칭.
70 白石(백석) : 전설상의 선인(仙人).
71 天光(천광) : 햇빛. 하늘의 광채.

서 노인들이 상춘(賞春;봄 경치를 구경하며 즐김)하는 모습을 묘사하고, 이어 한강에서 들리는 뱃노래는 옛 선인(仙人;白石)들의 노래 같다 하며 뱃놀이 하는 모습을 제시합니다. 노인들이 걱정 근심 없이 봄을 즐긴다고 합니다.

이어 승과 결(3, 4구)에서도 온갖 나무들이 동산에서 싹을 틔우며 자라고 있는 모습을 그리고, 우리 집도 해와 달이 하늘의 광채를 다하고 있다고 합니다. 곧 배경묘사를 통해 태평한 나날이 계속되기를 바라는 심정을 제시하고 있습니다. 이와 같은 한양의 봄날을 노래한 옛 사설시조 한 수를 더해 함께 춘흥春興을 돕고자 합니다. 원문에 한자어가 다소 많아 현대어 풀이를 더합니다.

春風杖策上蠶頭ᄒᆞ야 漢陽城裏를 歷歷히 들너보니
仁王山 三角峯은 虎跪龍盤勢로 北極을 괴야 잇고 終南漢水ᄂᆞᆫ 襟帶相連ᄒᆞ야 久遠ᄒᆞᆫ 氣像이 萬千歲之無疆이로다.
君修德臣修政ᄒᆞ니 禮儀東方이라 堯之日月이요 舜之乾坤이로다.

풀이

봄바람이 부니 누에머리(를 새긴) 지팡이를 짚고 한양성 안을 뚜렷이 둘러보니,
인왕산과 삼각산 봉우리는 범이 웅크리고 용이 서린 듯한 형세로 북극을 괴어 있고 남산과 한강수는 옷깃과 허리띠처럼 서로 이어져서 영원무궁한 기상이 천년만년 끝이 없으리로다.
임금은 덕을 닦고 신하는 정사를 닦으니 예의 높은 동방이라 요임금의 세월이요 순임금의 세상이로다.

021

봄날에(2)[72]

春時節(二)

野潮春暖上閒舟 야조춘난상한주
丹竈靑鐺昔已修 단조청당석이수
江晝若空山的歷 강주약공산적력
數聲長笛在中流 수성장적재중류

-『천도교월보』, 1912년 2월호

바다로 흘러가는 들녘의 물은 봄이라 따뜻한데 한가로이 배에 오르니
화덕[73]과 푸른 노구솥은 예전에 이미 닦아놓았네.
한낮의 강은 텅 빈 것 같고 산은 선명한데[74]
길게 울리는 몇 곡 피리소리는 중류에서 들려오네.

72 〈春時節(一)〉에 이어 '우(又)'라고 제목이 붙은 시이다. 따라서 〈春時節(一)〉, 이 시에는 〈春時節(二)〉로 하여 연시로 감상한다. 양한묵 선생의 문집『백성이 한울이라』한시(漢詩)편에는 이 시의 제목이 〈復拈舟字〉로 되어 있다.

73 丹竈(단조) : 단약(丹藥 ; 仙丹)을 굽는 화덕.

74 的歷(적력) : 선명한 모양.

해설

아마도 지금의 한강 하류 김포나루 부근으로 여겨집니다. 거기서 한강은 임진강과 만나서 강화도를 돌아나가 서해로 흘러가지요. 시절을 잘못 만나 조국 해방과 독립운동에 한목숨 미련 없이 바칠 수밖에 없었으나, 좋은 시절을 만났다면 양한묵 선생은 어떤 인생을 살았을까요. 가끔 독립지사들을 글을 통해 만나다 보면 '만약에~'라는 질문을 스스로에게 던져봅니다. 만해 한용운(韓龍雲; 1944년 5월 卒), 시인 윤동주(尹東柱; 1945년 2월 卒)와 이육사(李陸史; 1944년 1월 卒)가 1년 아니면 몇 달만 더 살아 그토록 원하던 해방된 조국을 만났다면 어떤 시를 썼을까요? 심훈(沈熏; 1936년 卒)은 소설가이면서도 시 〈그날이 오면〉에서 쓰기를,

그날이 오면, 그날이 오면
… (중략) …
종로(鐘路) 인경(人磬)을 머리로 들이받아 울리오리다.
두개골(頭蓋骨)은 깨어져 산산조각이 나도
기뻐서 죽사오매 오히려 무슨 한(恨)이 남으오리까.

라고 절규했던 것을 생각하면 참으로 가슴이 아픕니다. 양한묵 선생도 독립이라는 초미지급(焦眉之急; 눈썹에 불이 붙은 것처럼 매우 위급한 상황)의 대명제가 아니었다면 선풍도골仙風道骨을 지니고 시와 술을 즐기는 풍류객이 되지 않았을까 생각해 봅니다.

본 시의 내용은 앞 시 〈春時節一〉에 계속되는 작품입니다. 양한묵 선생은 이미 향리에서 유·불·선儒佛仙의 모든 경서를 통독한 뒤여서 자유자재로 유·불·선을 넘나들면서 적재적소에 자신의 생각과 감회를 펼칠 수 있었습니다. 기와 승(1, 2구)에서는 봄날을 맞이하여 살랑거리는 춘풍에 돛을 올리고 바람 부는 대로 물결치는 대로 배를 맡기는 모습이 눈에 그려집니다. 그리고 뱃전에는 선단(仙丹; 도교에서 장생불사하거나 신선이 되기 위하여 만드는 丹藥)을 굽

는 푸른 노구솥[靑鐺]을 이미 닦아 놓았다고 합니다. 실제로 선단을 굽기 위한 솥을 싣고 있었는지는 알 수 없습니다만, 마음속으로 봄바람에 배를 맡기고 옷가슴을 풀어 강물 위로 불어오는 춘풍, 훈풍을 쐬는 기분은 아무래도 신선이 된 듯한 기분을 느끼고 있었을 것이라고 여겨집니다.

전과 결(3, 4구)에서는 뱃전에서 바라보는 정경을 노래하고 있는데, 흡사 중국 송(宋)나라 소동파(蘇東坡;1037~1101년)의 〈(전)적벽부(前赤壁賦)〉를 연상시킵니다. 물론 〈적벽부〉의 시간적 배경은 가을 밤[旣望;음력 열엿새]이고, 본 작품의 배경은 봄날의 낮이어서 서로 다르기는 합니다만. 배가 얼마나 흘러왔는지 주위는 고요하기가 텅 빈 것 같다고 하고, 뱃전 양 옆으로 흘러가는 봄날의 연두 빛 산색은 뚜렷하다고 합니다. 그리고 〈적벽부〉에서는 '퉁소 부는 사람[洞簫者]'이 같은 배를 타고 있습니다만, 본 작품에서는 '피리 소리는 중류에서 들린다[長笛在中流]'라고 합니다. 풍류를 즐기는데 음악이 없을 수 없는데, 마침 강가 산비탈쯤에서 초동이 불어주는 소리인가 어디선가 한 줄기 피리소리가 들린다고 합니다.

그러나 소동파의 〈적벽부〉와 본 작품이 신선을 흠모하는 도가적道家的 분위기 때문만은 아닐 것이라고 생각하고, 좀 더 묵직하고도 내밀(內密 ; 겉으로 드러나지 아니함)한 작가의 의도를 음미하여 보고자 합니다. 소동파는 〈적벽부〉에서 퉁소 부는 객에게 이르기를,

> 객은 또한 저 물과 달을 아는가?
> … (중략) …
> '변하는 입장'에서 본다면 천지도 일찍이 한 순간도 가만히 있지 못하고,
> '변하지 않는 입장'에서 본다면 물건과 우리 인간이 모두 무궁무진한 것이니
> … (후략)

라고 합니다. 뱃전을 부딪치면서 흐르는 물을 바라보는 양한묵 선생의 입장에서 강물을 '변하는 입장'에서 보고 있느냐, 아니면 '불변하는 입장'에서 보고 있느냐? 입니다. 인간사를 포함해서 세상만사가 변하지 않는 것은 없습니다.

그러니 '변하는 입장'에서 지금 우리 민족이 당하고 있는 국권침탈이라는 치욕의 시간들도 또한 저 강물처럼 지나가리라, 인간사가 흥망성쇠의 반복이듯이 뒤로 뒤로 이미 흘러가버린 강물보다는 앞으로 흘러올 강물을 어떻게 맞이할 것인가?

그리고 강물은 변화하는 존재이지만 강江은 변함이 없기 때문입니다. 마치 국권은 침탈당했어도 역사는 변함 없이 계속되어야 하는 것처럼. 많은 시가문학 작품에서 강江은 역사의 상징으로 등장합니다. 〈적벽부〉 마지막에서 소동파의 한 마디 말을 인용하자면,

> 苟非吾之所有, 雖一毫而莫取
> 만일 나의 소유가 아닐진대 비록 털끝 하나라도 취하지 말아야 한다.

라고 한 것인데, 이 말은 비단 개인의 도덕과 윤리의 문제가 아니라 국가간에도 통용되는 것인데, 저 일본제국주의자들은 일시적인 조선의 지배를 영원할 것으로 간주하는 것에 대한 어리석음이 안타까울 따름이었을 것입니다. 한강이 김포 하구를 벗어나 강화도를 휘감아 흘러 망망대해로 흘러가듯이 우리 민족도 오대양육대주를 항행航行할 날이 멀지 않음을 기대하면서.

022

태화루[75]에서 멋스럽게 모이다[76]
太和樓雅集

樓如法界不生塵 누여법계불생진
雪後寒梅境更新 설후한매경갱신
一几淸風吟響動 일궤청풍음향동
靜中誰是覺心人 정중수시각심인

-『천도교월보』, 1912년 3월호

태화루는 법계(法界)[77]와 같아 티끌 하나도 일지 않고
눈 내린 뒤 핀 차가운 매화의 경지(境地)가 다시 새롭네.
안석에 기대노라니 맑은 바람 불어오고 시 읊는 소리 울리니[78]
고요 속에 도(道)를 깨달은[79] 사람은 누구인가.

---

75 太和樓(태화루) : 훗날 3·1독립선언을 선포했던 '태화관(泰和館 또는 太華館)'에 있었던 누각.

76 이 시도 경암 이관(敬庵李瓘)과 동일 제목으로 싣고 있다.

77 法界(법계) : 불교계(佛敎界). 일반적으로 각종 사물의 현상(現象)과 그 본질(本質)을 이르는 말.

78 響動(향동) : 소리가 진동함.

79 覺心(각심) : 도(道)를 깨달을 수 있는 사람.

해설

전문은 7언 절구로, 기와 승(1, 2구)에서는 태화루의 청정함과 태화루 주변의 모진 눈보라를 이겨내고 핀 매화를 노래하고 있는 배경묘사입니다. 그리고 특히 시가문학에서 배경묘사는 곧 시적 분위기를 의미하며, 그 분위기와 어울리는 인간사人間事를 끌어오기 마련이니, 이른바 선경후정(先景後情 ; 앞에서는 경치를 묘사하고 뒤에는 인간의 정서를 서술하는 방법)이라는 것이지요. '티끌 하나도 없는 정갈함(1구)'과 '차가운 가운데 핀 매화[寒梅](2구)'와 어울리는 사람들은 바로 다름 아닌 순수한 열정[不生塵]으로 조국을 해방시키겠다며 일제의 모진 억압을 견뎌내는 독립지사[寒梅]들인 것이지요.

전과 결(3, 4구)에서는 의기상합意氣相合하는 지사들과 마음 편하게 자리를 함께 하는데 청풍마저 불어오니, 절로 시흥詩興이 일어 더러는 나직이 읊조리고 더러는 눈을 지그시 감고 듣습니다. 이 고요하고도 각자의 마음속에 일렁이는 정중동靜中動의 회포를 애써 억누르고 있자면, 말은 안 해도 이심전심(以心傳心 ; 마음에서 마음으로 뜻이 통함)으로 한 도道를 통할 수도 있을 것 같다고 합니다.

태화빌딩이 들어선 태화관 터 서울 종로구 인사동에 위치한 태화관 터에는 현재 태화빌딩이 들어섰다. '삼일독립운동선언유적지' 표지석과 붉은 벽면을 따라 기미독립선언서가 새겨져 있다.

023

다장곡[80]에서
多藏谷

青山若畵白雲生 청산약화백운생
又過晴天鶴一聲 우과청천학일성
林下吾從深處去 임하오종심처거
道家風物盡公平 도가풍물진공평

-『천도교월보』, 1912년 4월호

청산에는 그림 같은 흰 구름이 피어나고
또 갠 하늘에 학 한 마리 울며 지나가네.
숲길을 따라 깊은 곳으로 걸어가니
도가(道家)의 풍경[81]인양 공평(公平)[82]을 다 하였네.

---

80 多藏谷(다장곡) : 미상. 지명(地名)으로 여겨짐.

81 風物(풍물) : 경치.

82 公平(공평) : 공정하여 치우침이 없음.『管子, 形勢解』에「天公平而無私, 故美惡莫不覆, 地公平而無私, 故小大莫不載」.

해설

예로부터 잘 그린 그림을 일러 '그림 속에 시詩가 있고[畵中有詩]' 잘 쓴 시를 일러 '시 속에 그림이 있다[詩中有畵]'고 했습니다.[83] 기와 승(1, 2구)의 내용은 가히 한 폭의 그림을 연상시킵니다. 흰 구름이 피어나는 청산과 파란 하늘에 울면서 하얀 날개를 저으며 날아가는 한 마리의 학을 그려내고 있습니다. 화가는 날아가는 학을 그릴 수는 있지만 학의 울음소리는 그릴 수 없듯이, 그림으로 시정(詩情)을 그려내고, 시로 화의(畵意;그림 속에 나타난 뜻이나 意境)를 써내기란 쉬운 일이 아니겠지요.

필자는 이 시의 제목 '다장곡多藏谷'의 현재 지명과 위치를 알아내기 위하여 다방면으로 조사했습니다만 알아내는데 실패했습니다. 다장곡을 풀이하면 '많은 것을 감추고(간직하고) 있는 골짜기' 정도로 풀이할 수 있겠지만. 그렇게 전전긍긍하던 차에 경복궁 내에 있는 '국립고궁박물관'을 찾게 되었습니다. 그리고 전시실 중 '조선의 국왕실'에서 임금이 앉아있는 옥좌(玉座;御座) 뒤의 일월도(日月圖. 또는 日月崑崙圖, 日月五峯圖)[84]에 눈길이 멈췄는데, 그림의 내용이 양한묵 선생의 '다장곡'과 비슷하다는 생각이 불연 떠올랐습니다. 그리고 혼자서 '아하! 조선왕조의 상징과 같은 일월도를 시로 쓴 것이었구나. 자칫 민족혼(民族魂)을 불러일으키는 시가 되면 일본의 검열을 피할 수 없어서 시 제목부터 감추지[藏] 않으면 안 되므로 〈다장곡〉이라 했겠구나.'라고 하는데까지 생각이 다다르자, 막힌 가슴이 탁 트인 듯, 시 해석의 단초를 발견한 것 같아 웃음이 저절로 났었습니다. 혹시 이 글 이후로 독자들로부터 서울 인근 지명으로 '다장곡'의 실재를 밝혀주신다면 더 없이 좋겠고, 저의 시 해석의 지나친 비약飛躍과 억지를 반성·사죄하고 고치겠습니다.

그러나 일월도의 상투적인 화풍에서 '살아 있는 생명체' 곧 학鶴은 그려 넣지 않는다는 것을 알고 다시 의문감이 생기고, 대신 학을 소재로 하는 그림

83 송(宋) 소식(蘇軾)의 『書摩詰藍田烟雨圖』에 「味摩詰之詩, 詩中有畵, 觀摩詰之畵, 畵中有詩」.

84 현재 궁궐에 남아 있는 대표적인 일월도(日月圖)는 창덕궁 인정전(仁政殿), 창경궁 명정전(明政殿), 경복궁 근정전(勤政殿).

으로 민화民畵에서 '십장생도十長生圖'[85]가 있다는 것을 떠올렸습니다. 그리고 시의 내용과 십장도와의 상관관계를 살펴보았습니다. 그러나 그림 해설가들의 설명에 통상 '일월도의 해·달·산·소나무·물 등의 모티프는 십장생도와 연관을 가진 것으로, 그 뜻은 천계天界·지계地界·생물계生物界에 존재하는 모든 신들의 보호를 받아 자손만대 왕실과 나라가 번창하라는 바람을 나타낸 것'(이상 『한국민족문화대백과사전』 내용 전제)이라는 해석에 이르러, 이 시는 십장생도보다는 일월도 그림의 내용(민족혼)을 시로 쓰고자 한 것으로 잠정 결론지었습니다. 따라서 일월도를 염두에 두고 감상해 보고자 합니다.

기(1구)에서 '청산青山'은 십장생 중 하나이자 우리나라 산이면서 일월도에서는 곤륜산崑崙山이자 오봉산(五峯山 ; 왕실의 존엄 상징)인데, 곤륜산은 중국 도교道教 전설에서 서왕모(西王母 ; 신화에 나오는 神女의 이름으로 불로장생의 상징)가 살고 있는 산으로 전(3구)의 숲[林]과도 같은 의미이고, '(흰)구름'은 일월도의 오색서운(五色瑞雲 ; 다섯 빛깔의 상서로운 구름)이자 십장생 중 하나입니다.

승(2구)에서 '(갠) 하늘[晴天]'은 일월도의 청록색 하늘이고 십장생 중 하나입니다. 그리고 일부러 그려내(쓰)고 있지 않은 것은 일월도의 '붉은 해[日 ; 王]'와 '하얀 달[月 ; 王妃]'로서 감추고[藏] 언급하지 않았으며, 학鶴은 십장생 중 하나입니다.

전(3구)에서는 작가 자신이 일월도의 숲[林 ; 五峯山, 崑崙山] 안으로 걸어 들어가는 모습을 그리고 있는데, 십장생의 나머지들, 곧 (골짜기에서 떨어지는 폭포의) 물과 바다, (첩첩이 쌓여진 네모진) 바위, 사슴·거북·(아름드리) 소나무·(버섯 닮은) 불로초 등을 만났을 것이지만 숨기고[藏] 그려내지 않습니다. 그러나 감춰진 이것들과의 만남을 통해서 망해버린 조선왕조에 대한 깊은 연민과 함께 '국가의식·민족혼과의 정신적 만남', 곧 만해 한용운(萬海韓龍雲 ; 1879~1944년)이 〈님의 침묵〉에서 말한 '날카로운 첫 키스의 추억'에 해당합니다.

85 십장생(十長生) : 죽지 않고 오래 산다는 열 가지로 보통 해·구름·산·물·바위·학·사슴·거북·소나무·불로초를 든다.

결(4구)에서 '도가道家의 풍경'은 일월도와 십장생도에서 공통적으로 나타나는 짙은 청록산수법(靑綠山水法;탈세속적인 환경, 고귀한 장소를 그리거나 고사신화를 표현할 때 애용된 화법)을 통한 상상속의 선계仙界이자 환상적 세계를 의미합니다. 그리고 그 속에서 (군왕의) 정치와 (백성들의) 삶은 '공평(公平;公平無私)'을 다하였다고 합니다. 옛 성인들이 말하기를, '하늘이 공평무사하니 아름다움과 악이 뒤집히지 않게 하며, 땅이 공평무사하니 크고 작음이 뒤바뀌지 않게 한다.'하였습니다. 한마디로 '공평을 다한다.'는 것은 동양에서는 이상향理想鄕이고 요순시절堯舜時節이고 무릉도원武陵桃源 같은 세상이겠지요.

양한묵 선생에게서 '공평한 세계'란 무엇이었을까요. 걱정 근심 없이 사는 태평성대가 아니라 우선 '해방된 나라에서 사는 것'이었을 것입니다. 세상이 순리대로 돌아가는 것을 연비어약(鳶飛魚躍;솔개가 날고 물고기가 뛴다는 뜻으로, 만물이 각기 제자리를 얻음)이라 하듯이 '일본은 일본으로 돌아가고 조선은 나라를 되찾는 것' 이상도 이하도 아니었을 것입니다.

그러나 이런 말들을 제대로 하기에는 일제의 감시가 서릿발 같아서 살얼음을 밟는 심정으로 시의 제목부터 내용까지 모두[多] 감추고[藏], 일월도 그림도 다 못 그리니 숨기고[藏] 또 감추고[藏], 특정한 지명을 의미하는 것처럼 '곡谷'자字를 붙여 발표한 것이 아닐까 사료됩니다. 일월도 앞 용상에 태산처럼 앉아서 만조백관을 불러 정사를 의논하던 나랏님은 어디로 숨었습니까[藏], 누가 감추었습니까[藏], 백성들은 볼 수 없으니 나랏님을 마음속에 간직한 채[藏], 북악산 골짜기[谷]에서 울부짖고 있사옵니다.

감히 구미속초(狗尾續貂;개꼬리를 담비꼬리에 이음. 하찮은 것으로 훌륭한 것을 이음)하여 작가의 지고지순(至高至純)한 시세계에 오점을 남기게 되었으니 송구할 따름입니다.

근정전(勤政殿)의 일월도(日月圖) 경복궁(景福宮) 근정전(勤政殿)의 임금이 앉아있던 옥좌(玉座 ; 御座) 뒤편의 일월도(日月圖. 또는 日月崑崙圖, 日月五峯圖).

024

삼청동에서(1)[86]

三淸洞(一)

樓上靑山出 누상청산출
書中白日行 서중백일행
春來逢舊雨 춘래봉구우
物外到三淸 물외도삼청

-『천도교월보』, 1912년 5월호

다락 위에 청산은 솟아 있는데
글을 읽다가 한낮이 지나갔네.
봄이 오자 옛 친구[87]를 만나
속세 밖[88] 삼청동에 이르렀네.

86 제목 '三淸洞'의 시 3편이 『천도교월보』 1912년 5월호에 2편, 6월호에 1편이 실려 있다. 감상의 편의상 (一), (二), (三)을 붙여 구별한다.

87 舊雨(구우) : 옛 친구를 이르는 말. '예전에는 비가 와도 친구가 왔는데, 지금은 비가 오면 오지 않는다.'고 한 두보(杜甫)의 시에서 유래한 표현. 당(唐) 두보(杜甫)의 〈秋述〉에서 「常時車馬之客, 舊, 雨來, 今, 雨不來」.

88 物外(물외) : 세상의 바깥. 속세에서 벗어남을 이름.

해설

산청(山淸;산이 맑음)하고 수청(水淸;물이 맑음)하고 인청(人淸;사람이 맑음)하여 삼청三淸이라 하고, 도교道敎에서는 선인仙人이 사는 곳인 옥청玉淸·상청上淸·태청太淸을 이르기도 한다니, 삼청동은 예나 지금이나 살기 좋은 곳인 모양입니다. 기와 승(1, 2구)에서는 배경묘사로 '다락 위에 솟은 청산(공간)'과 '한낮(시간)'을 제시합니다. 시간 가는 줄 모르고 서책을 읽는 한가로운 모습도 함께 제시합니다.

전과 결(3, 4구)에서는 찾아온 벗과 함께 삼청동으로 봄나들이 하는 모습을 그리고 있습니다. 우리가 익히 알고 있는『논어(論語)』첫머리(學而, 第一)에「벗이 먼 곳으로부터 찾아온다면 또한 즐겁지 아니한가?(有朋自遠方來, 不亦樂乎)」와 일치하는 모습입니다. 벗은 특히 '뜻을 함께하는 벗[同志]'을 말함이고, 삼청三淸은 또 삼주(三酒;세 종류의 飮酒, 곧 일이 있어서 마시는 술[事酒], 일이 없어서 마시는 술[昔酒], 제사 때 마시는 술[祭酒])의 별칭이기도 하니, 삼청동三淸洞으로 찾아가서 삼청三淸을 즐기니, 이래저래 안성맞춤으로 즐기는 춘흥春興을 말한 듯싶습니다. 우리 같은 범인이야 옛 속담에 '물 좋고 정자 좋은 데 없으니, 등 따습고 배부르면 지상낙원이라'와는 격이 좀 다른 운치와 풍류가 느껴지는 시입니다.

025

삼청동에서(2)
三清洞(二)

松樹聲聲洞府幽 송수성성동부유
風光肯許別天求 풍광긍허별천구
湖山自是吾家事 호산자시오가사
今日黃鸎明日鷗 금일황앵명일구

-『천도교월보』, 1912년 5월호

솔바람 소리 가득하고[89] 신선이 사는 듯[90] 그윽하니
이곳 풍광은 별천지[91]가 틀림없네.
강과 산을 즐김은 당연히[92] 나의 일이라
오늘은 꾀꼬리와 내일은 갈매기와 놀리라.

89 聲聲(성성) : 투덜대는 모양. 소리가 시끄러운 모양.

90 洞府(동부) : 도가(道家)에서 신선이 사는 곳. 송(宋) 소식(蘇軾)의 〈過木櫪觀詩〉에서 「洞府煙霞遠, 人間爪髮枯」.

91 別天求(별천구) : 별천구(別天球)(?). 별천지(別天地). 특별한 세상. 당(唐) 이백(李白)의 〈山中問答〉에 「問余何事棲碧山, 笑而不答心自閑, 桃花流水杳然去, 別有天地非人間」.

92 自是(자시) : 자연히. 당연히. 원래.

해설

앞 시 〈삼청동1〉에 이어서 삼청동에서 춘흥을 즐기는 모습을 쓰고 있는 7언 절구입니다. 기와 승(1, 2구)에서는 봄날의 정취를 제대로 즐기기에는 속세를 벗어남이 우선일 터이니, '솔바람 소리'로 시정市井의 훤성(喧聲 ; 저잣거리의 떠들썩한 소리)을 끊었다고 합니다. 마치 신라시대 대문장가 최치원(崔致遠 ;857~?)이 〈제가야산독서당(題伽倻山讀書堂)〉 3, 4구에서,

常恐是非聲到耳(상공시비성도이) 늘 시비하는 소리 귀에 들릴까 두려워
故教流水盡籠山(고교유수진롱산) 짐짓 흐르는 물소리로 온 산을 둘렀네.

'흐르는 물소리로 시비하는 소리를 끊었다'는 것과 같습니다. 그리하니 삼청동은 '별천구(別天求 ; 別天地)'가 틀림없다고 합니다. 세상만사가 눈에 안 보이고 귀에 들리지 않으면, 보여도 보지 않고 들려도 듣지 않으니, 곧 일일청한(一日淸閑 ; 하루 맑고 한가로우면)이면 일일선(一日仙 ; 하루의 신선)이 되는 것이겠지요.

전과 결(3, 4구)에서는 자연과 더불어 물아일체(物我一體 ; 바깥 사물과 나가 한 몸이 됨)·물심일여(物心一如 ; 사물과 마음이 구분 없이 하나의 근본으로 통합됨)의 경지에서 즐기는 모습을 쓰고 있습니다. 구체적 묘사로 강과 산에서 즐김은 나의 일이니, 오늘은 꾀꼬리 내일은 갈매기와 놀겠다고 합니다. 작가 양한묵 선생에게는 진작부터 선풍도골(仙風道骨 ; 신선의 풍채와 도인의 골격, 곧 고아한 풍채)을 흠모하는 기질이 있었던 듯합니다.

026

삼청동에서(3)
三淸洞(三)

三淸洞裏有淸泉 삼청동리유청천
一飮瓊漿可化仙 일음경장가화선
願與世人同利澤 원여세인동리택
祈天石下掃新筵 기천석하소신연

-『천도교월보』, 1912년 6월호

삼청동 안에는 맑고 깨끗한 샘물[93]이 있어
이 맛 좋은 물[94]은 한 번만 마셔도 신선이 된다네.
원컨대 세상 사람들과 이로운 혜택을 함께하고자
기천석(祈天石)[95] 아래 대자리를 새로 쓸어 놓으리라.

93 淸泉(청천) : 종로구 삼청동 3번지 부근에 있는 '성제정(星祭井)'.

94 瓊漿(경장) : 신선이 마시는 음료수. 맛 좋은 술을 이르기도 함. 현재 서울 종로구 삼청동 3번지 부근에 있는 '성제정(星祭井 ; 일명 형제우물)'을 칭함. 조선왕조 정조대왕(正祖大王 ; 재위 1777~1800년) 수라상에 진상되었다 하며 맛이 좋고 물이 맑아 위장병에 특효가 있으며, 칠성당에 제사를 지낼 때 이 우물을 사용했다 함. '성제우물'이 음이 변하여(ㅅ→ㅎ) '형제우물'이라고도 함.

95 祈天石(기천석) : 하늘에 소원을 비는 바위. 서울 종로구 삼청동 3번지에 있는 우물 성제정(星祭井)에서 약 30m 정도 더 올라간 곳 바위에 기천석(祈天石)·강일암(康日庵)·서월당(徐月堂)이라는 문구가 오른편부터 차례로 새겨져 있고, 끝에 '함풍3년(咸豊三年 ; 중국 淸 文宗 諡號) 계축(癸丑 ; 1853년) 중춘 서(仲春書)'라고 새겨져 있다. 이보다 약간 위쪽에는 '기천석'만 따로 새긴 바위가 있다.

해설

기와 승(1, 2구)에서는 먼저 '맑고 깨끗한 샘[淸泉]'을 말하고 있는데, 이 샘은 서울 종로구 삼청동 3번지 부근에 있는 '성제정星祭井'을 말하고 있습니다. 이 샘은 삼청동 칠보사 약간 위에 있으며, 맛이 좋고 물이 맑아 위장병에 특효가 있으며, 칠성당에 제사를 지낼 때도 이 물을 사용했으며, 조선 정조대왕(正祖大王；在位 1777~1800년)의 수랏상에 올랐다고 합니다. '신선이 될 수 있다[可化仙]'라는 표현은 이 샘물의 세 가지 평가를 요약해서 강조한 것으로 보입니다.

또한 연시로 여겨지는 〈삼청동(三淸洞)〉 시 3수에서 계속 신선사상神仙思想을 내포하고 있는 시어로 '물외(物外；속세를 벗어남, 첫째 수), 동부(洞府：신선이 사는 곳)·별천구(別天求；別天地, 둘째 수), 가화(可化仙；신선이 될 수 있음, 셋째 수) 등이 쓰이고 있습니다. 우리나라에서 현실적인 이상형인 덕德과 복福이 많은 사람보다 비현실적 이상형인 신선과 선계를 원하고 있다는 것은 현실세계에 대한 부적응 때문이라고 볼 수 있는데, 이 시에서는 샘물을 예찬하기 위함으로 보입니다.

전과 결(3, 4구)에서는 이 맛있는 샘물을 세상 사람들과 함께 마시고 싶다고 하면서, 기천석祈天石 아래 대자리를 깔고 새로 쓸어놓겠다고 합니다. '기천석'이라 새긴 돌이 따로 있기도 하고, 그 아래에는 암벽에 기천석祈天石·강일암康日庵·서월당徐月堂이라는 문구가 오른편부터 차례로 함께 새겨져 있는데(각주 참고), '기천석'은 토속신앙, '강일암'은 불교, '서월당'은 유교를 상징하는 명칭으로 속설(俗說)에서는 풀이한다고 합니다. 그러나 필자의 소견으로는 '기천석'의 천(天；하늘)자와, '강일암'의 일(日；해)자와 '서월당'의 월(月；달)자는 모두 천天－일日－월月로 국태민안國泰民安을 기도드리는 것으로도 여겨집니다.

그러나 행간(行間;문장의 字句 사이, 또는 글의 줄과 줄 사이. 표현된 저변의 의도)을 읽으면서 작품 감상의 3요소인 '작가 ↔ 작품 ↔ 현실'을 감안하자면 조금 깊은 작가의 의도를 파악할 수 있지 않을까 생각합니다. 먼저 세 개의 문구 중에서 불교나 유교를 상징하는 강일암이나 서월당을 택하지 않고 '왜 굳이 기천석을 택했느냐?'하는 것입니다. 물론 기자신앙(祈子信仰; 자식이 없는 부모가 자식을 낳기 위하여 벌이는 신앙)에 바탕을 두고 아들 낳기를 비는 '기자석(祈子石; 男根石)'은 전국 도처에 있습니다. 그러나 불교나 유교는 작가가 살았던 시대현실 곧 일제강점으로부터 해방과 독립이 절대적인 시기이고, 이를 위해 개화·계몽의 필요성이 절실했던 시기임을 감안할 때 이미 대안代案이 될 수 없었으며, 작가 자신 또한 이 시기에 해방과 독립을 위한 대책으로 오직 민중 개화와 계몽이 절실히 필요하다고 여기고, 천도교 소속 청년과 학생 교육에 열성을 다 하고 있을 때였습니다.

민중에게 '하늘에 기도[祈天]하기 위하여 대자리를 새로 쓸어놓겠다.'고 했으니, 왜 대상이 민중이며 기도의 내용은 무엇이었을까요? 위정자爲政者들을 포함한 사회지도층 인사들은 나라를 위한다는 미명美名 아래, 구국救國이라는 거짓 선동으로 일제의 앞잡이가 되어 사리사욕에 눈이 멀어 나라를 팔아먹고[賣國] 있으니, 이제 믿을 수 있는 것은 민중과 젊은 청년일 수밖에 없었던 것이 아닐까요. 그래서 강일암이나 서월당보다는 기천석을 택했고, 기도의 내용이 같다는 것은 힘이 응집되는 것이고, 국권회복 동력의 원천이 되는 것이라 여겨집니다. 그들이 운집雲集하기를 바라면서 지극한 정성으로 새로이 자리를 쓸고[掃新筵] 학수고대(鶴首苦待; 몹시 애타게 기다림)하는 마음을 쓴 것으로 여겨집니다.

성제정(星祭井) 우물(右)과 기천석(祈天石) 바위(下) 현 서울시 종로구 삼청동 3번지에 있는 성제정우물(일명 '형제우물')과 30미터 위쪽 바위에 '기천석(祈天石)·강일암(康日庵)·서월당(徐月堂)'이라 새겨진 바위가 있다. 성제정은 정조대왕 수라상에 진상되었으며 기천석에 제사지낼 때에는 이 우물물을 사용했다고 함. 기천석에는 '咸豊三年 癸丑(1853년) 仲春書'라고 바위에 글자를 새긴 연도가 음각되어 있다.

027

봉황각[96] 원운[97]
鳳凰閣原韻

錦溪爲響玉岑回 금계위향옥잠회
鳳凰晴登白石臺 봉황청등백석대
小子捧花庭上立 소자봉화정상립
三師一話法天開 삼사일화법천개

-『천도교월보』, 1912년 8월호

금계[98]의 물소리 메아리 되어 옥잠[99]을 감돌고
봉황은 맑게 갠 날에 백석대[100]에 날아오르네.
소자[101] 꽃 받들어 뜰에 서니
세 법사의 한결같은 말씀에 법천[102]이 열리네.

해설

동학 정신을 계승하여 종교로서 면모를 갖추어가는 천도교에 대한 백성들의 믿음과 신뢰는 오늘날 우리가 상상하는 것 이상의 것이었습니다. 위정자와 사회지도층의 호가호위(狐假虎威;남의 권세를 빌려 위세를 부림을 비유)하는 행세를 보고 백성이 믿고 의지할 바는 오직 천도교뿐이었습니다. 천도교 행사 중에서도 특히 매년 4월 5일 천일기념일(天日記念日;수운 최제우가 천도교

를 창도한 날)에는 전국에서 운집하는 수천 명의 신도를 수용할 수 없어 동대문밖 숭인동 일대를 매입하여 상춘원(常春園 ; 완공 1915년) 개원을 준비하는 한편, 봉황각鳳凰閣은 현 서울 강북구 우이동 고찰 도선사道詵寺 밑에 2만 8천여 평의 부지를 매입하여 1912년 6월 19일에 낙성식을 하였습니다. 이 봉황각을 지은 것은 청년 천도교인들의 수련장으로 사용하기 위한 것이었습니다. 봉황각 외에 60여 칸의 부속 건물로 이루어졌으나, 3·1운동 이후 일제의 억압으로 철거되었다고 합니다.

이 시는 양한묵 선생이 낙성식에 참석하여 봉황각 경내를 둘러본 후 여러 문사들과 함께(각주 참고) 쓴 시입니다. 먼저 기와 승(1, 2구)에서는 봉황각이 자리한 주위 경관을 '금계錦溪, 옥잠玉岑, 봉황鳳凰' 등의 시어를 통해 미화법으로 한껏 예찬합니다. 이어 전과 결(3, 4구)에서는 낙성식 날 행사의 모습을 구체적으로 묘사하면서 꽃을 들어 법사法師들에게 경애하는 모습을 보이고, 세 법사들(최제우, 최시형, 손병희)의 말씀에 한 하늘[法天]이 열리고 있다고 합니다. 전형적인 낙성식을 축하하는 시라고 하겠습니다.

96 鳳凰閣(봉황각) : 봉황각(鳳凰閣)은 독립운동가로서 3·1운동 때 민족대표 33인의 한 사람인 의암(義庵) 손병희 성사가 1911년 경기도 고양군 숭인면 우이동이었던 이곳 27,900여 평을 매입하여, 보국안민(報國安民)을 내세우고 일제에 빼앗긴 국권을 찾기 위해 천도교 지도자를 훈련시킬 목적으로 1912년에 세운 건물.(이동초 저, 『서울을 걷다』, 도서출판 모시는사람들, 2017)

97 原韻(원운) : 차운(次韻)이나 화운(和韻)의 원작이 되는 시. 이 시는 1912년 서울 우이동에 봉황각이 낙성되자 이관(월보과 편집원), 양한묵(도사실 편집원), 이종린(월보과 편집원), 최린(보성중학교 교감), 윤구영(금융관장), 차상학(월보 발행인) 등의 문사들이 봉황각 경내를 살펴 본 후 심회를 쓴 시 중의 하나다.

98 錦溪(금계) : 봉황각이 있는 현 서울 우이동 계곡을 미화한 표현.

99 玉岑(옥잠) : 봉황각이 있는 도봉산 일대의 산봉우리를 미화한 표현.

100 白石臺(백석대) : 도봉산 백운대(白雲臺).

101 小子(소자) : 스승에 대하여 제자가 자신을 겸손하게 이르는 말. 본문에서는 양한묵 자신.

102 法天(법천) : 천도교(天道敎)에서 후천개벽(後天開闢)의 시대가 열림을 의미. 동학에서는 수운 대신사(水雲大神師 ; 崔濟愚)가 득도하기까지를 선천시대(先天時代)라 하고 득도 직후부터를 후천시대(後天時代)라고 함.

봉황각(鳳凰閣)(上)과 의창수련원(下) 현 서울시 강북구 삼양로 173길(당시 경기도 고양군 숭인면 우이동)에 있음. 천도교에서 1911년 부지 27,900여 평을 매입하여 보국안민(輔國安民) 기치로 빼앗긴 국권을 되찾기 위한 천도교 지도자를 훈련시킬 목적으로 1912년에 완공한 천도교 수련원 봉황각과 현 봉황각 앞 의창수련원. 당시에는 30여 동의 부속건물이 있었다고 함. 의창수련원 건물은 1921년에 완공한 천도교중앙총부 건물이었으며, 1969년에 우이동으로 이건하여 현재 천도교 수련원으로 사용하고 있다(의창수련원 원장 서종환님 증언). 봉황각에서 100여 미터 떨어진 건너편 산록에는 의암 손병희 성사의 묘가 있다.

028

두견정[103] 원운
杜鵑亭原韻

蒼蒼三角下 창창삼각하

人在杜鵑亭 인재두견정

鳴弓非本志 명궁비본지

一眼萬山青 일안만산청

-『천도교월보』, 1912년 8월호

푸른 삼각산 아래

사람들은 두견정에 있네.

활쏘기(射亭;활터)[104]가 본 뜻은 아니었고

한눈에 온 산의 푸름을 보자는 것이었으리

---

103 杜鵑亭(두견정) : 봉황각 뒤편 개울 건너에 있던 정자. 건축에 대한 구체적 자료는 없으나『천도교월보』 1914년 10월호에 사진이 게재되어 있고, 1916년에 촬영한 큰 사진이 있으며, 1936년까지 있었던 것으로 여겨진다. (이동초 저,『서울을 걷다』, 도서출판 모시는사람들, 2017)

104 鳴弓(명궁) : 궁명(弓鳴). 화살을 쏠 때 나는 소리. 본문에서는 '활터[射亭]'의 의미. 의암 손병희(義菴孫秉熙) 성사가 이곳에서 활쏘기를 하고 교회의 각종 회합이나 연회를 가졌으나, 1936년 매각된 임야에 포함되어 없어진 것으로 여겨짐.(이동초 저,『서울을 걷다』, 도서출판 모시는사람들, 2017)

해설

두견정은 봉황각 뒤편 개울 건너에 있었던 건물인데 지금은 철거되어 없어졌습니다. 두견정이 원래부터 있었는지 아니면 봉황각을 지을 때 부속 건물로 지은 것인지는 알 수 없지만, 봉황각을 짓기 전부터 의암성사 손병희義菴聖師孫秉熙는 이곳을 자주 찾아와 활쏘기를 하였다고 합니다. 이 시는 이 두견정을 읊은 시로, 기와 승(1, 2구)에서는 두견정의 위치와 사람들이 많이 두견정을 찾는다는 것을 쓰고 있습니다.

그리고 전과 결(3, 4구)에서는 사람들이 두견정을 많이 찾는 것은 활쏘기를 위함이 아니고 한눈에 온 산의 푸름을 보기 위함이었다고 합니다. 곧 산을 바라보면서 호연지기(浩然之氣 ; 공명정대하고 강건하여 도의에 부합하고, 마음에 부끄러운 것이 없어서 조금도 흔들리거나 굽히지 않는 도덕적 용기)를 기르기 위함이었다고 합니다. 이것은 곧 새롭게 자리한 우이동의 봉황각을 비롯한 천도교의 여러 건물의 용도를 은근히 예찬하면서 앞으로 젊은 청년들에게 좋은 개화·계몽과 독립의지를 심어줄 교육의 장소로 활용될 것임을 강조하고 있다 하겠습니다.

두견정원운(杜鵑亭原韻) 봉황각 뒤편 개울 건너에 있던 정자. 1936년까지 있었던 것으로 여겨진다. (이동초 저, 『서울을 걷다』, 도서출판 모시는사람들, 2017)

029

봉황각의 여름밤에 읊음
鳳凰閣夏夜卽事

清溪夜落白雲山 청계야락백운산
閒語深深樓屋間 한어심심누옥간
明月若空春酒滴 명월약공춘추적
楊州高鶴有人還 양주고학유인환

-『천도교월보』, 1912년 8월호

밝은 개울물 소리 밤 되자 백운산에서 내려오고
누마루[105]에서 나누던 한가로운 이야기도 잠잠해지네.[106]
밝은 달 아래 그대는 공연히 봄 술[107]만 따르는데
높이 나는 학을 타고 양주자사 되어[108] 돌아온 사람도 있다네.

105 樓屋(누옥) : 서울 우이동 봉황각 본체에 이어진 강선루(降仙樓)를 말함.

106 深深(심심) : 고요한 모양. 잠잠한 모양.

107 春酒(춘주) : 겨울에 빚어 봄에 익은 술. 또는 봄에 빚어 추동(秋冬)에 익은 술.

108 楊州高鶴(양주고학) : 양주학(楊州鶴). 옛날 어느 한 사람이 10만 관(貫)을 허리에 차고서 학(鶴)을 타고 양주(揚州)로 가서 자사(刺史)가 되고 싶다고 한 고사에서, 실현되기 어려운 소망이나 일을 비유.

해설

기와 승(1, 2구)에서는 낮에는 많은 청년들을 모아 천도교 교리 학습을 비롯 각종 교육으로 학생들과 방문객들의 내화로 떠들썩하던 봉황각 경내가 밤이 되자 정적에 잠긴 모습을 그리고 있습니다. 낮에는 들리지 않았던 개울물 소리가 밤이 되자 백운산 꼭대기로 점차 크게 들리니 '내려오고 있다[落]'고 시각적으로 표현하고 있습니다. 여름 개울물이니 수량도 제법 많았을 것입니다. 이어 봉황각 본체 옆에 붙어 있는 누마루 강선루降仙樓에서 법사들과 벌렸던 열띤 토론도 한가롭게 나누었던 이야기도 밤이 깊어지자 제풀에 잠잠해졌다고 묘사합니다.

전과 결(3, 4구)에서는, 더러는 방에 들어가 잠을 청하고, 이제 누마루에 남은 사람은 단 둘인데, 마시다 남은 술잔을 만지작거리다가 홀쩍 마시기도 하고, 다시 빈 술잔에 술을 채운다고 합니다. 두 사람 사이에 정적은 흐르고 말은 없어도, 서로가 무슨 생각을 하고 있는지 알 것만 같은 심심상인(心心相印;말이 필요 없이 마음이 서로 잘 맞음)의 분위기가 술잔 가를 맴돌고 있습니다. 이때 양한묵 선생이 마음으로 말을 합니다. '우리는 지금 무엇을 하고 있는가? 잘 하고 있는가? 이것이 그대가 진정으로 원하던 일이었던가? 원하는 바를 이룰 수 있을까? 설령 원하던 바를 이루지 못하더라도 후회 없이 이 길을 같이 가보자구' 이런저런 생각을 양주자사楊州刺史 고사로 함축하며 빙긋이 웃습니다. 누마루 밖 나뭇가지에서는 밤새들의 뒤척이는 소리가 들리고.

봉황각 강선루(降仙樓) 봉황각 본체 옆에 붙어 있는 누마루 강선루(降仙樓)

030

우연히 읊음
偶吟

朝立淸潭上 조립청담상
暮行碧野中 모행벽야중
山社歸來晩 산사귀래만
書樓一燭紅 서루일촉홍

-『천도교월보』, 1912년 9월호

아침에는 연못가에 서고
저녁에는 푸른 들을 거닐다가
저물어서 산사에 돌아오니
서루[109]에는 촛불이 밝네.

109 書樓(서루) : 책을 수장(收藏)하고 열람하는 누각.

해설

전체가 한 문장으로 된 짧은 시구입니다. 새로 지은 봉황각도 이제 서서히 자리를 잡아 안정을 찾아가는 것 같아, 낮에는 개울을 따라 골짜기를 내려와 연못가를 거닐어 산보도 합니다. 저물녘에는 노을이 지는 들녘을 거닐다가 어두워지자 산사(山社;鳳凰閣)에 오르니 서루(書樓;降仙樓)에서는 촛불을 밝히고 글을 읽는 모습을 보았다고 합니다. 제목에서 '우음(偶吟;우연히 읊다)'이라고 하였듯이 특별한 감상이나 회포는 없는 듯합니다.

031

삼청동 입구 바위에 석양에 앉아서[110]
三淸洞口巖晩坐

碧城秋氣晩來淸 벽성추기만래청
詞客靑衫若羽輕 사객청삼약우경
老石無言人更靜 노석무언인경정
世間那得半分情 세간나득반분정

-『천도교월보』, 1912년 9월호

벽성[111]에 가을 기운이 들고 해가 저무니 맑고
시인[112]의 푸른 적삼[113]은 깃털처럼 가볍네.
오래된 돌[114]은 말이 없고 사람 또한 고요하니
세간에서 어찌 작은[115] 정이나마 얻으리오.

110 같은 제목으로 경암 이관(敬庵李瓘)이 2수를 읊고 지강 양한묵이 1수를 읊다.

111 碧城(벽성) : 신선이 산다는 곳을 이름. 곧 '삼청동(三淸洞)'의 지명이 선인(仙人)이 사는 곳인 옥청(玉淸)·상청(上淸)·태청(太淸)의 삼청(三淸)에서 유래한 것으로 여긴 표현.

112 詞客(사객) : 시나 문장을 잘 짓는 사람.

113 靑衫(청삼) : 학생이 입는 푸른색의 옷. 전의되어 학생이나 서생(書生)을 이름.

114 老石(노석) : 오래된 바위. 제목의 '앉아 있는 바위[巖]'을 뜻함.

115 半分(반분) : 절반. 작거나 적음을 의미.

해설

가을이 오는 삼청동 입구 바위에 앉아 허령(虛靈;사사로움이나 잡된 생각이 없어 마음이 신령함)하고 청정(淸淨;더럽거나 속되지 않음)한 단상을 적은 글입니다. 먼저 기와 승(1, 2구)에서는 '벽성(碧城;푸른 성, 곧 삼청동)'과 '청삼(靑衫;푸른색의 옷)'이 시각적(청색)으로 대를 이루고, 이에 호응하여 '청(淸;맑음)'과 '경(輕;가벼움)'이 심령心靈상 대를 이루니, 자연과 인사人事의 교감이 일체를 이룬다 하겠습니다.

전과 결(3, 4구)에서는 이러한 구체적 모습을 '바위 위에 앉아 있는 자신의 모습'으로 그려내고 있습니다. '오래된 바위[老石]'와 늙은이[老人]가 된 작가 자신(당시 51세)의 공통점은 '말이 없음[無言]이니 곧 고요함[靜]'이라고 합니다. 석양의 노을을 바라보면서 바위에 앉아 무념무상(無念無想;無我의 경지에 이르러 일체의 상념이 없음)의 경지에서 좌선(坐禪;고요히 앉아 참선함)이라도 하고 있는 듯합니다. 내가 바위인지, 바위가 나인지 모를 혼융일체(渾融一體;완전히 융합하여 한 몸이 됨)의 경지라고나 할까요. 이러한 경지에서 어찌 세정世情이 털끝만큼이라도 생각에 붙을 수 있겠습니까.

032

봉황각에서 읊음(1)

鳳凰閣卽事(一)

流水千年響 유수천년향
高山萬丈頭 고산만장두
幽人石逕來 유인석경래
倚樹見淸秋 의수견청추

-『천도교월보』, 1912년 10월호

흐르는 물소리는 천년 동안 울리고
산은 높아 만 길 꼭대기인데,
은자[116]는 돌길을 걸어와
나무에 기대어 맑은 가을하늘[117]을 바라보네.

116 幽人(유인) : 은거하는 사람. 벼슬하지 않고 숨어사는 은사(隱士).
117 淸秋(청추) : 맑은 가을. 또는 맑은 가을 하늘.

해설

전문이 한 문장으로 이루어진 5언 절구이며, 먼저 기와 승(1, 2구)에서는 봉황각이 자리하고 있는 시·공간적 위치를 청각과 시각으로 말하고 있습니다. 천년이란 오랜 시간의 흐름을 찰나의 시간을 의미하는 (흐르는 물) 소리를 통해 제시하니, 영원永遠처럼 느껴지는 천년이라는 시간도 찰나(刹那;극히 짧은 시간)가 쌓여서 이루어진 것이라고 합니다. 그리고 높이로는 만 길 높은 산[泰山]도 작은 흙덩이가 모여서 그 큼을 이룬 곳[118]이라고 합니다. 곧 천년千年이라는 시간과 만 길[萬丈]이라는 공간을 통해 봉황각이 속세와는 격리된 외진 곳이라고 강조하고 있습니다.

전과 결(3, 4구)에서는 이런 곳에 위치한 산 높고 골 깊은 곳(봉황각)을 찾아오는 그대는 은자[幽人;隱者]임이 분명하다고 합니다. 그리고 오는 길을 '돌길[石逕]'이라고 한 것은 '은자가 되는 어려운 수련의 과정' 곧 속세와 인연을 끊는 것이 쉬운 일이 아님을 의미하는 것으로 여겨집니다. 그리고 바라보는 '맑은 가을 하늘'은 하늘이 맑아서가 아니고 맑은 마음의 눈[青眼]으로 바라보아야 보이는 것이니, 그렇게 되기가 또한 쉽지 않음을 함축하고 있다 하겠습니다.

봉황각 강선루에 앉아 바라보노라니 저 아래서 휘적휘적 흰 옷자락을 펄럭이고, 등에는 개나리 봇짐을 짊어지고 올라오는 사람이 보입니다. 이곳 봉황각으로 오는 신도인가? 아니면 저 위쪽 도선사로 가는 스님인가? 잠시 쉬려는 듯 나무에 기대어 맑은 가을하늘을 바라본다고 합니다. 찰나의 어려움을 영원의 시간(나무)에 기대어 위안 받고, 지금 앉아 있는 위치를 공간(맑은 하늘)과의 거리에 견주어 보고 있다고 합니다. 아마도 그 사람은 남이 아닌 작가 양한묵 선생일 수도 있습니다.

118 진(秦) 이사(李斯)의『上秦皇逐客書』에서「泰山, 不讓土壤, 故能成其大」.

033

봉황각에서 읊음(2)
鳳凰閣卽事(二)

山容爭映水 산용쟁영수
楓葉早生秋 풍엽조생추
石上悠然坐 석상유연좌
翁心亦有由 옹심역유유

-『천도교월보』, 1912년 10월호

물속에 비친 산은 다투는 듯하고[119]
단풍잎은 이른 가을빛을 띄었는데,
돌 위에서 깊은 생각에 잠겨[120] 앉아 있는 것은
이 늙은이 마음에 또한 까닭이 있음이라.

119 爭映水(쟁영수) : 물에 비쳐 다투다. 산 그림자가 물에 비쳐 어른거리는 모양을 형용.
120 悠然(유연) : 한적한 모양. 담박한 모양.

해설

전문이 한 문장으로 된 5언 절구입니다. 앞 시 〈鳳凰閣卽事(1)〉와 시상이 이어진 시입니다. 전반부 기와 승(1, 2구)에서는 자연 경물묘사를, 후반부 전과 결(3, 4구)에서는 인정人情을 묘사하여 전형적인 선경후정으로 시상을 전개하고 있습니다. 그리고 시선視線은 〈鳳凰閣卽事(1)〉에서 시간적 흐름[千年]과 공간적으로 높이[萬丈]를 따라 움직이고 남[幽人]의 행동을 중심으로 서술했다면, 본 작품에서는 자연의 찰나적刹那的 정경과 시적 자아詩的自我인 내 자신의 내면內面에 초점을 맞추고 있습니다.

기와 승(1, 2구)에서는, 먼저 산을 바로 바라보지 않고 물에 비친 모습을 '다투는 듯하다'는 것은 물에 비친 산이 어른거리는 모습을 형용하고, 물에 떠내려 오는 단풍잎을 보고 가을이 성큼 다가오고 있음을 말합니다. 일엽지추(一葉知秋 ; 나뭇잎이 하나 떨어지는 것을 보고 가을이 온 것을 앎)[121]의 고사를 상기시킵니다.

전과 결(3, 4구)에서는, 돌 위에 깊은 상념에 잠겨 앉아 있는 자신의 모습은 연유가 있기 때문이라고 합니다. 상념의 내용이 무엇인지는 알 수 없습니다. 그러나 작가와 작가가 처한 시대현실을 고려한다면 많은 추론이 가능합니다.

121 『淮南子, 說山訓』에 「見一葉落, 而知歲之將暮」.

034

북악에 올라[122]

上北岳

降得千山更躡天 강득천산경섭천
風光歷歷舊因緣 풍광역력구인연
城西萬里秋江遠 성서만리추강원
白鶴簫聲問幾邊 백학소성문기변

-『천도교월보』, 1912년 10월호

많은 산을 발아래 두고 다시 하늘 높이 오르는데
풍광이 또렷하고 인연은 오래되었네.
도성의 서쪽 가을 강은 만 리나 먼데
백학을 불러들인[123] 퉁소소리는 어디에서 들을 수 있을까.

122 경암 이관(敬庵李瓘)과 동일 제목의 시.

123 白鶴(백학) : 퉁소를 잘 불어 공작(孔雀)과 백학(白鶴)을 불러들이고 진(秦) 목공(穆公)의 딸 농옥(弄玉)과 결혼하여 하늘로 올라갔다는 소사(簫史)의 고사. 한(漢) 유향(劉向)의『列仙傳, 簫史』에「簫史者, 秦穆公時人也, 善吹簫, 能致孔雀白鶴於庭, 穆公有女, 字弄玉, 好之, 公遂以女妻焉, 日教弄玉作鳳鳴, 居數年, 吹似鳳聲, 鳳凰來止其屋, 公爲作鳳臺, 夫婦止其上, 不下數年, 一旦皆隨鳳凰飛去」.

해설

기와 승(1, 2구)에서는 북악산을 오르는 모습을 상승감 있게 그리고 있습니다. 오를수록 발아래 펼쳐지는 정경들은 눈에 익숙하고, 뚜렷한 만큼 인연이 오래되었다고 합니다. 경복궁이며 육조(六曹)거리의 쭉 뻗은 모습, 그리고 백성들이 모여 사는 청계천변 빨래터, 멀리 남산을 옆에 두고 남대문도 눈에 들어옵니다.

전과 결(3, 4구)에서는 아스라이 한강은 가을 석양빛을 받아 반짝입니다. 이 맑은 가을 하늘 아래 신선이 되어 하늘에 오르고 싶은 마음도 일어난다고 합니다. 더 높이 오르기 위해서는 백학(白鶴)을 타고 날아가야 하고, 퉁소를 잘 불어 공작과 백학을 불러 들여 하늘로 올라갔다는 옛날 중국 진(晉)나라의 소사(簫史) 같은 사람이 없음을 아쉬워합니다.

북악산에 올라 신선이 되어 하늘로 오르고 싶다는 저변에는 우리나라의 신선사상이 산악과 밀접한 관계가 있기 때문이라고 합니다. 그리고 제왕이나 제후 등 지배계층에서는 현실적인 쾌락의 영속을 바라는 불로장생을 기도하는 방향으로 전개되지만, 피지배계층에서는 천계와의 관련성을 중요시하여 교훈을 이끌어내고 민족발전의 방향과 공동체의 향상 발전에 기여하는 쪽으로 전개되었음을 감안할 수 있습니다. 이 시에서 작가 양한묵 선생이 인연이 오래된 도성의 거리와 사람들, 나아가 사랑하는 조국을 남겨두고 속세를 떠나 신선이 되어 하늘로 오르고 싶어 하는 이유를 추측할 수 있는 단서가 되지 않을까요.

035

저물녘 운정[124]에 앉아(1)[125]

雲亭晩坐(一)

翠雲亭北倚青山 취운정북의청산
晩日開花見亦閒 만일개화견역한
松樹深陰人已靜 송수심음인이정
江天惟有鳥飛還 강천유유조비환

-『천도교월보』, 1912년 10월호

취운정은 북쪽 청산에 의지하여 있는데
저문 날 핀 꽃을 바라보노라니 또한 한가롭네.
소나무 그늘 짙고 인적도 이미 뜸한데
강가 하늘[126]에는 새들만 날아 돌아오네.

124 雲亭(운정) : 취운정(翠雲亭). 〈011번 시〉 참고
125 경암 이관(敬庵李瓘)과 동일 제목의 시.
126 江天(강천) : 강과 하늘. 주로 강 위에 펼쳐진 넓은 하늘을 이름.

해설

작가가 평소 즐겨 찾던 취운정과 취운정에서 바라보는 석양의 풍경을 노래한 7언 절구입니다. 기와 승(1, 2구)에서는 취운정이 북쪽 청산(북악산) 자락에 있음을 말하고, 주위에 핀 석양의 노을빛 속에 가을꽃을 바라보노라니 마음도 한층 한가롭다고 합니다. 취운정을 찾아 유유자적하는 작가의 모습이 상상됩니다.

전과 결(3, 4구)에서도 취운정에서 해가 저물도록 앉아 있노라니 소나무 그늘이 어둑어둑해지고 인적도 드물어 적막감이 스멀거리며 산으로 올라오는데, 눈을 들어 보니 멀찍이 바라보이는 강가에 새들이 둥지를 찾아 날아오고 있다고 합니다. 낮 동안의 머리 아픈 세간사는 잠시나마 잊고 지금 이 순간만은 어둠이 찾아오는 대기의 순환을 느끼며 깊은 호흡을 천천히 내쉬고 싶었을 것입니다.

036

저물녘 운정에 앉아(2)

雲亭晩坐(二)

漢漠江天一鳥飛 막막강천일조비
滿城風月與誰歸 만성풍월여수귀
白首山翁無俗事 백수산옹무속사
看書終日掩荊扉 간서종일엄형비

-『천도교월보』, 1912년 10월호

아득한[127] 강 하늘에 새 한 마리 날고
청풍명월은 도성에 가득한데 뉘와 함께 돌아갈꼬.
산에 사는 백발노인은 속세에 일이 없어
책을 보느라 하루 종일토록 사립문[128]이 닫혀 있네.

해설

앞 시 〈雲亭晩坐1〉에 이어지는 시상으로 7언 절구입니다. 기와 승(1, 2구)에서는 문득 강가에 나는 한 마리 새가 마치 취운정 좋은 정취를 함께할 벗

127 漢漠(막막) : 소리 없이 고요한 모양. 드넓어 아득한 모양.
128 荊扉(형비) : 사립문.

이 없어 혼자 쓸쓸히 돌아가는 자신과 닮았다고 합니다. 다만 밝은 달빛 아래 그림자만이 뒤를 따른다고 합니다. 전과 결(3, 4구)에서는 저물녘에 취운정에 오르면서 보았던 길가의 초가집 사립문은 여전히 닫혀있다고 하면서, 밤이 되자 봉창에 호롱불은 깜박거리는데, 아마도 그 방에는 백발노인이 서책을 보고 있을 것이라고 합니다. 아마도 시속의 등장 인물 노인처럼 살고 싶은 작가 자신의 모습을 투사(投射;자신의 욕망 등을 남에게 돌리는 무의식적인 마음의 작용)한 것으로 여겨집니다.

다음에 그 노인의 모습과 비슷할 듯한 고시조 한 수를 인용하여 함께 감상하겠습니다.

산중(山中)에 폐호(閉戶)하고 한가(閑暇)히 안자 잇셔
만권서(萬卷書)로 생애(生涯)ᄒᆞ니 즐거오미 그지업다
행(幸)혀나 날 볼님 오서든 날 업ᄃᆞ고 살와라.

또는 상촌 신흠(象村申欽;1566~1628년)의 시조도 계절은 다르지만 이와 유사한 시적 분위기를 느낄 수 있습니다.

산촌(山村)에 눈이 오니 돌길이 뭇쳐세라
시비(柴扉;사립문)를 여지마라 날 ᄎᆞ즈리 뉘 이스리
밤듕만 일편명월(一片明月)이 긔 벗인가 ᄒᆞ노라.

037

중양절에 벗과 마주 앉아 술을 마시다

重陽對酌

茅堂纔到一燈明 모당재도일등명
翁入中庭語數聲 옹입중정어수성
須臾更進重陽酒 수유경진중양주
白首黃花兩得情 백수황화양득정

-『천도교월보』, 1912년 11월호

띠집[129]에 이르니 이제 막 등불 하나 밝혔는데
늙은이 뜰에 들어 몇 마디 말을 나누노라니,
잠깐 사이[130] 중양주[131]를 차려 내오니
백발과 노란 국화꽃 두 가지가 정겹기만 하네.

129 茅堂(모당) : 모옥(茅屋). 이엉이나 띠로 지붕을 인 집. 또는 자기 집에 대한 겸칭.

130 須臾(수유) : 잠시. 잠깐 동안.

131 重陽酒(중양주) : 중양절(重陽節:음력 9월9일)에 높은 산에 올라 마시는 국화주(菊花酒).

해설

예부터 우리나라 풍속에 손님 접대하는 것으로 그 집안의 가풍을 알 수 있다고 하여, 손님 접대에는 각별히 예를 다하여야 했습니다. 전문이 한 문장으로 되어 있지만 방문하는 벗과의 오랜 정의(情誼;서로 사귀어 친하여 진 정)를 알 수 있을 뿐더러, 손님을 예우하는 가풍이 한눈에 보입니다. 기와 승(1, 2구)에서는 저녁 무렵에 벗의 집을 불쑥 찾아드니 서둘러 호롱불을 밝히고, 반갑게 맞이하는 모습을 묘사하고 있습니다. 집은 비록 초가집[茅堂]이지만 흐트러짐 없는 깔끔한 모습입니다.

전과 결(3, 4구)에서는, 지나가던 참이니 방보다는 툇마루에 걸터앉아 있노라니, 어느 결에 차렸는지 술상을 들고 오며 수줍어하는 안주인의 모습도, 두 손을 모아 공손히 나와서 인사하는 아이들의 모습도 그려집니다. 때는 구월 구일 중양절 즈음이고, 울타리 가에 심은 국화꽃이 한창 만개했으니, 내어오는 술을 중양주重陽酒라 할 만합니다. 술상을 사이에 두고 몇 잔을 나누노라니 제법 두툼해진 초승달이 초가집 지붕으로 올라와 주인장의 백발과 울타리 가의 노란 국화꽃과 잔에 넘실거리는 누런 막걸리를 굽어보고 있었을까요. 이런 분위기와 술맛을 한데 묶어 '정겹다[得情]'고 합니다. 아마도 조선의 명필 석봉 한호(石峯韓濩;1543~1605년)가 지은 시조에 나타난 분위기와도 걸맞을 것 같습니다.

집方席(방석) 내지 마라 落葉(낙엽)엔들 못 안즈랴
솔불 혀지마라 어제 진 달 도다 온다
아희야 薄酒山菜(박주산채)일망졍 업다 말고 내여라.

038

재동[132]에서 멋스럽게 모임
齋洞雅集

初來不識本來天 초래불식본래천
事事相尋世路邊 사사상심세로변
今夕始觀眞理在 금석시관진리재
風光月色兩團圓 풍광월색양단원

-『천도교월보』, 1912년 12월호

처음 올 때는 본래 생겨난 형상[133]을 몰랐는데
이 일 저 일[134] 지내온 과정[135]을 자세히 찾아보니,
오늘 저녁 비로소 진리가 있다는 것을 보게 되었으니
풍광과 월색이 모두 둥글둥글하구나.[136]

132 齋洞(재동) : 지금의 서울시 종로구 가회동 일대. 조선시대 세조 때 만들어진 지명으로, 세조가 계유정난(癸酉靖難 ; 1453년)을 일으킬 때 김종서 등 사육신을 살해하자 이들이 흘린 피가 내를 이루고 비린내가 심하였다. 그래서 사람들이 집에서 나무 등을 불태우고 남은 재[灰]를 모아 뿌려, 온 동네가 재로 가득하게 되어 '잿골'이 되었고, 이 잿골을 한자로 취음하면서 만들어졌다고 한다.

133 本來天(본래천) : 본래의 생겨난 형상. 본문에서는 '재동(齋洞)'이라는 동명(洞名)의 유래.

134 事事(사사) : 이 일 저 일. 모든 일.

135 世路(세로) : 세도(世途). 지내온 역정(歷程). 본문에서는 '재동(齋洞)'의 지명 유래.

136 團圓(단원) : 둥근 모양.

해설

재동齋洞에 사는 벗의 집에 지인들과 모였는데, 재동이라는 동명洞名 유래담由來談을 듣고 난후의 소회를 쓴 시입니다. 전반부 기와 승(1, 2구)에서는 시 내용이 지엄至嚴한 조선왕조 군왕(君王;世祖)의 비사(秘史;癸酉靖難)를 함축하고 있어 직접적이고 구체적으로 쓰기에는 불경不敬일 수도 있다는 염려도 있었을 것입니다. 동명 유래를 살펴보면, 재동齋洞이라는 동네 이름은 조선시대 세조(世祖;재위 1455~1468년) 때 만들어졌는데, 세조가 계유정난(癸酉靖難;1453년) 때 사육신 등 여러 신하들을 살해한 피가 내를 이루자, 비린내를 없애려고 사람들이 나무 등을 태워 남은 재[灰]를 뿌려, 온 동네에 재가 가득하여 마을 이름이 '잿골'이 되었다고 합니다. 그래서 '재 회[灰]' 자의 훈訓인 '재'와 한자음이 같은 '재계할 재[齋]' 자로 바꾸어 부르면서 생겨난 동명이라고 합니다.

아울러 '재齋'는 불교에서 '명복을 비는 불공佛供'의 의미도 있으므로 절개를 지키다가 억울하게 죽은 신하들에 대한 명복을 빈다는 뜻도 함께 있었을 것이라고 여겨집니다. 마치 세조의 계유정난 때 단종端宗 복위를 꾀한 수양대군(세조)의 동생 금성대군(錦城大君;1426~1457년) 일파를 귀양지 경상북도 순흥면에서 살해하여 흐르는 냇물이 피를 이루다가 끝났다는 뜻으로 붙여진 '피끝마을' 유래담과 유사합니다.

후반부 전과 결(3, 4구)에서는, 이와 같은 재동 유래담을 듣고 난 후 알게 된 역사적 사실에 대한 소회를 '진리眞理는 있다'라고 합니다. 곧 정의와 불의가 뒤바뀌어 역사에서 승자에 의해 아무리 미화美化되거나 정당화되더라도 숨길 수 없는 것이라는 것을 암시하고 있는 것으로 보입니다. 역사는 승자의 몫이 아니라 정의로운 자들의 몫이라는 것이겠지요. '아는 만큼 보인다.'라는 말처럼 재동 유래담을 알고 보니 재동의 풍광이 달리보이나, 달빛[月色]은 굴곡진 역사의 구름 사이로 예전처럼 변함없이 빛나고 있다 합니다. 그런 소회를 '둥글다[團圓]'라고 쓰고 있습니다.

039

도성 서쪽에서 멋스럽게 모임
西城雅集

霜暉歷歷晩山明 상휘역력만산명
凡木靑松無數生 범목청송무수생
詩魄也從風景發 시백야종풍경발
磵溪閒步上西城 간계한보상서성

-『천도교월보』, 1913년 1월호

서릿발 빛나 뚜렷하고[137] 해 저물녘 산[138]은 밝은데
보통의 나무들과 푸른 솔은 무수히 자라네.
시정(詩情)[139]은 풍경을 따라 피어나니
골짜기 시냇가를 한가롭게 걸으며 서쪽 도성에 오르네.

해설

아마도 인왕산을 오른 것으로 여겨지는 7언 절구입니다. 기와 승(1, 2구)에서는 시선이 원경묘사에서 근경묘사로 천천히 옮겨가면서 해가 저무는 만추

137 歷歷(역력) : 분명한 모양. 뚜렷하게 드러나는 모양.
138 晩山(만산) : 해질 무렵의 산.
139 詩魄(시백) : 시정(詩情). 시를 짓는 정서나 흥취.

의 가을 산을 그리고 있습니다. '서릿발이 뚜렷하다'라는 것은 서리 맞은 단풍잎들이 빨갛게 물든 모습이고, 붉은 노을빛을 받아 더욱 뚜렷하고 정갈하게 보이는 바위산을 그려내고 있습니다. 그런 바위산에서 뿌리를 내리고 오순도순 살아가는 잡목들과 푸른 소나무들이 정겹게만 보입니다.

전과 결(3, 4구)에서는 골짜기를 오르내리고 굽이굽이를 돌아갈 때마다 보이는 풍경들이 새롭게 보입니다. 마치 자신이 한 폭의 동양화 속을 걷고 있는 듯, 개나리 봇짐을 메고 시동을 앞세우고 이대로 깊은 골짜기의 이름 모를 산사로 들어가는 수도승이 되어도 좋을 것 같은 마음에 시심(詩心;詩興이 돋는 심경)도 꿈틀거립니다.

도성 서쪽의 인왕산(仁王山) 한양의 서쪽 성내에 있는 바위산으로 암벽에 뿌리 내리고 사는 푸른 소나무와 잡목들이 눈에 많이 보인다.

040

도원[140]의 한담(閑談)[141]

道院散話

林西閒數石 임서한수석
郭外靜淸江 곽외정청강
歸讀王摩詰 귀독왕마힐
梅花月一窓 매화월일창

-『천도교월보』, 1913년 1월호

수풀 서쪽에서 한가로이 돌을 세다가
성 밖에서 고요히 강물소리를 들었네.
돌아와 왕마힐(王摩詰)[142]의 글을 읽노라니
매화 핀 창가에 달이 밝네.

140 道院(도원) : 수도원(修道院). 또는 도사가 거처하는 집. 본문에서는 천도교 수련원 봉황각(鳳凰閣)으로 여겨짐.

141 散話(산화) : 잡담. 쓸데없는 말. 한담(閑談).

142 王摩詰(왕마힐) : 중국 당(唐)의 개원(開元) 연간의 시인 왕유(王維 ; 701~761년). 마힐(摩詰)은 자(字). 이백(李白)을 시선(詩仙), 두보(杜甫)를 시성(詩聖)이라 함에, 왕유는 독실한 불교신사로 '시불(詩佛)'이라 불린다. 시세계는 자연의 청아한 정취를 노래한 수작이 많다.

해설

산이 좋은 것은 하늘 높이 우뚝 솟은 기암괴석만 있어서가 아니고, 골짜기에 흐르는 물이 있고, 물소리가 들리기 때문일 것입니다. 산이 정靜이라면 물은 동動이니, 곧 정중동(靜中動;정지한 가운데 어떤 움직임이 있음)이요, 동중정(動中靜:움직임 가운데 멈춤이 있음)을 겸하여 천지자연의 이치를 가지고 있기 때문입니다. 거기에 산새소리, 물새소리도 곁들이니 가히 자연의 모든 것을 관조(觀照;조용한 마음으로 대상의 본질을 바라봄)할 수 있는 것이지요. 그래서 예로부터 산과 물을 함께 노래했지요. 기와 승(1, 2구)에서도 이와 같은 모습을 볼 수 있습니다. 고시조 한 수를 함께 감상하여 전반부의 내용을 헤아려 봅니다.

青山(청산)도 절로절로 綠水(녹수)도 절로절로
山(산)절로 水(수)절로 山水間(산수간)에 나도 절로
그 中(중)에 절로 자란 몸이 늙기도 절로하리라.

전과 결(3, 4구)에서는 자연을 관조하다가 집으로 돌아와 다시 자연을 노래한 중국 성당盛唐시대에 이백李白·두보杜甫와 함께 삼대시인에 드는 왕유(王維;701~761년)의 시를 읽습니다. 창 밖 매화에는 달빛이 빛나고. 아마도 왕유의 시 중에서 다음 시가 아니었을까 생각하면서 인용해 봅니다.

君自故鄉來(군자고향래) 그대는 고향에서 왔으니
應知故鄉事(응지고향사) 고향소식을 알겠구료.
來日綺窗前(내일기창전) 오던 날 비단 창문 앞에
寒梅著花未(한매착화미) 매화꽃이 피었던가요?

041

서쪽 이웃마을을 지나며
過西隣

蒼巖生夕氣 창암생석기
古樹落寒聲 고수락한성
遠來方少歇 원래방소헐
書戶一燈明 서호일등명

-『천도교월보』, 1913년 1월호

푸른 바위에 저녁 기운이 생겨나고
오래된 나뭇등걸에 겨울 바람소리[143] 들리네.
먼 길을 와 잠시 쉬노라니
글방[144]의 등불이 밝네.

해설

겨울바람을 맞으며 먼 길을 가다가 어느 주막에 들러 하룻밤 묶으며 느낀 여정旅情의 소회가 문득 객수(客愁;객지에서 느끼는 쓸쓸한 마음)로 엄습해 옴

143 寒聲(한성) : 추운 겨울의 바람 소리·비 소리·새소리 따위.
144 書戶(서호) : 서재(書齋).

을 쓴 것으로 여겨지는 5언 절구입니다. 전반부 기와 승(1, 2구)에서는 계절이 겨울임을 알 수 있는데, 걷는 길이 울퉁불퉁 이끼 낀 바윗길이었는데 해가 지고 어두워졌음을 알 수 있습니다. 더구나 잎도 져 앙상하게 서 있는 고목을 흔드는 바람소리가 몸을 움츠리게 합니다.

후반부 전과 결(3, 4구)에서는 '먼 길'을 통해서 작가가 가야 할 길이 하루 이틀 길이 아님을 알 수 있습니다. 호롱불이 문풍지 사이로 들어온 겨울바람에 흔들리고, 따뜻한 아랫목에 노곤한 몸을 녹이고 있노라니, 어디선가 낭랑하게 어린 아이 책 읽는 소리가 들려옵니다. 아마도 천자문千字文이거나 동몽선습童蒙先習일 거라고 생각하는데, 문득 고향집 아내와 어린 아이들이 생각난 것은 아닐까요. '남아도처시고향(男兒到處是故鄕 ; 사내대장부는 이르는 곳이 곧 고향이다)'이라고 하지만, 지금쯤 고향집에서도 호롱불을 돋우면서 아내는 집 나간 남편의 옷을 짓고 있고, 아이들은 배를 깔고 누워 졸음을 참으면서 천자문을 읽고 있으리라 생각하며 고향생각에 잠기니 착잡한 마음에 객수가 베갯머리에 찰랑거렸으리라 여겨집니다.

042

우연히 읊음
偶吟

村容兼竹栢 촌용겸죽백
野業足禾麻 야업족화마
老夫停酒語 노부정주어
兒女莫爭花 아녀막쟁화

-『천도교월보』, 1913년 2월호

시골이라 대나무와 잣나무가 함께 있고
들녘의 일이야 벼농사와 삼[145] 기르면 족하다네.
늙은 농부는 술을 마시다가 멈추고 말하기를
'아녀자들아 꽃을 시샘하지는 말아라.'라고 하네.

해설

시골 마을을 지나면서 느낀 단상을 쓴, 앞 시 〈서쪽 이웃마을 지나면서(過西隣)〉에 이어 계속된 시로 여겨지는 5언 절구입니다. 기와 승(1, 2구)에서는 우리나라 평범한 시골마을의 정경을 그리고 있습니다. 마을을 감싸고 있는

145 禾麻(화마) : 벼와 삼. 농작물을 두루 이르는 말.

대숲과 야트막한 야산에 우뚝 솟아 있는 전나무, 그리고 마을 앞 들녘의 농사일을 말하면서 만족하면서 살아가고 있다고 합니다. 안분지족(安分知足 ; 편안한 마음으로 제 분수를 지키며 만족함을 앎)하는 삶이라고 합니다. 자기 분수 이외의 것은 욕심내지 않으며, 그러나 대나무, 전나무로 상징되는 지조 있고 절제를 아는 강직함이 느껴집니다.

후반부 전과 결(3, 4구)에서는, 할아버지에서 아들로, 아들에서 다시 손자로 이어지는 조상들의 전통적인 가르침과 교육의 일단을 늙은 농부의 말을 인용하면서 제시하고 있습니다. 도회지로 나가 서양의 신식교육은 받지 못했어도 밭머리에서 일을 하다가 농주農酒 한 사발을 마시면서 '꽃을 시샘하지는 말라.'고 하는, 곧 본분을 지키면서 농사일에 성실하고 근면하게 일하면서 만족하고 사는 것이 행복이라고 가르칩니다. 농촌의 삶에서 느낀 소박하지만 강직하게 본분을 지키는 태도를 칭송하는 마음이 느껴지는 시입니다.

043

육언[146]

六言

中晝兒喧古市 중주아훤고시
高風鶴立蒼巖 고풍학립창암
翁也常淡白素 옹야상담백소
家僮莫沽酸鹹 가동막고산함

-『천도교월보』, 1913년 2월호

한낮에 아이들은 옛 저잣거리에서 떠들고
높은 바람을 타고 학은 푸른 바위 위에 서있네.
늙은이들은 늘 담백하고 소박한 것을 먹으니
가동[147]에게 시고 짠[148] 것은 사지 말라고 시키네.

146 六言(육언) : 육언시(六言詩). 매 구(句)가 여섯 자인 고체시(古體詩) 형식의 하나.

147 家僮(가동) : 집안 심부름하는 어린 사내종.

148 酸鹹(산함) : 신맛과 짠맛.

해설

마치 시골 5일장 풍경을 단편적으로 옮겨 놓은 듯한 시입니다. 시의 형식도 5언이나 7언의 근체시가 아닌 다소 파격적인 고풍古風의 6언시 형식을 취하고 있습니다. 전반부 기와 승(1, 2구)에서는 5일장이 열리는 시골 장터의 떠들썩한 모습을 아이들이 즐겁게 뛰노는 모습으로 제시합니다. 그리고 뒷마을 산자락 바위 위에는 하얀 날개를 펄럭이며 학들이 오르내리는 배경을 그리고 있습니다.

후반부 전과 결(3, 4구)에서는 장마당에서 사고파는 모습과 촌로들의 살아가는 모습을 보여주고 있습니다. 곧 표현상으로는 '담백하고 소박한' 것을 좋아하고 '시고 짠[酸鹹]'을 싫어하는 식성食性을 말하고 있지만, 실제는 식성을 통해서 살아가는 모습, 나아가 가치관을 발하고 있는 것으로 여겨집니다. 분에 넘치는 산해진미山海珍味나 자극적인 맛보다는 보리밥에 된장국과 반찬으로는 열무김치 한 사발이면 만족하는 소박하고 담백한 성품을 간접적으로 말하고 있다 하겠습니다. '시고 짠 것은 사지 말라'는 사실적인 대화 한마디('꽃을 시샘하지 말라'는 앞의 시처럼)로 함축시키는 시적 기법이 출중한 시라고 하겠습니다.

044

섣달그믐날 밤에
除夜

空身雖有千億 공신수유천억
眞德元無二三 진덕원무이삼
回首欲登古境 회수욕등고경
白鷗靑草江南 백구청초강남

-『천도교월보』, 1913년 2월호

실(實)이 없는 몸뚱이는[149] 비록 천억 개가 있어도
참다운 덕은 원래부터 두세 개도 없었네.
돌이켜 옛 성인의 경지에 오르고자 생각하나
흰 갈매기와 푸른 풀과 강남 땅 뿐이네.

해설

또 다시 한 해를 보내는 섣달그믐날 저녁에는 누구나 착잡한 마음을 가질 것입니다. 우리는 어쩌면 그런 착잡한 마음이 싫어서 망년회니 송년회를 핑

149 空身(공신) : 사대(四大), 곧 땅·물·불·바람이 가합(假合)한 실(實)이 없는 육체.

계 삼아 술에 취하기도 할 것이고, 더구나 지난 새해의 각오를 마음속 깊게 간직하며 지내온 사람이라면 더욱 그럴 것입니다.

전문은 6언의 고시 형태를 취하면서, 한해를 보내는 마음을 숨김없이 드러내고 있습니다. 기와 승(1, 2구)에서는 '공신空身'과 '진덕眞德'을 상대어로 하여, 작가가 지난 한 해 동안 덕德 있는 삶을 살려고 노력했음을 보여주고 있습니다. '덕 있는 사람'은 우리 나라 사람이라면 누구에게나 이루고 싶은 삶의 모델이지요. 그러나 실제 덕을 쌓기에 노력을 다 하는 사람은 드물다고 치더라도.

옛 문헌이나 성인들의 말씀에서도 '덕이란 무엇인가?'에 대해서 언급한 것을 고찰해보면 한두 마디로 요약하기란 쉽지 않습니다. 덕을 관념적으로 정의한 것으로, '드러나지 않는 무형의 도道가 만물을 통해 나타나는 특수한 규율이나 성질'[150]이라고 합니다. 이러한 성현의 언급은 현실에 와 닿지 않기 때문에 실질적인 것으로 말하여, 선행善行·인애仁愛·인정仁政[151]이라 말하기도 하고, '덕은 외롭지 않아 반드시 이웃[同調者]이 있다.'[152]거나, '덕은 사업의 토대이다.'[153]라고도 합니다.

전과 결(3, 4구)에서는, 이렇듯 옛 성인의 도와 덕의 높은 경지에 오르고자 하여도 이를 수 없고, 당장 눈앞에 이룰 수 있는 것은 자연과 함께 하는 것, 흰 갈매기와 푸른 풀과 강남 땅뿐이라고 하니 이것들은 곧 두고 온 고향땅입니다. 모든 것 뿌리치고 고향으로 돌아갈까 돌아가. 촌로村老가 되어 한세상 남은 인생 자연에 묻혀 살리라고도 하였겠지요. 여러 가지 뒤숭숭한 생각에 호롱불 아래 섣달그믐날 밤은 깊어갔겠지요.

150 『管子, 心術 上』에 「德者道之舍, 物得以生」이라 하고, 『老子』에서는 「道生之, 德畜之, 物形之, 勢成之, 是以萬物莫不尊道而貴德」이라 하였으며, 『莊子, 天地』에서는 「故通於天者, 道也, 順於地者, 德也」라고 하였습니다.

151 『書經, 盤庚 上』에 「汝克黜乃心, 旋實德于民, 至于婚友, 丕乃敢大言, 汝有積德」.

152 『論語, 里人』에 「子日, 德不孤, 必有隣」.

153 『菜根譚』에 「德者事業之基」.

045

웃음[154]을 머금고[155]

含口餘涎

青山文酒新事 청산문주신사
明月樓臺雅言 명월루대아언
[illegible]作油油快快 분작유유쾌쾌
小鶴何心在軒 소학하심재헌

-『천도교월보』, 1913년 3월호

청산과 글 짓는 일과 술과 새해 농사[156]에 대해
달 밝은 누대에서 고상한 말[157]을 하면서
온화하고 공손하다가도[158] 제멋대로[159] 하기도 하는데
소학(小鶴)[160]은 무슨 마음으로 집에 있는가.

---

154 [illegible] '여연(餘涎 ; 히히거리며 웃다)'의 오기(?).
155 경암 이관(敬庵李瓘)과 동일 제목으로 짓는다.
156 新事(신사) : 새해 농사.
157 雅言(아언) : 아어(雅語). 바르고 고상한 말.
158 油油(유유) : 온화하고 공손한 모양.
159 快快(쾌쾌) : 제 마음대로 함. 멋대로 함.
160 小鶴(소학) : 벗의 호(號)로 여겨짐.

해설

새해를 맞이한 어느 날 지인들과 벗의 집에 방문하여 느낀 단상을 적은 시로, 형식은 6언 고시입니다. 전반부 기와 승(1, 2구)에서는 술이 몇 순배 돌자 이런저런 이야기로 한담을 하는데, '어디에 있는 무슨 산을 올랐는데 풍경이 어떻더라.' 또는 '누구의 무슨 글을 읽었는데 내용이 무슨 내용이더라.' 또는 '술 이야기를 하다가, 올해 농사는 풍년이 들면 좋겠다.'는 등 개인사부터 세상사까지 두루두루 이야기를 나눕니다. 밝은 달이 벌써 처마 밑에 걸리고 밤도 으슥하니 깊었습니다.

후반부 전과 결(3, 4구)에서는 대화를 나누는 태도를 말하는데, 술이 어지간히 취했는지 점잖고 온순하게 말을 하다가도 두서없는 말에 껄껄 웃기도 합니다. 그러다가 벗들을 초대해 준 친구 '소학小鶴'에세 묻습니다. '그대는 왜 집에만 있는가?'하고. 소학은 벗의 호號로 여겨지는데 안타깝게 본명은 알 수 없습니다. 아마 소학이란 친구가 바깥출입을 삼가고 주로 집에서 글이나 읽으면서 소일하는 것으로 여겨집니다. 불쑥 이런 질문을 받은 친구는 꽤 당황했을 것으로 여겨지는데, 묵묵부답 대답은 없고 빙그레 웃을 뿐이었겠지요. 흔히 즐겨 입에 오르내리는 이백李白의 시 〈산중문답(山中問答), 일명 '산중답속인(山中答俗人)'〉에서,

問余何事棲碧山(문여하사서벽산)	나에게 왜 푸른 산에 사느냐고 물으니
笑而不答心自閑(소이부답심자한)	웃고 대답하지 않으나 마음은 스스로 한가로워라.
桃花流水杳然去(도화유수묘연거)	복숭아꽃 물을 따라 아득히 흘러가니
別有天地非人間(별유천지비인간)	인간계가 아닌 별천지라네.

'웃고 대답하지 않으나, 마음은 저절로 한가로워라.(笑而不答心自閑)'이었을까요? 아니면 우리나라 시인 김상용(金尙鎔; 1902~1951년)이 시 〈南으로 窓을 내겠소〉에서,

南으로 窓을 내겠소
밭이 한참 갈이
괭이로 파고
호미론 풀을 매지요

구름이 꼬인다 갈 리 있소
새 노래는 공으로 들으랴오
강냉이가 익걸랑
함께 와 자셔도 좋소

왜 사냐건
웃지요.

제목으로 보면 그렇게 추측됩니다.

046

우연히 읊조림
偶吟

社事琴棊舊友 사사금기구우
村容梅柳當時 촌용매류당시
鏡水中開畵景 경수중개화경
山童莫立藩籬 산동막립번리

-『천도교월보』, 1913년 4월호

사(社)의 일[161]은 오랜 벗과 거문고와 바둑 두는 일이고
마을은 매화 피고 버드나무 푸를 때를 맞아
맑고 잔잔한 물[162] 속에 비친 그림 같은 경치가 열렸으니
산골 아이야 울타리[163] 가에 서지 말아라.

161 社事(사사) : 회사의 일. 1913년 당시 양한묵 선생은 천도교총부에서 직무도사(職務道師)를 맡고 있으면서 교리강습소(敎理講習所)를 개설하여 강습생 5백 여명을 수련하면서 직·간접적으로 배일 사상과 독립·애국정신 함양에 심혈을 쏟고 있었다.

162 鏡水(경수) : 거울같이 맑고 잔잔한 물.

163 藩籬(번리) : 울타리. 울짱.

해설

길고 긴 추위 끝에 봄기운이 완연한 날 오후에 봄에 대한 단상을 쓴 시로 6언 고시입니다. 먼저 기(1구)에서는 조금은 따분한 듯한 회사의 일상을 거문고와 바둑 두는 일이라고 말하고, 승(2구)에서는 봄이 찾아온 창밖의 마을 풍경을 그리고 있습니다. 곧 창안의 반복되는 일상과 대조적으로 창밖의 하루가 다르게 변화하는 신록의 모습이 대비되고 있습니다.

승(3구)에서는, 푸릇푸릇 변하는 창밖 봄의 모습을 '잔잔한 물에 비친 그림 같은 경치'라고 하면서, 한 폭의 수묵화 같은 묘사를 통해 봄날 오후 정적에 잠긴 풍경을 그려냅니다. 그러나 결(4구)에서는 시상이 비약하여 교훈조의 목소리로 '산골 아이야! 울타리 가에 서지 말라.'라고 하는데, 회사에서 창밖을 내다보고 있으려니 상상의 날개가 먼 옛날 고향 시골에서 어린 시절의 추억을 떠올린 것으로 여겨집니다. 그리고 이 소리는 내가 하는 소리가 아닌 기억 속에 아스라이 사라져간 어렸을 적에 주의말로 들었던 어른들의 목소리를 떠올린 것입니다. 봄철이 오면 '울타리 가'에는 집안에서 제일 먼저 새싹들이 삐쭉삐쭉 올라오는 곳이지요. 나리꽃, 국화꽃 등 그런 싹들을 놀다가 부주의로 밟지 말라는 어른들의 말을 떠올린 것으로 여겨집니다.

시적 상상력이란 이렇듯 시간과 공간을 자유자재로 넘나들 수 있어 작가에게는 무한한 창작력의 원천이 되기도 하지요. 따라서 '봄날의 고향 생각'이 주 내용이라고 하겠습니다.

047

저물녘 운정[164]에 앉아

雲亭晩坐

花間雙白首 화간쌍백수

石上一紅亭 석상일홍정

春日來此地 춘일래차지

屈原不能醒 굴원불능성

-『천도교월보』, 1913년 5월호

꽃 사이에 두 늙은이[165]가 있고

바위 위에는 붉은 정자 하나 있네.

봄날이 이곳에도 왔으니

굴원(屈原)[166]이라도 술에서 깨어나지 못하리라.

164 雲亭(운정) : 취운정(翠雲亭).

165 雙白首(쌍백수) : 흰 머리의 두 늙은이. 본문에서는 작가 양한묵 선생과 많은 화운시(和韻詩)를 썼던 경암 이관(敬菴李瓘)으로 여겨짐.

166 屈原(굴원) : 전국시대 초(楚)나라 사람. 이름은 평(平). 자는 원(原). 회왕(懷王) 때 삼려대부(三閭大夫)로 정사(政事)를 주관하여 임금의 신임을 받았으나, 다른 대부(大夫)들의 참소를 받자 〈이소(離騷)〉를 지어 왕이 깨닫기를 바랐고. 양왕(襄王) 때 또 다시 참소를 받아 창사[長沙]로 유배되자, 〈어부사(漁父辭)〉 등 여러 편의 글을 지어 자신의 뜻을 밝히고 멱라수[汨羅水]에 투신하여 죽었다.

해설

마치 한 폭의 신선도(神仙圖 ; 신선이 노니는 모양을 그린 그림)를 보는 듯한 느낌을 주는 시로 형식은 5언 절구입니다. 기와 승(1, 2구)에서 노래하는 주된 제재題材는 봄날의 꽃과 두 노인과 바위와 정자입니다. 세월의 연륜을 묵묵히 안으로만 안고 있는 함묵含黙의 바위가 틈새로 빨갛고 노란 봄꽃을 피워내고, 푸른색, 붉은 색으로 단청을 한 정자가 흰 머리에 하얀 옷을 입은 두 노인을 등에 지고 있다고나 할까요. 아마도 곁에는 석간수石澗水를 떠다가 화롯불을 피워 차를 달이고 있는 시동侍童도 한 명 쯤 있을 것 같은 정경입니다.

속세의 티끌 하나도 허락하지 않은 하얀 바위와 흰 옷 입은 노인들의 모습이 색채상으로 조응한다면, 함묵의 세월을 지키고 있는 영원상의 존재인 바위와 잠시잠깐 왔다가는 인간의 한시적 존재가 대비를 이룬다고 하겠지요.

그러나 비록 나이는 먹었어도 춘흥春興은 이길 수 없으니, 차 대신 몇 잔의 술로 발그레해진 얼굴은 석양의 노을빛과 또 조응을 이룰 것입니다. 전과 결(3, 4구)에서는 춘흥을 즐기기 위해 참을 수 없는 음주 핑계로 굴원(屈原 ; 약 B.C. 339~약 B.C. 278년)을 곁에 앉히고 있습니다. 일반적으로 주당酒黨들이 술 핑계(?)로 많이 들고 있는 시인은 이백(李白 ; 속칭 '酒太白')임을 감안하면 뭔가 다른 의도도 있는 것 같고, 특히 술과 관련지어서는 굴원의 〈어부사(漁父辭)〉 한 구절을 빼놓을 수 없습니다.

(전략) …

굴원이 대답하기를

"온 세상이 모두 흐린데 나만이 홀로 깨끗하고, 온 세상이 모두 취하였는데 나만이 홀로 깨어 있으니, 이 때문에 추방을 당했노라."

라고 하였다. 어부가 말하기를,

"성인(聖人)은 사물에 막히거나 얽매이지 않고 세상을 따라 변하여 옮겨가니, 세상 사람들이 모두 탁하거든 어찌하여 그 진흙을 휘젓고 그 흙탕물을 일으키지 않으며, 여러 사람들이 모두 취하였거든 어찌하여 술지게미를 먹고 박주(薄酒)를 마시지 않고, 무슨 연고로 깊이 생각하고 고상하게 행동하여 스스로 추방을 당하게 한단 말인가."[167]

… (후략)

여기에서 시류와 야합(野合;좋지 못한 목적으로 서로 어울림)하지 않고 지조와 절개 있는 삶의 모습을 대변하는 한 구절은 '온 세상이 모두 취하였는데 나만이 홀로 깨어 있다.(衆人皆醉 我獨醒)'일 것입니다. 이런 굴원마저도 오늘 같은 봄날의 춘흥에는 한 잔 술에 취하지 않을 수 없을 것이라고 합니다. 시세時勢에 편승하지 않고 작가 자신의 현재와 앞으로의 살아가는 모습을 함축하려고 2천 3백여 년 전의 굴원을 초대하여 술자리에 동석시킨 것으로 여겨집니다.

167 굴원(屈原)의 〈어부사(漁父辭)〉 중「(전략) … 屈原曰 擧世皆濁 我獨淸 衆人皆醉 我獨醒 是以見放 漁父曰 聖人不凝滯於物 而能與世推移 世人皆濁 何不淈其泥而揚其波 衆人皆醉 何不餔其糟而歠其釃 何故深思高擧 自令放爲 … (후략)」.

048

우이동의 앵두꽃을 보며
牛耳洞觀櫻

聞道山村櫻若雲 문도산촌앵약운
郊行數里便西分 교행수리편서분
此去靑紅盡收拾 차거청홍진수습
一香不付老東君 일향불부노동군

-『천도교월보』, 1913년 5월호*

산촌에 앵두꽃이 구름처럼 피었다는 말을 듣고
들길 몇 리를 가다가 문득 서쪽으로 향했네.
이번에 가서 청홍색 꽃을 주워 담아
한 향기도 늙은 동군[168]에게는 부치지 않으리라.

* 『천도교월보』, 1913년 6월호는 일제에 의해 압수당함
168 東君(동군) : 태양의 신. 또는 태양신. 봄을 관장하는 신.

해설

전반부 기와 승(1, 2구)에서는 앵두꽃 구경을 소재로 전개하고 있는 7언 절구입니다. 지금 추측컨대 종로구 수운동 천도교총부에서 우이동 봉황각으로 가는 길이었을 것으로 추측됩니다. 작가 양한묵 선생은 정기적으로 천도교 총부에서 천도교 수련원인 봉황각에 가서 청년 천도교 신자들에게 교리학습을 시키고 있었습니다. 길은 동대문을 나와 청량리를 거쳐 중랑천을 따라 상류로 가는 중이었는데, 수유리를 지난 우이천 부근에 앵두꽃이 만발했다는 이야기를 듣고 북한산 밑으로 발길을 돌린 것 같습니다.

후반부 전과 결(3, 4구)에서는 앵두꽃 구경하는 것을 '청홍색을 모두 주워 담는다.'라는 표현이나, '한 향기도 늙은 동군(東君 ; 봄의 神)에게 부치지 않겠다.'라고 하고 있는 표현은 전고(典故 ; 典例와 故事)를 알 수 없어 이해하고 감상하기가 매우 어렵습니다. 다만 문맥상으로는 혼자서 봄날의 정취를 만끽하겠다는 뜻으로 풀이됩니다.

049

위창[169]과 함께 동쪽 성문을 나가다

伴葦滄出東城

霽日城東人入畵 제일성동인입화

遠山如睡近山靑 원산여수근산청

松間便取禪門路 송간편취선문로

滿肚塵埃已半醒 만두진애이반성

- 『천도교월보』, 1913년 7월호

갠 날에 성 동쪽 사람들이 그림 속으로 들어간다는데,

먼 산은 조는 듯하고 가까운 산은 푸르고

소나무 사이 길은 문득 선문[170]의 길인 듯

뱃속 가득한 티끌[171]에서 이미 반쯤 깨어나네.

---

169 葦滄(위창) : 오세창(吳世昌, 1864~1953년)의 호. 1902년 개화당사건으로 일본에 망명 중 손병희의 권유로 천도교에 입교하였고, 양한묵·권동진 등과 함께 천도교의 중추적 역할을 함, 《만세보》, 《대한민보》 사장 등을 역임. 3·1운동 때에는 33인의 한 사람으로 3년간 옥고를 치렀다. 1918년 근대적 미술가단체의 효시인 서화협회 발기인으로 참석한 후 민족서화계의 정신적 지도자로 활약.

170 禪門(선문) : 선정(禪定)의 법문(法門). 마음을 가라앉히고 하나로 모아 망령된 생각들을 끊어 없애는 법.

171 塵埃(진애) : 티끌과 먼지. 세상의 속된 것을 비유하는 말.

해설

성 동쪽 풍경이 매우 아름답다는 소리를 듣고 동지 위창 오세창葦滄吳世昌과 함께 갠 날을 택해 구경나간 느낌을 쓰고 있는 7언 절구입니다. 기와 승(1, 2구)에서는 풍경이 아름답다는 의미를 강조하기 위해 '그림 속으로 들어간다.'라고 표현하고, 실제 가서 본 풍경을 원경묘사에서 근경으로 시선을 이동하며 묘사하고 있습니다. 멀리 보이는 산은 아스라이 물러나 하늘가에 누워있는 모습을 '조는 듯하다[如睡]'고 합니다. 그리고 가까운 산은 신록을 맞이해 한껏 푸르렀다[山靑]고 합니다.

전과 결(3, 4구)에서는 벗 위창과 함께 그림 같은 산속으로 걸어 들어가니, 소나무 사이로 난 산길이 마치 '선정(禪定; 參禪하여 三昧境에 이름)의 법문(法門; 진리에 이르는 문)'에 들어선 것처럼, 육신에 가득한 온갖 세속의 티끌들이 반나마 없어진 듯하다고 합니다. 평생 조국 해방과 독립의 길은 천도교만이 유일하다는 것을 확신하고, 결사동맹決死同盟을 맺은 동지와 망중유한(忙中有閑; 바쁜 가운데도 한가한 짬이 있음)을 즐기며 소나무 숲길을 걷는 모습이 눈에 그려집니다.

葦滄(위창) 오세창(吳世昌) 선생의 묘와 묘비 경기도 구리시 망우독립유공자묘역에 자리한 독립운동가 오세창 선생의 묘. 1953년 4월 16일 사회장으로 장례를 치른 후 유언대로 화장하여 범어사 선방에 모셨다가 1954년 망우공원묘지에 안장했다.

050

갠 날에 매미소리를 들으며[172]

聞晴蟬

庭樹鳴一蟬 정수명일선
山雨欲晴天 산우욕청천
翠軒人多立 취헌인다립
淨意快於仙 정의쾌어선

-『천도교월보』, 1913년 8월호

뜰 나무에서는 매미 울고
산에 내리던 비가 개려 하네.
취헌(翠軒)[173] 처마 밑에 많은 사람들이 서 있는데[174]
맑은 뜻은 신선보다 상쾌하네.

172 같은 제목으로 경암 이관(敬庵李瓘), 위창 오세창(葦滄吳世昌) 등과 함께 짓다.

173 翠軒(취헌) : 취운정(翠雲亭).

174 사람들이 비를 피하려고 처마 밑에 서 있는 모양.

해설

한 차례 소나기가 지나간 산속 정자[翠軒;翠雲亭]의 풍경을 보고 느낀 감회를 적은 5언 절구입니다. 기와 승(1, 2구)에서는 비가 그쳐가는 모습을 먼저 매미가 울기 시작한다고 합니다. 비가 올 때는 울지 않는다는 매미의 속성을 감안하여 산에 내리던 비가 그쳐가고 있다고 합니다.

전과 결(3, 4구)에서는, 더위를 피해 숲속 정자 취운정에 올랐던 사람들이 갑자기 쏟아지는 비를 피해 취운정 처마 밑에 옹기종기 모여 있는 모습을 말하면서 마치 신선 같다고 합니다. 산에 내리는 비를 산우山雨라고 하는데 시절로 보면 녹우(綠雨;新綠 무렵에 내리는 비)일 것 같습니다. 그런데 비를 피하며 서 있는 사람들을 신선 같다고 한 것에는 또 다른 의미가 있습니다. 매미는 고래로 많은 선비들이 시제詩題로 떽히였는데, 그 이유는 이슬을 마시고 살아가는 매미를 욕심이나 사심私心이 없는 무욕무사無慾無私의 상징으로 여겼기 때문입니다. 고산 윤선도(孤山尹善道;1587~1671년)는 그의 시 〈문선(聞蟬)〉에서 '이슬을 마시니 욕심은 응당 없다'[175]라고 한 것도 같은 인식을 보여주고 있습니다.

그리고 이 시가 씌어졌던 당시를 감안하면 '취운정'이 많은 독립지사들의 밀회密會의 장소였으니, 부귀나 공리를 탐하지 않고 오로지 조국의 해방과 독립을 위해 헌신하기로 작정한 사람들이니만치 무욕무사한 매미의 이미지와 일치하니 신선 같다고 한 표현도 무리한 과장은 아니라고 여겨집니다. 청산靑山과 녹우綠雨와 푸른 정자[翠雲亭]에 모인 흰 옷 입은 선비들이 모여 매미소리를 들으며 조국 해방의 원대한 꿈을 이야기하는 모습은 상상만하여도 실로 감동적이라 하겠습니다.

---

175 『孤山遺稿, 聞蟬』에서 「飮露應無欲」.

051

가을비
秋雨

滿江秋雨一番聲 만강추우일번성
草木簫簫白帝城 초목소소백제성
淵明家裏黃花色 연명가리황화색
不是詩情與酒情 불시시정여주정

- 『천도교월보』, 1913년 12월호

강 가득 가을비 내리는 소리 한 번 나더니
초목은 쓸쓸하고 성 안에도 가을이 왔네.[176]
도연명[177] 집 울타리엔 황국화가 피었으나
시를 짓거나 술 생각도 일지 않았으리.[178]

176 白帝城(백제성) : 백제(白帝)가 주관하는 성(城). 곧 가을이 온 고을. 백제는 고대 신화상 다섯 천제(天帝) 중 서쪽을 주관하는 신(神).

177 淵明(연명) : 도연명(陶淵明). 365~427년. 진(晉)나라 시인. 본명은 잠(潛). 호는 연명(淵明). 일명 오류선생(五柳先生). 팽택령(彭澤令)이 된 지 80여일 만에 〈귀거래사(歸去來辭)〉를 남기고 귀향하여 여생을 시주(詩酒)로 소일. 중국 최고의 전원시인(田園詩人).

178 不是詩情與酒情(불시시정여주정) : 도연명이 벼슬을 버리고 귀향하여 중양절(重陽節)을 맞이하였는데 집이 가난하여 황화주(黃花酒 ; 菊花酒)도 담지 못하고 울타리가의 국화꽃만 만지작거렸다는 고사를 함축한 표현.

해설

추적추적 내리는 가을비는 사람의 마음을 착잡하게 한다고 합니다. 전반부 기와 승(1, 2구)에서는 가을비가 내리는 정경을 그려내는데, 특별히 강물 위에 내리는 '빗소리'와 이로 인해 하룻밤 사이에 풀이 죽은 듯 '쓸쓸하고 추래해 보이는 나무'들의 모습을 그려 청각과 시각을 자극하며 숙살(肅殺 ; 매섭고 살벌한 모양. 주로 늦가을이나 초겨울의 기운과 경치를 말함)의 기운이 다가오고 있음을 감각적으로 서술하고 있습니다.

전과 결(3, 4구)에서는 시상을 시간 공간적으로 멀리 떨어진 1,500여 년 전 중국 진(晉)나라 도연명(陶淵明 ; 365~427년)의 국화와 음주이야기를 통해 작가가 하고 싶은 말을 대신하고 있습니다. 도연명은 국화를 특히 좋아하였고, 중양절을 맞이하면 국화주를 담가 마셨다는 일화가 유명합니다. 그러나 술을 앞에 두고도 시정詩情이나 주흥酒興이 일지 않았다고 쓴 시가 있습니다. 그의 〈음주(飮酒)〉 시 6수 가운데 이런 내용이 있습니다.

道喪向千載(도상향천재)	길이 없어진 지 천 년 가까우니
人人惜其情(인인석기정)	사람마다 제 속을 아니 보인다.
有酒不肯飮(유주불긍음)	술이 있어도 마시려 아니하고
但顧世間名(단고세간명)	다만 세상의 명성만 돌보는구나.

나라를 잃은 지 3년이 넘으면서 어떤 사람은 망국의 한이 마음에 병이 되기도 하고, 어떤 사람들은 점차 적응(?)하여 제 몸 제 집안만 잘 되기를 바라며 몸을 도사리고, 한때 해방과 독립을 도모하던 동지들도 서로를 멀리 하기 시작합니다. 당연히 마음의 문을 닫고 뒤돌아서고 술잔 부딪기를 꺼려합니다. 그리고 다시 해가 바뀌는 가을이 오니, 초조하고 답답한 마음 함께할 문경지교(刎頸之交 ; 생사를 같이 할 아주 가까운 친구) 한 명도 찾기 힘들어집니다. 그러나 길이 없어진다는 생각이 나더라도, 캄캄한 현실을 앞에 두고 절망만을 노래할 수는 없었습니다. 그것을 술로 풀 수는 더더욱 없었을 것입니다.

돌아보니, 일제 억압의 칼끝은 점점 숨통을 조여 오고, 주위에는 점점 훼절자毁節者들이 늘어 갑니다. 나라와 백성 계몽을 위한다는 말을 믿고 많은 단체에 가입하고 관계를 맺기도 하나, 친일이나 일제의 앞잡이 역할로 변신하는 개인과 단체에 대해서는 거의 천부적인 감각과 직관으로 배격하고 멀리하며 지내온 시간들이었습니다. 대표적인 사건으로 천도교를 배신하고 진보회進步會·일진회一進會를 만들어 친일망국행동을 자행하던 이용구(李容九 ; 1868~1912년)·송병준(宋秉畯 ; 1858~1925년)을 천도교에서 출교(黜敎 ; 신자의 자격을 박탈해서 교인을 教籍에서 내쫓음)시키는데 앞장섰던 것을 들 수 있습니다.

그러나 아무것도 이루어놓은 것 없이 또 한 해를 보내며 가을을 맞이하는 착잡한 심정에 시정詩情도 주흥酒興도 일지 않은 자신을 돌아보며, 오직 자신과 동감할 수 있는 사람은 우리나라도 아닌 먼 이국땅 도연명밖에 없었을 것입니다. 마음을 열지 않는 사람들[惜其情]과 마음을 열어 놓을 수도 없는 시대 현실[道喪;길을 잃음] 때문이었을 것입니다.

052

1월 초하룻날에(1)

一月元旦(一)

酌我三盃酒 작아삼배주
迎君萬里春 영군만리춘
春風來次第 춘풍래차제
天下無寒人 천하무한인

-『천도교월보』, 1914년 1월호

나에게 석 잔의 술을 따라주는
봄, 먼 곳에서 오는 그대를 맞이하노니
봄바람 불어오는 때에 맞추어
천하에 가난한 사람[179]이나 없게 하고자.

해설

새해 새 봄을 맞이하는 소망을 간절하게 읊고 있는 5언 절구입니다. 엊그제만 해도 이루어 놓은 것 없이 보내버린 한 해를 안타까워했지만, 그래도

179 寒人(한인) : 가난한 사람. 지체가 미천한 사람.

송구영신(送舊迎新 ; 묵은해를 보내고 새해를 맞음)에 바라는 소망 한 마디는 아니 할 수 없었을 것입니다.

먼저 기와 승(1, 2구)에서는 봄을 맞이하는 기쁜 마음에 봄을 의인화하여 '그대[君]'라고 부르면서, 봄이 자신에게 석 잔의 술을 따라준다고 합니다. 또한 반기는 마음을 '(봄이) 먼 곳에서 왔다'라고 합니다. 먼저 왜 석 잔의 술인가? 중국 당唐나라 가지賈至는 〈대주곡(對酒曲)〉에서 '한 잔이면 천 가지 근심이 흩어지고, 석 잔이년 반사가 없어진다.(一酌千愁散, 三杯萬空)'고 해서 석 잔인가, 아니면 지금 우리들도 마시는 술잔을 세는데 1-3-5-7-9 홀수로 마셔야 하니, 한 잔은 너무 적으니 석 잔은 되어야 한다는 뜻이었을까요.

또 재밌는 표현은 '봄'을 '그대[君]'라고 부른 것인데, 옛적에 중국 진晉나라의 명필가이자 서성書聖으로 불린 왕희지王羲之의 아들 왕휘지王徽之가 대나무를 사랑하여 '차군(此君 ; 대나무의 이칭. 그대)'[180]이라고 불렀던 적은 있었지만, 봄을 가리켜 인칭으로 부른 것은 매우 친근감 있는 이례적 표현으로 보입니다. 이어 봄을 가리켜 '먼 곳[萬里]에서 왔다.'고 하는 것은 기다림의 뜻인데, 봄도 물론이지만 기다림은 시간과 관계되는 표현이고, 이것을 '먼 곳'이라는 공간의 개념으로 바꾸어 무형의 시간을 유형의 공간으로 환치한 표현 또한 대수롭지 않습니다. 곧 (일제의 압박으로) 동지섣달 엄동설한에 삼동(三冬 ; 겨울 석 달)을 꽁꽁 얼어서 지낸 긴(또는 '길게 느껴지는') 시간을 '먼 곳'이라고 하여 암시와 비유가 저변에 없지 않다고 하겠으니 가히 놀랍습니다.

아울러 이 내용은 우리가 익히 알고 있는 소위 공자孔子의 인생삼락(人生三樂 ; 세 가지 즐거운 일) 중의 하나(?)[181]라고 할 수 있는 『논어(論語), 학이(學而)』의 「벗이(동지가) 먼 지방으로부터 찾아온다면 또한 즐겁지 아니한가.(有朋自

180 此君(차군) : 대나무를 이르는 말. 진(晉)의 왕휘지(王徽之)가 대나무를 가리키며 '하루도 차군 없이는 지낼 수 없다.'고 한 고사에서 유래한 말. 『晉書, 王徽之傳』에 「[徽之]嘗寄居空宅中, 便令種竹, 或問其故, 徽之但嘯詠指竹曰, 何可一日無此君邪」.

181 일반적으로 삼락(三樂)을 듦에는 『孟子,盡心 上』의 「孟子曰, 君子有三樂, 而王天下不與存焉, 父母俱存, 兄弟無故, 一樂野, 仰不愧於天 俯不怍於人, 二樂也, 得天下英才而敎育之, 三樂也」.

遠方來, 不亦樂乎)」를 원용한 것으로 여겨지니, 이해와 감상에서 조심하며 외경심畏敬心을 갖지 않을 수 없습니다.

전과 결(3, 4구)에서는 봄을 맞는 반가움에는 추위가 가는 것도 있지만, 거기에 바라는 것 한 가지를 적고 있으니, 마치 대문에 입춘첩(立春帖;立春에 벽이나 문 등에 써 붙이는 글)을 붙이는 마음이었을 것으로 여겨집니다. 예전에는 계절로서 봄을 달리 말하는 것 중에 '춘궁기(春窮期;보릿고개. 묵은 곡식은 다 떨어지고 햇곡식은 아직 익지 않아 겪는 봄철의 궁핍한 시기)'라고 했던 것을 감안하면 충분히 이해가 되는 구절이지요. 가령 입춘첩이라고 여기고 써 붙였다면 '국태민안(國泰民安;나라가 태평하고 백성이 살기가 평안함)'이었을 터. 그러나 나라가 망했으니 국불태國不泰요, 국불태이니 민불안民不安은 당연하다 하겠지요. 그렇지 않아도 일반 백성들은 춘궁기를 보내기가 쉽지 않은데, 설상가상雪上加霜 엎친 데 덮친 격으로 일제는 식량수탈을 처음에는 '고방庫房에 쥐 들락거리듯' 하더니, 이제는 총칼을 들이대며 온갖 협약協約이니 조약條約을 맺었다고 하면서 마치 제 것인양 빼앗아 가니, 백성들의 굶주림이야 불을 보듯 뻔한 일이었습니다. 천지신명이시여! 바라건대, 굶주린 백성[寒人]이나 없게 하여주시옵소서. 불어오는 봄바람에 가쁜 숨 몰아쉬며 빌어봅니다.

053

1월 초하룻날에(2)

一月元旦(二)

詩書生白髮 시서생백발
天地見青春 천지견청춘
長安多好酒 장안다호주
不是去年人 불시거연인

-『천도교월보』, 1914년 1월호

시 짓고 책 읽느라 흰 머리가 났는데
천지에 청춘[182]을 보겠네.
장안에 술 좋아하는 사람은 많지만
지난해에 함께 마신 사람은 아니네.

해설

새해를 맞이해서 여러 가지 일을 머리에 떠올려 보는데, 가장 중요한 것 중 하나인 '만나서 함께 (좋은) 술을 마셨던 사람'들을 떠올려 보며, 지난 1년과 새봄을 맞이하는 회한의 정서를 쓰고 있는 5언 절구입니다.

182 青春(청춘): 봄이 왔음을 의미. 또는 젊은 사람 청년을 의미.

전반부 기와 승(1, 2구)에서는 지난 한 해를 돌아보니 시를 짓고 책을 읽느라 별반 한 것도 없이 보낸 1년이었는데, 다시 새봄이 와서 천지가 다 청춘靑春이라고 합니다. 청춘은 '봄철'이라는 뜻도 있으며, 또 '스무 살 안팎의 젊은이'라는 뜻도 있습니다. 먼저 자신을 '백면서생(白面書生; 글만 읽고 세상일에는 경험이 없는 사람)'으로 늙어가고 있음을 밝히고, 그러나 세상에는 (피 끓는) 젊은 청춘, 또는 봄기운이 가득하다고 합니다. '흰 머리[白首]'와 '청춘靑春'을 대비시키는 가운데 은근히 자신의 문약(文弱; 글만 숭상하여 나약함)을 자탄하는 목소리도 들립니다.

후반부 전과 결(3, 4구)에서는, '술 좋아하는 사람[好酒; 또는 좋은 술]'은 많지만 '지난해에 함께 마신 사람이 (지금은) 아니다.'고 합니다. 잃어버린 술친구를 아쉬워하는 뜻도 있겠지만, 좀 더 이 말의 의미를 헤아려보자면 단순히 술을 함께 마신 친구는 아니었을 것입니다. 술이야 좋은 술도 있고 나쁜 술도 있겠지만, 함께 마실 수 있는 친구는 분명 의미와 정분을 나눌 수 있는 친구와 그렇지 않은 친구로 나뉠 수 있기 때문일 것입니다.

그래서 술의 가치와 역할에 대해서 '술이 아니면 의리가 두터워지지 않는다.'[183]고 한 말도 있으니, 술이 아니라 의리와 정분을 나누었던 벗이 지금은 사라지고 없다고 한탄합니다. 구체적으로 어떤 벗이 어디로 갔는지에 대해서는 언급이 없으니, 더 이상 논의는 무의미하겠지요. 그러나 분명 만남과 헤어짐의 무상(無常; 일정한 때가 없음)을 말하는 인생무상은 분명 아니겠으니, 당시 전후에 유행했던 민요 '아리랑'의 노랫말을 통해 가늠해 봅니다.

문전의 옥토는 어찌 되고
쪽박의 신세가 웬 말인가
아리랑 아리랑 아라리요
아리랑 배 띄어라 노다 가세

183 『明心寶鑑, 省心篇』에 「史記曰 郊天禮廟 非酒不享 君臣朋友 非酒不義 鬪爭相和 非酒不勸 故酒有成敗而不可泛飮之」.

감발을 하고서 백두산 넘어
북간도 벌판을 헤매인다.
아리랑 아리랑 아라리요
아리랑 고개로 넘어간다.

지금은 압록강 건너는 유랑객이요
삼천리 강산도 잃었구나.
아리랑 아리랑 아라리요
아리랑 고개로 넘어간다.

목숨을 걸고 해방과 독립을 쟁취하자고 결사동맹을 맺었던 벗들이 고향산천을 버리고 떠나버린 한양에서 홀로 남아 외로운 세주歲酒를 기울여야 하는 아픔을 노래하고 있다 하겠습니다.

054

우이동 늦봄에(1)

牛耳洞暮春(一)

白鶴青山古 백학청산고
黃鸝碧樹春 황리벽수춘
早知詩境好 조지시경호
不作市中人 부작시중인

-『천도교월보』, 1914년 5월호

백학 날아오는 청산은 오래되었고
꾀꼬리[184] 우는 푸른 나무에 봄이 왔네.
일찍이 시의 정취[185]가 좋다는 것을 알았다면
내 저잣거리의 사람은 되지 않았을 것을.

184 黃鸝(황리) : 꾀꼬리.

185 詩境(시경) : 시의 경지(境地). 시의 정취. 당(唐)나라 백거이(白居易)의 〈秋池詩 2〉에 「閑中得詩境, 此境幽難說」.

해설

전반부 기와 승(1, 2구)에서는 봄날의 경치를 그려내는 서경묘사가 주를 이루는데 시상 구조가 일품입니다. 먼저 시각적으로 1구에서는 백白학과 청靑산이, 2구에서는 황黃리와 벽碧수가 시각적으로 조응 또는 대조를 이루고, 백학鶴과 꾀꼬리[鸝]의 동적動的 이미지와 청산山과 벽수樹의 정적靜的 이미지가 대조됨과 동시에 공간적으로는 원경묘사에서 근경묘사로, 또한 시간적으로 오래됨[古]과 새 봄[春]이 대비되어 시상의 구조면에서 잘 짜인 구조체를 이루고 있습니다. 마치 한 폭의 유채색有彩色 산수도를 눈앞에 보고 있는 듯합니다.

후반부 전과 결(3, 4구)에서, 작가는 한 폭의 그림 같은 늦봄의 아름다운 경치를 즐기고 있으니, 화중유시(畵中有詩 ; 그림 속에 시가 있음)라 했듯이 이런 춘경을 시로 쓴다는 시의 미학美學에 대해 일찍이 깨닫지 못했음을 만시지탄(晩時之歎 ; 시기가 늦어 기회를 놓쳤음을 안타까워하는 한탄)하고 있습니다. 그래서 자신의 이상형인 시인詩人과 '저잣거리의 사람[市中人]'을 대비시키면서 스스로를 비하卑下 아닌 겸사謙辭로 끝맺고 있습니다.

예술가들은 아름다운 것을 보면, 자신들이 느낀 감상을 각자 자기 분야의 도구와 수단으로 표현하고 싶은 욕망, 이른바 '표현 본능'을 느낀다고 합니다. 곧 화가는 선과 색채로 음악가는 노래로, 시인은 글로 무용가는 표정과 몸짓으로 표현하여 예술의 세계를 이룬다고 합니다. 작가 양한묵 선생도 진정한 시인이 되어 예술의 경지를 펼쳐보지 못한 아쉬움을 말하고 있다 하겠습니다.

055

우이동 늦봄에(2)
牛耳洞暮春(二)

百番回首百番新 백번회수백번신
流水禽聲草木春 유수금성초목춘
莫道山櫻花已盡 막도산앵화이진
餘花留待晩來人 여화류대만래인

-『천도교월보』, 1914년 5월호

백 번 머리를 돌려봐도 백 번 새로운 것은
흐르는 물, 새 소리, 초목의 봄이라네.
산속 앵두꽃이 이미 졌다는 말 하지 말게나
지다 남은 꽃이 늦게 오는 사람을 기다린다네.

해설

전반부 기와 승(1, 2구)에서는 자연이 새봄을 맞이하여 모든 생명이 움트는 경이와 감탄을 말하고 있습니다. 1구의 끝 글자 '신新'과 2구의 끝 글자 '춘春'이 앞뒤에서 호응하면서 백 가지의 새로운 것들의 대표로 물소리, 새소리, 초목을 열거하고 있습니다. 노인들에게서 나이가 들수록 한 해 한 해가 새로워진다는 말을 듣는 것 같습니다. 이 시를 지을 당시 양한묵 선생의 나이 53

세면 당시로는 중노인 축에 들었을 테니까요. 마치 조선 중기의 문신 농암 이현보(聾巖李賢輔;1467~1555년)가 벼슬을 사직하고 귀향하여 지은 시조 중에서, '늙은이의 눈[老眼]이 오히려 밝도다[猶明]'라고 한 것처럼 늙은이의 눈이 오히려 밝고 새롭게 보이는 것도 새봄 탓이겠지요.

그리고 이 시의 별미는 후반부 전과 결(3, 4구)에 있다고 하겠습니다. 지나는 사람들에게 지다 남은 앵두꽃을 '산앵두꽃이 이미 졌다고 말하지는 말게나.'라고 합니다. 왜냐하면 '지다 남은 꽃[餘花]이 늦게 오는 사람을 기다리기 때문'이라고 합니다. 핀 꽃을 사랑하는 것도 지는 꽃을 안타까워하는 것처럼 매일반이겠습니다만, 아직 남은 꽃도 아름답다는 것이니까요. 그리고 의인법을 써서 '늦게(뒤에) 오는 사람을 기다린다.'고 한 것은 앵두꽃 이야기만은 아닌 듯싶고, 작가 자신을 말하는 것으로 여겨집니다. 지다 남은 꽃이 중노인 축에 들어가는 작가 자신이라면, 기다리는 사람이 오는 것을 포기하지 않겠다는 뜻이니까요. 자신과 뜻을 같이 할 새봄 새 희망의 꿈을 한가득 품고 달려오는 젊은 청년에 대한 기대와 바람을 말하고 있는 것으로 여겨집니다.

056

괴이한 돌
怪石

怪石高跨歲月輪 괴석고과세월륜
蒼凉老色襲人巾 창량노색습인건
琴朝同峙梅前鶴 금조동치매전학
詩夕重招竹外賓 시석중초죽외빈
葉底靑蛙兼有調 엽저청와겸유조
露華紫蘇細生盡 로화자소세생진
雲山纔過城門立 운산재과성문입
誰識中腸古古眞 수식중장고고진

-『천도교월보』, 1914년 9월호

괴이하게 생긴 돌이 고상하게 세월을 넘어
처량하게[186] 늙은 얼굴에 사람인양 두건을 썼네.
거문고 타는 아침에는 같은 언덕 매화 앞에 학이 있고[187]

186 蒼凉(창량) : 황량하고 쓸쓸함. 처량하고 비참함.

187 梅妻鶴子(매처학자) : 송대(宋代)에 임포(林逋)가 항주(杭州) 서호(西湖)의 고산(孤山)에서 아내와 자식이 없이 은거하며, 매화를 아내 삼고 학을 자식 삼아 스스로 즐긴 고사.

시 읊는 저녁에는 대숲 밖 손님을 거듭 부른다네.
나뭇잎 밑에는 청개구리가 노래하고
이슬[188] 맺힌 자소[189]에도 작은 생물들이 산다네.[190]
구름 낀 먼 산을 지나 잠깐 성문에 서 있으니
누가 마음속[191] 오래된[192] 진심을 알아줄까.

해설

길을 가다가 괴이하게 생긴 돌을 보고 난 소감을 쓰고 있는 7언 8구의 율시律詩입니다. 먼저 수련(首聯. 1, 2구)에서는 괴석의 외모를 묘사하는데 많은 세월이 흘러 사람으로 치면 처량하게 늙은 모습이며, 모양은 마치 두건을 쓴 모양이라고 합니다. 이어 함련(頷聯. 3, 4구)에서는 괴석의 주위를 아침과 저녁으로 나누어 묘사하는데, 괴석 곁에는 으레 은자隱者가 살고 있음을 암시하는 배경으로 중국 송宋나라 임포林逋 고사에 등장하는 거문고와 매화와 학을 등장시킵니다. 그리고 저녁에는 대숲 밖, 곧 은자의 공간과 속인俗人 공간의 경계인 대숲을 말하면서 손님을 초대한다고 합니다. 물론 손님은 은자와 뜻을 함께할 수 있으며 풍류를 아는 사람이겠지요.

경련(頸聯. 5, 6구)에서는 괴석에 붙어 사는 생물체들을 노래하는데, 청개구리며 자소紫蘇 같은 가는 풀들이 붙어 있음을 말합니다. 미련(尾聯. 7, 8구)에서는 괴석 옆에 서 있는 자신의 모습과 심사를 쓰는데, 성문 옆에 우두커니 서서 석양을 바라보는데 '오랫동안 간직하고 있는 마음속 진심[古古眞]'을 알아주는 사람이 없음을 안타까워하고 있습니다. 곧 괴석을 바라보면서 문득

188 露華(노화) : 이슬방울.
189 紫蘇(자소) : 꿀풀과의 한해살이풀. 일명 소엽(蘇葉)·차조기. 잎과 줄기를 약재로 쓴다.
190 細生(세생) : 작은 생물들.
191 中腸(중장) : 창자 속. 곧 마음속.
192 古古(고고) : 옛적. 또는 오래됨.

자신의 모습과 흡사하다고 느끼는 시적 일체감一體感을 마지막에 토로하면서 끝내 드러내 보이지 않는, 아니 드러낼 수 없는 '진심'은 무엇일까에 대해 읽는 사람으로 하여금 궁금증과 긴장감을 갖게 합니다. 물론 이것에 대한 추정은 당시의 시대상황에 대한 작가의 태도와 의지, 개인적인 상황과 환경 등을 고려해야 되겠습니다만.

매처학자도(梅妻鶴子圖) 매화를 아내 삼고 학을 자식 삼아 살았다는 북송(北宋) 때 문인 임포(林逋)를 일컬어 매처학자(梅妻鶴子)라 했는데, 세상 일에서 벗어나 유유자적하게 생활하는 것을 비유한다. 그림은 오원(吾園) 장승업(張承業)의 제자로 알려진 화가 심전(心田) 안중식(安中植 ,1861~1919)의 그림이다.

057

경암[193]의 9월 9일[194]을 읊은 시에 화운함
和敬庵九日韻

雲亭秋九月 운정추구월
菊有幾花開 국유기화개
見人市上過 견인시상과
手折丹楓來 수절단풍래

-『천도교월보』, 1914년 11월호

취운정[195]의 가을 9월에
국화는 몇 송이나 피었을까
저잣거리 지나는 사람들 보니
손에 단풍을 꺾어들고 오네.

193 敬庵(경암) : 경암 이관(敬庵李瓘). 지강 양한묵 선생과 함께『천도교월보』에 가장 많은 한시를 발표하며 서로 화운(和韻)하고 차운(次韻)한 시우(詩友).

194 九日(구일) : 음력 9월 9일. 곧 중양절(重陽節).

195 雲亭(운정) : 취운정(翠雲亭).

해설

무슨 일로 한 동안 바빴던 모양입니다. 가을이 왔음을 늦게야 알아차리고 난 후의 소감을 쓰고 있는 단상의 시편으로 5언 절구입니다. 먼저 기와 승(1, 2구)에서는 아침저녁으로 부쩍 쌀쌀해진 날씨를 느끼면서 취운정에도 국화가 피었을 것이라고 합니다.

이어 전과 결(3, 4구)에서는 가을이 왔음을 실감하는 것으로 길거리 사람들이 단풍을 꺾어 손에 들고 다닌다고 합니다. 곧 '일엽락 지천하추(一葉落知天下秋; 나뭇잎이 하나 떨어지는 것을 보고 가을이 온 것을 앎. 한 가지 일을 보고 장차 올 변화를 미리 앎을 이름)라 하였듯이, 단풍놀이를 다녀온 사람들이 손에 들고 다니는 모습을 통해 가을이 왔음을 단적으로 보여주는 순간 포착에 의한 계절감이 빼어난 작품이라고 하겠습니다.

058

우연히 읊다

偶吟

雲行丹壁立 운행단벽립
秋老碧花明 추노벽화명
山中詩不絕 산중시부절
野叟此爲情 야수차위정

-『천도교월보』, 1914년 11월호

구름 흐르고 붉은 벽은 서 있는데
가을이 깊어가니 푸른 꽃이 선명하네.
산중에서 시가 그치지 않으니
이것이 시골 노인의 정취라네.

해설

앞의 시(057번 시)가 바빠서 직접 단풍구경을 못하고 사람들의 손에 들린 단풍을 통해 가을을 노래하였다면, 본 작품은 자신이 직접 단풍이 붉게 물든 산속을 거닐면서 가을을 노래한 것입니다.

먼저 전반부 기와 승(1, 2구)에서는 가을 경치를 묘사하는데 시각적 색채 대비가 선명하여, 푸른 하늘 아래 하얀 구름 몇 줄기와 붉게 우뚝 선 암벽을 그리고, 깊어가는 가을만큼 울긋불긋 단풍잎이 물든 가운데 푸른 꽃이 더욱 푸르게 보인다고 합니다.

전과 결(3, 4구)에서는 단풍 든 가을 산길을 소요하는데 일어나는 시심詩心을 즐기면서, 자신을 시골 늙은이라 칭하면서 산골에 사는 정취를 풍류 속에 만끽한다고 합니다. 예로부터 시와 노래와 그림을 하나로 여기고 선비의 심신 수양의 기본으로 삼았으니, 가슴속에서 시흥詩興이 일어나면 콧노래가 절로 나오고, 자연과 한 몸이 되니 물심일여(物心一如 ; 사물과 마음이 구분 없이 하나의 근본으로 통합됨)의 경지를 체득하게 된다고 합니다.

059

동문을 나서며
出東門

五里都門出 오리도문출
靑天氣候仁 청천기후인
江湖秋淨地 강호추정지
魚鳥晝宜人 어조주의인
眉擺前朝夢 미파전조몽
襟淸舊市塵 금청구시진
回步蓮村至 회보연촌지
三山綠映巾 삼산녹영건

-『천도교월보』, 1914년 12월호

5리 밖 도성의 문을 나서니
하늘은 푸르고 날씨는 따스하네.[196]
강과 호수는 가을이라 맑고 깨끗한데
물고기와 새들은 한낮에도 사람들의 마음과 맞네.

196 氣候仁(기후인) : 기후가 온화하다. 따스하다.

어제 아침의 꿈에서 눈이 트이고
옛 저잣거리에서 묻힌 마음속 티끌도 깨끗해지네.[197]
걸음을 돌려 연촌에 이르니
삼각산[198]의 푸른 그림자가 두건에 비치네.

해설

모처럼 도성 밖으로 나와 교외를 한가로이 거니는 정취를 쓰고 있는 5언 율시입니다. 먼저 수련(1, 2구)에서는 동대문 밖 5리쯤이라고 하니, 지금의 청량리를 지나 중랑천 부근인 듯싶습니다. 마침 가을 하늘은 쾌청하고 날씨도 온화하여 가을 정취를 즐기기에 안성맞춤인 것 같습니다. 함련(3, 4구)에서는 시선을 아래로 내려 강물과 호수, 물고기와 새들을 그려내고 있으니, 연비어약(鳶飛魚躍; 솔개가 날고 물고기가 뛴다는 뜻으로, 만물이 제자리를 얻는 태평스러운 모습)하여 만물이 원만圓滿한 경지에 있다고 합니다.

후반부 경련(5, 6구)에서는 청명한 가을하늘 아래 강과 호수를 지나 들녘을 걸으니, 문득 어제 저녁까지 마음을 어지럽혔던 세속잡사를 잊고 머리가 가볍고 맑아진다고 합니다. 미련(7, 8구)에서는 걸음을 계속하니 저녁 무렵인데 연촌(蓮村; 지금 서울 노원구 공릉동 일원)에 이르니 삼각산三角山 푸른 그림자가 두건에 비친다고 합니다. 가을 하늘 아래 유유자적하며 소요하는 모습과 심회를 쓰고 있습니다.

197 襟淸(금청) : 마음에 품은 생각이 맑아짐. 금(襟)은 금포(襟抱)

198 三山綠映巾(삼산녹영건) : '삼각산(三角山; 북한산의 딴 이름)의 푸른 그림자가 두건에 비치네.' 또는 '푸른 삼산건(三山巾)의 그림자가 (蓮池에)비치네.'로 해석 가능. 삼산건(三山巾)은 조선말기에 남녀가 머리에 쓰던 방한구(防寒具)의 하나로 그 뒷모양이 삼각형이므로 붙여진 이름.

흥인지문(興仁之門) 흥인지문은 한양도성 축조와 함께 1396년에 처음 지어져, 1869년(고종 6)에 고쳐 지었다. 한양 4대문(大門) 중의 동쪽 대문으로 일반적으로 조선시대 때부터 동대문(東大門)이라 불렀다.

060

화분의 국화
盆菊

菊花小地出 국화소지출
占得秋房寬 점득추방관
麗容千態合 여용천태합
和氣百情歡 화기백정환
兒童今石怪 아동금석괴
朋友古松盤 붕우고송반
依歸陶靖節 의귀도정절
名海不投竿 명해불투간

-『천도교월보』, 1914년 12월호

국화는 작은 땅에서 나와
넓게 가을 방을 차지하고 있네.
아름다운 얼굴은 천개의 자태를 합한 것 같고
온화한 기운은 백가지 기쁨을 주네.
아이들은 이 (화분 속)돌을 괴이하게 여기고

벗들은 오래된 소나무로 소반을 만들어 주었네.
도정절[199]에게 돌아가 의지하여
속세의 이름[200]을 구하지 않네.[201]

해설

화분에 심은 국화를 노래한 5언 율시입니다. 먼저 수련(1, 2구)에서는 국화를 화분에 심고 꽃이 피자 방안으로 옮겨왔음을 말하고 있습니다. 1구의 '작은 땅[小地]'과 2구의 '좁은 방을 넓게[房寬]'가 대조를 이루면서 국화 화분을 방에 들여놓자 방이 한층 환해져 국화로 가득 찬 듯한 느낌을 쓰고 있습니다. 이어 함련(3, 4구)에서는 국화를 바라보는 기쁜 마음을 쓰고 있는데, '천 개의 자태'와 '온화한 기운'을 느낀다고 합니다. 바라볼수록 다양한 모습으로 보이는 꽃과 은은하게 퍼지는 국화 향을 시각과 후각을 통해 감각적으로 표현하고 있습니다.

후반부 경련(5, 6구)에서는 국화를 심은 화분을 묘사하는데, 기이한 모양의 돌 틈에 심었음을 말하고 화분 받침은 오래된 소나무로 만든 소반 위에 얹었다고 합니다. 미련(7, 8구)에서는 국화의 속성을 도정절(陶靖節;陶淵明)이 국화를 사랑한 고사를 인용하고, 그 속성 중의 하나로 국화의 별칭이기도한 오상고절(傲霜孤節;서리에도 굽히지 않는 외로운 절개라는 뜻으로 국화의 고상한 기상을 형용)을 상기하면서 제시하고 있습니다. 예로부터 동양에서는 국화는 사군자(四君子;매화·난초·국화·대나무)의 하나로 들면서, 특히 가을을 국추菊秋, 가을 하늘을 국천菊天이라고도 하였습니다. 조선 후기의 문신이었던 삼주 이정보(三洲李鼎輔;1693~1766년)는 국화를 기려 노래하기를,

199 陶靖節(도정절) : 진(晉) 도잠(陶潛365~427년). 연명(淵明)은 호. 정절(靖節)은 시호(諡號). 도연명이 특히 국화를 사랑했음을 의미.

200 名海(명해) ;명성(名聲)과 명예(名譽)를 구하려는 환해(宦海 ;벼슬길).

201 投竿(투간) : 낚싯대를 드리움. 벼슬길에 나아가는 것을 이름.

菊花(국화)야 너는 어니 三月東風(삼월동풍) 다 보니고
落木寒天(낙목한천)에 네 홀노 픠엿는다
아마도 傲霜孤節(오상고절)은 너뿐인가 ᄒᆞ노라.

명리를 구하지 않고 꿋꿋하게 자신의 절개와 지조를 지키며 살아가고자 하는 선비들은 늘 국화를 즐겨 노래했습니다.

061

신년
新年

萬物原頭步步年 만물원두보보년
長途只喜到新天 장도지희도신천
且看梅屋深深叟 차간매옥심심수
老魄排徊時一邊 노백배회시일변

-『천도교월보』, 1915년 1월호

만물이 근원[202]으로부터 해마다 한 걸음 한 걸음씩[203]
먼 길을 걸어 새로운 세상[204]에 이르렀음을 다만 기뻐하네.
또 매화꽃 핀 집 깊숙한 곳 노인이
늙은 몸으로 한 쪽에서 배회함을 보겠네.

202 原頭(원두) : 근원(根源).
203 步步(보보) : 한 걸음 한 걸음. 걸음마다.
204 新天(신천) : 신천지(新天地). 새로운 세상.

해설

기와 승(1, 2구)에서 먼저 새해의 의미를 고찰하는데, 이 세상의 모든 만물은 근원으로부터 나와서 한 걸음씩 한 걸음씩 걸어 '새 세상[新天]'에 이르렀다고 합니다. 근원 없는 물상物象은 없으며, '한 걸음'이라는 것은 변화를 전제로 한 말이듯이, 이 세상에 변화 없는 물상은 없다는 것이겠지요. 새해도 만물이 변화하는 것 가운데 한 가지인데, 변화에 매듭[節]을 두어 시간적 개념을 공간적 개념으로 바꾸어 '먼길[長途]'이라고 합니다. 그런 가운데 새 세상이 열리는 기쁨을 느낀다고 합니다.

아울러 전과 결(3, 4구)에서는, 전반부의 무형無形의 시간의 흐름을 유형有形의 시간의 흐름으로 감지할 수 있는 '매화'와 '노인'을 등장시킵니다. 매화는 일년일도(一年一度;1년에 한 번) 피는 유한체有限體이고, 노인 또한 모든 인간에게 공통적으로 주어지는 생노병사라는 삶의 정해진 주기 속에 존재하는 인간이고, 본문에서는 '늙은 넋[老魄]'이라 합니다. 그런데 노인의 늙은 넋(몸)이 매화나무 아래서 배회하는 것은 무엇 때문일까요. 전반부의 의미와 연관하여 생각한다면 기쁜 마음으로 무언가를 기다리거나, 깊은 상념에 잠겨 있음을 알 수 있습니다. '깊고 깊은 곳[深深]'은 은둔하는 삶을 암시하니, '올해만은 이 은둔처에도 무슨 기쁜 소식이나 일이 도달하지 않을까?'하는 기다림이라고 하겠습니다.

062

재동에서 밤에 모이다
齋洞夜集

風月詩朋友 풍월시붕우
江山酒大家 강산주대가
人生三萬日 인생삼만일
何事更多多 하사갱다다

-『천도교월보』, 1915년 2월호

풍월은 시의 벗이고[205]
강산은 술의 대가라네.[206]
인생 삼만의 나날에
무슨 일이 그리 많을까.

205 風月詩朋友(풍월시붕우) : 음풍농월(吟風弄月). 맑은 바람과 밝은 달에 대하여 시를 짓고 즐겁게 놂을 의미. 음풍영월(吟諷詠月).

206 江山酒大家(강산주대가) : 매우 많은 술을 빚어 마심을 비유할 때 산(山)이나 언덕[丘] 또는 강(江)이나 연못[池]을 들어 표현함을 이름.『尸子, 下』에「六馬登糟丘, 方舟泛酒池」.

해설

풍월을 읊으며 술이나 마시면 되는 것을, 백 년을 살아도 3만 일을 다 못살고 가는 것이 인생인데, 무슨 일이 그리 많은지 편안할 날이 별로 없다는 뜻이겠지요. 공수래공수거(空手來空手去; 빈손으로 왔다가 빈손으로 가는)하니 수의(壽衣; 염습할 때 입는 옷)에는 주머니가 없고, 염(殮; 주검을 널에 넣어 안치하는 것)할 때는 옷고름의 고(매듭)를 짓지 않는 것은 이승에서 맺힌 한을 모두 풀고 가라는 뜻이라고 합니다.

벗들과 모여 술잔을 기울이면서 하룻밤을 즐기는데, 무겁고도 많은 소회가 떠오른 것은 현실이 암담하기 때문이 아닐까 여겨집니다. 풍월을 즐기며 시를 짓고 강과 산을 대하고 앉아 술잔을 기울이며 살고 싶은데.

063

혜화문[207] 밖에서[208]

惠化門外

行觀萬物驗天眞 행관만물험천진
多愧中年不做人 다괴중년부주인
城東高路當天起 성동고로당천기
轉覺心神遇境新 전각심신우경신

-『천도교월보』, 1915년 3월호

만물을 겪어보며 꾸밈없는 순진함[209]을 증험해도
중년[210]에 사람노릇 못함에 부끄러움만 많네.
도성 동쪽 높은 길에서 천명에 순응할[211] 마음이 일어나
옳은 마음을 깨달으니 정신이 새로운 경지를 만난 듯하네.

207 惠化門(혜화문) : 서울시 종로구 혜화동과 성북구 동소문동 경계에 있는 한양의 4소문(小門) 중 하나로 동쪽의 소문이다. 동소문(東小門)이라고도 한다.

208 경암 이관(敬庵李瓘)의 〈惠化門外〉에 대한 화답시.

209 天眞(천진) : 거짓이나 꾸밈이 없이 자연 그대로 참됨.

210 中年(중년) : 청년과 노년 사이. 곧 마흔 살 안팎의 나이.

211 當天(당천) : 천명(天命)에 순응함.

해설

이 시는 경암 이관敬庵李瓘의 같은 제목의 시 〈혜화문외(惠化門外)〉에 대한 화답시로 형식은 7언 절구입니다. 혜화문(惠化門 ; 일명 東小門으로 '恩惠와 敎化'의 의미)은 한양의 좌청룡左青龍에 해당하는 낙산(駱山 ; 일명 駝酪山)의 북쪽에 자리하고 있으며, 한양 동북방 의정부나 양주 방면으로 나가는 관문입니다. 추측컨대 당시 작가 양한묵 선생은 혜화문을 지나서 청년 천도교인들을 지도하기 위해 우이동 봉황각으로 가던 중이었던 갔습니다.

먼저 기와 승(1, 2구)에서는 자신이 중년의 나이(당시 54세)를 지나면서 살아온 동안 많은 일들을 경험했지만, 특히 '꾸밈없는 순진하고 참됨[天眞]'을 경험했음에도 불구하고 '사람노릇하지 못함'에 대한 부끄러움이 많다고 자탄하고 있습니다. 혜화문을 지나 봉황각으로 가서 지도하게 될 학생들을 생각하니 그런 생각이 더욱 절실했던 것으로 여겨집니다.

후반부 전과 결(3, 4구)에서는, '도성 동쪽 높은 길[城東高路]' 곧 혜화문이 서 있는 고갯마루를 지나면서 부끄러운 마음속의 갈등을 애써 다 잡으면서, '이제라도 천명에 순응[當天]'하리라는 결의를 새롭게 하면서 길을 서두릅니다. 그리고 한번 마음을 다 잡으니 '정신이 새로운 경지를 만난 듯하다'라고 하고 있습니다. 옛 성현의 말씀에 '일삼성(日三省 ; 하루에 세 번 살핀다)'[212]한다고 한 말씀을 잊고 지낸 것을 문득 떠올리게 합니다.

212 『論語, 學而』에 「曾子曰 吾日三省 爲人謀而不忠乎 與朋友交而不信乎 傳不習乎」.

혜화문(惠化門) 서울시 종로구 혜화동과 성북구 동소문동 경계에 있는 한양의 4소문(小門) 가운데 하나로, 동북쪽의 소문이면서 속칭 동소문(東小門)이라고도 불린다. 창건 당시에는 홍화문(弘化門)으로 부르다가 1511년(중종 6)에 지금의 혜화문으로 바뀌었다.

064

창동에서 우이동으로 향하며[213]

自倉洞向牛耳

牛耳山高三月人 우이산고삼월인

碧雲紅雨幾般春 벽운홍우기반춘

微風引步花中去 미풍인보화중기

樓有仙翁不食塵 루유선옹불식진

-『천도교월보』, 1915년 5월호

우이산은 삼월인[214]보다 (道가) 높고

푸른 구름 붉은 꽃비[215]에 봄은 몇 번이나 왔다갔는가.

산들바람이 걸음을 이끌어 꽃 속으로 들어가니

누대[216]의 늙은 신선은 속세의 티끌을 먹지 않는다네.[217]

---

213 경암 이관(敬庵李瓘)의 시에 대한 화답시.

214 三月人(삼월인) : 우리나라 근대불교에서 선종(禪宗)을 중흥시킨 경허(鏡虛 ; 1849~1912년) 스님의 세 명의 수제자인 '삼월(三月)'로 불리는 혜월(慧月 ; 1861~1937년)·수월(水月 ; 1855~1928년)·만공(滿空 ; 1871~1946년) 선사를 지칭하는 말.

215 紅雨(홍우) : 붉은 꽃잎이 비 오듯이 많이 떨어짐을 비유.

216 樓(루) : 서울시 우이동에 있는 천도교 수련원 봉황각(鳳凰閣)의 강선루(降仙樓)를 의미.

217 不食塵(불식진) : 불식연화(不食煙火). 생식(生食)함. 불에 익힌 음식을 먹지 않는다는 도교(道教)의 수련 방법.

해설

제목의 우이牛耳는 우이동 천도교 수련원 봉황각을 의미하며, 동행했던 경암 이관敬庵李瓘과 함께 지었던 7언 절구의 시입니다. 기와 승(1, 2구)에서는 봄을 맞이한 우이산 주변의 아름다운 경치를 노래하는데, 우이산 높이를 조선 말기에 선종禪宗을 중흥시킨 경허(鏡虛 ; 1849~1912년)선사 3명의 제자들[三月人]을 들어, 그들의 도道보다 높다고 합니다. 다시 태초부터 있었던 우이산의 기나긴 세월을 말합니다. 물론 우이산에 '푸른 구름과 붉은 꽃비[碧雲紅雨]'만 있었던 것은 아니지만 계절적 배경이 봄이기 때문이겠지요. 곧 우이산의 공간적이고 구체적인 높이는 세 스님들의 도道라는 관념적 높이와 비교하고, 시간적 길이는 푸른 구름과 붉은 꽃비가 수없이 오고 갔다고 색채감을 통한 세월의 흐름을 나타낸 입체적 비교가 빼어나게 절묘합니다.

이어 후반부 전과 결(3, 4구)에서는, 시적 자아의 모습이 나타나는데, 자신이 걸어가는 것이 아니라 산들바람이 '끌어[引]' 꽃 속으로 갔다고 합니다. 곧 자연의 아름다움에 홀려 자신도 모르는 무아경(無我境;마음이 한 곳에 온통 쏠려 자기를 잊고 있는 경지) 속에 걷다보니 '꽃 속[花中]'이더라고 합니다. 그리고 꽃 속에 한 누대가 있고, 누대에 있는 늙은 신선을 만났다고 합니다. 누대는 곧 봉황각 옆 강선루降仙樓이고 늙은 신선[仙翁]은 당시 제3대 천도교 지도자 의암 손병희義菴孫秉熙 성사聖師를 말하고 있습니다.

전반부가 시간과 공간으로 이루어진 속계俗界라면 후반부는 시·공을 초월한 선계(仙界;不食塵)가 은연중에 대비되고 있음을 알 수 있는데, 속계에서 선계로 들어가는 과정은 '꽃 속'으로 곧 산들바람이 밀어 꽃을 따라 가다보니 선계로 들어갔다는 발상은 무릉도원武陵桃源을 연상시킵니다. 동양에서 이상공간理想空間인 무릉도원은 도연명陶淵明의 〈도화원기(桃花源記)〉에 나오는 이야기로, 무릉에 사는 한 어부가 배를 타고 복숭아나무 숲을 지나(또는 복숭아 꽃잎이 흘러오는 냇물을 따라) 들어가니, 바깥세상과는 전혀 다른 평화로운 마을이 있어 며칠을 지내다 돌아온 뒤, 다시 그 곳을 가려 했으나 끝내 찾지 못했다는 고사로, 속세와 단절된 이상공간을 상징하는 말로 쓰입니다.

065

앵두꽃을 감상하며

償櫻

紫姑逢日撤天花 자고봉일철천화
酒氣含山人響多 주기함산인향다
閒步欲從晴逕去 한보욕종청경거
白雲休掩綠楊家 백운휴엄녹양가

-『천도교월보』, 1915년 5월호

자고할미[218]가 해를 만나니[219] 눈[220]은 녹았고
술기운 머금은 산[221]에는 사람들 소리 떠들썩하네.
한가로운 걸음으로 맑게 갠 길을 따라 가려니
흰 구름이 푸른 버드나무집을 가렸네.

---

218 紫姑(자고) : 자고(紫姑)할미. 뒷간을 맡아 지킨다는 여신(女神). 일명 자고(子姑)·갱신(坑神). 첩(妾)이 본처(本妻)의 시샘으로 뒷간과 짐승 우리를 치며 살다가 정월 보름날 죽어서 신이 되었다고 한다. 일설에는 당(唐)나라 수양자사(壽陽刺史) 이경(李景)의 첩인 하미(何楣)가 대부(大婦) 조씨(曹氏)에게 뒷간에서 살해되어 신이 되었다고 한다.

219 紫姑逢日(자고봉일) : 자고(紫姑)할미가 해를 만나다. 본문에서는 날짜가 정월 보름을 지났음을 뜻함.

220 天花(천화) : 눈. 눈꽃.

221 酒氣含山(주기함산) : 술기운을 머금은 산. 곧 앵두꽃이 피어 붉게 보이는 산.

해설

전반부 기와 승(1, 2구)에서는 정월 보름이 지나 해동解冬이 되자 앵두꽃이 피고, 산으로 봄나들이 나온 사람들의 즐거워하는 소리가 떠들썩함을 묘사하고 있습니다. 봄철이 되어 어린 시절 배고팠던 긴긴 봄날에 우물가에 빨갛게 익은 앵두를 따 먹었던 기억 때문일까, 아울러 고향 생각도 일어나기 때문일까 앵두꽃은 양한묵 선생이 즐겨 쓰는 시의 소재입니다. 봄날의 정경을 촉각(觸覺;온화한 봄기운)과 시각(視覺;술기운 머금은 산)과 청각(聽覺;떠들썩한 소리)을 한데 묶어 감각적으로 표현하는 시상이 돋보입니다.

후반부 전과 결(3, 4구)에서는, 작가 자신도 다른 상춘객들처럼 봄나들이 하는 모습을 쓰고 있는데, 감성感性을 함축하는 '한가로운 걸음'과 작가의 정서를 대변하는 배경으로 '갠 하늘[晴]'을 설정하고 있습니다. 그가 찾아가려는 곳은 푸른 버드나무 아래 있는 집인데, 흰 구름에 가려있다고 합니다. '푸른 버드나무집[綠楊家]'은 누구의 집이며 어떤 집이기에 찾아가려는 것이며, '흰 구름[白雲]'은 어떤 구름이기에 찾아가려는 곳(버드나무집)을 가리고(방해하고) 있는 것일까요.

먼저 구름[雲]은 예부터 시가문학에서 해[日;임금, 또는 善政]를 가리는 간신이나 권신(權臣;권세 있는 신하)를 비유하여 임금의 선정을 가리는 존재였으니, 고려 말 유신 목은 이색(牧隱李穡;1328~1396년)의 시조에,

白雪(백설)이 ᄌᆞᄌᆞ진 골에 구룸이 머흐레라
반가온 梅花(매화)ᄂᆞᆫ 어ᄂᆡ 곳에 픠엿ᄂᆞᆫ고
석양(夕陽)에 호올노 셔셔 갈 곳 몰나 ᄒᆞ노라.

라고 하여 망해가는 고려에 간신(구름)만이 가득하고 충신(매화)은 간 데 없다고 하며, 중국의 시선(詩仙) 이백(李白;701~762년)은 그의 시 〈등금릉봉황대(登金陵鳳凰臺)〉 7, 8구에서, '모든 뜬 구름이 해를 가려서 / 장안을 볼 수 없어 사람을 시름겹게 하네(總爲浮雲能蔽日 / 長安不見使人愁)'라고 하고 있습니다. 여

기서도 '뜬 구름[浮雲]'은 당시의 권신들인 이임보李林甫·고력사高力士·양국충楊國忠·양귀비楊貴妃 등을 가리킵니다. 본문에서는 두말할 것 없이 일본제국주의 세력과 친일파 등임을 알 수 있겠지요.

이어 우리가 자주 쓰는 버드나무를 칭하는 한자는 '양楊'과 '류柳'입니다. 그리고 신화나 전설, 민간 설화와 같은 옛이야기에서는 버드나무를 칭하는 한자는 류柳가 더 많이 쓰입니다. 고구려 창건 신화의 주역 주몽朱蒙의 어머니는 '유화부인柳花夫人'이고, 조선 태조 이성계李成桂의 경처(京妻;서울에서 결혼한 부인)인 둘째 왕비 신덕고황후 강씨神德高皇后姜氏와의 만남에도 '버들잎[柳葉]'이 등장하는데, 이성계가 말을 타고 사냥을 하다가 목이 말라 우물을 찾았는데, 우물에서 물을 긷던 처녀가 바가지에 물을 떠서 주는데 옆에 있던 버들잎[柳葉]을 띄워 그에게 건네주었다고 합니다. 그 이유를 묻자 처녀는 '갈증이 심하여 물을 마시다 체할까 염려되어 그리했습니다.'라고 말하자, 이성계는 그 처녀의 현명함에 감복하여 부인으로 맞게 되었다는 이야기도 있습니다. 이렇듯 '버들양楊'보다는 '버들류柳'가 우리에게는 더 친숙하게 사용된 것으로 보입니다. 중국 문헌에서는 이 두 가지에 대해서 다음과 같이 설명하고 있습니다.

> 「양(楊)과 류(柳)는 다르다. 양(楊)은 줄기가 딱딱하나 바스러지기 쉽고 짧으며, 잎은 둥글고 거칠며 뾰쪽하다. 류(柳)는 잎은 길고 좁다라며, 가지는 부드러우나 질기다 …(중략)… 산문에서는 버들양(楊)과 버들류(柳)는 또한 공통으로 부른다.」[222]

다소 번다하게 양楊과 류柳에 대해 살펴 본 것은 '버드나무집[楊家]'이 누구의 집인가를 살펴보기 위한 것이었습니다. 앞의 인용에서 보듯 버드나무[柳]

222 청(淸) 주준성(朱駿聲)의 『說文通訓定聲, 壯部』에 「楊與柳別 楊枝勁脆而短 葉圓闊而尖 柳葉長而狹 枝軟而韌 … 散文則楊柳亦通稱耳」.

를 사랑했던 문인으로는 자칭 별호別號로 '오류선생五柳先生'이라 일컬었던 중국 진晉나라 도잠(陶潛;陶淵明)입니다. 도연명은 문 앞에 다섯 그루의 버드나무를 심고, 그로 인하여 자신을 제3자에 의탁하여 표현하는 자전적自傳的 글인 〈오류선생전(五柳先生傳)〉을 짓습니다. 그 내용의 일부를 인용해보자면,

「선생은 어떤 사람인지 알지 못하고 그의 성자(姓字)도 상세하지 않으며, 집 가에 다섯 그루의 버드나무가 있으므로 인하여 오류선생(五柳先生)이라고 호(號)하였다. 한가하고 조용하여 말이 적고 영화(榮華)와 재리(財利)를 사모하지 않으며, 독서하기를 좋아하나 세세히 해석하려 하지 않고, 매양 뜻에 맞는 곳이 있으면 기뻐하며 밥 먹기를 잊었다.

… (중략) …

흙 담장을 두른 집은 쓸쓸하여 바람과 해를 가리지 못하고 짧은 갈옷이 뚫어지고 기웠으며, 도시락의 밥과 표주박의 물이 자주 떨어졌으나 태연하였다. 일찍이 문장을 지어 스스로 좋아하여 자못 자기의 뜻을 보이고 마음에 득실(得失)을 잊어 이것으로써 일생을 마쳤다.」

도연명에 대한 이야기, 특히 시와 술에 대한 전고典故는 작가 양한묵 선생의 여러 수의 시에서 자주 등장하기도 합니다. 단정적으로 말하면 도연명은 양한묵 선생이 닮고자 하는 인격적 삶의 롤모델이었던 같습니다. 양한묵 선생은 도연명의 〈귀거래사(歸去來辭)〉의 내용처럼 모든 것을 내려놓고 고향의 산천과 자연 속에서 한가롭게 글을 쓰며 유유자적 여생을 마치고 싶었을 것으로 여겨집니다. 그런데 흰 구름이 앞을 가리고 있으니, 흰 구름 같은 일본 제국주의를 치우거나 없애어 조국의 독립과 해방의 기쁨을 가슴에 안고 편안한 마음으로 동구 밖 버드나무가 우뚝 서서 반기는 고향으로 귀향할 수 없음을 안타깝게 여기고 있습니다.

066

우이동에서 앵두꽃을 보며 느낀 것을 쓰다
牛耳洞償櫻紀行

十里行春綠暎天 십리행춘녹영천

近城芳樹遠城烟 근성방수원성연

小車轉向郊門北 소차전향교문북

牛耳樓臺在鶴邊 우이누대재학변

天北天南有斗星 천북천남유두성

-『천도교월보』, 1915년 5월호

십리 길 봄나들이에 하늘은 파랗고

가까운 도성에는 향기로운 꽃이 피고[223] 멀리 연기가 오르네.

작은 수레의 방향을 성문 밖 북쪽 교외로 향하니

우이동 누대[224] 가에 학이 서 있네.

223 芳樹(방수) : 꽃나무. 또는 아름다운 나무를 두루 이르는 말.

224 牛耳洞樓臺(우이동누대) : 서울 우이동에 있는 천도교 수련원 봉황각(鳳凰閣)의 강선루(降仙樓)를 의미.

해설

한양 도성 성문을 나와 우이동 봉황각으로 가는 길을, 봄나들이 삼아 느낀 단상을 쓰고 있는 7언 절구입니다. 전반부 기와 승(1, 2구)에서는 파란 하늘, 향기를 품은 나무, 인근 마을의 피어오르는 연기를 소재로 원근법에 시각과 후각의 감각적 표현으로 묘사하고 있습니다.

후반부에서는 봉황각 가는 길인 '성문 밖 북쪽' 곧 우이동 방향임을 말하고, 이어 봉황각에 도착하니 봉황각 강선루에 학 한 마리가 서 있다고 한 것은 흰 옷을 입고 기다리다가 반갑게 맞는 천도교 도사道師의 모습입니다. 봄을 맞아 봉황각으로 가는 길에 느낀 소회를 순간 포착하는 이미지로 제시하고 있는 시입니다

067

김낭암[225] 죽음에 대한 만사
輓金浪菴

搔首復搔首 소수복소수
楚天夕月凉 초천석월량
老人今不在 노인금부재
宗籍減一光 종적감일광

- 『천도교월보』, 1915년 7월호

머리를 긁고[226] 또 긁어도
초나라 하늘에는 저녁달이 싸늘하네.[227]
노인이 이제 떠나고 없으니
종적[228]에 빛 한줄기가 줄어졌네.

---

225 金浪菴(김낭암) : 미상. 김(金)은 성(姓), 낭암(浪菴)은 호로 여겨짐.

226 搔首(소수) : 머리를 긁음. 안달하거나 골똘히 생각하는 모양. 『詩經, 邶風, 靜女』에 「愛而不見, 搔首踟蹰」.

227 楚天夕月凉(초천석월량) : 초나라 하늘에는 저녁달이 싸늘하네. 초천운우(楚天雲雨). 무산(巫山)의 신녀(神女). 또는 남녀의 연정을 이르는 말로, 송옥(宋玉)의 〈高唐賦〉에 초 회왕(楚懷王)의 꿈속에서 무산의 신녀가 초왕과 헤어지면서 '妾在巫山之陽, 高丘之阻, 旦爲朝雲, 牟爲行雨'라 한 말에서 유래하여, 이별의 안타까움을 의미.

228 宗籍(종적) : 종문(宗門 ; 天道教)의 족보(族譜). 본문에서는 천도교 신자의 명부인 '천민보록(天民寶錄)'을 의미.

해설

친한 벗과 사별의 슬픔을 쓰고 있는 5언 절구의 만사輓詞입니다. 기와 승(1, 2구)에서는 각각 두 개의 고사를 사용하고 있는데, 먼저 기에서는 갑작스러운 부음에 사랑하면서도 만나지 못하는 안절부절하는 모습을 '머리를 긁음[搔首]'이라는 행동 묘사를 통해 제시하고 있으며, 승에서는 다시 무산巫山의 신녀神女가 초楚나라 회왕懷王과 헤어지면서 불렀다는 시구를 사용하여 다시 이별의 안타까움을 말하고 있습니다.

후반부 전과 결(3, 4구)에서는 벗과의 사별을 직접적으로 제시하는데, '이제 떠나고 없다[今不在]'라 하여, 벗의 죽음의 의미를 '종적(宗籍 ; 천도교 교인의 명부인 天民寶錄)에서 한 줄기 빛이 없어졌다.'고 하여 벗이 천도교 내에서 중책을 수행하고 있었음을 알 수 있습니다. 예로부터 친한 벗이 세상을 떠나면 벗들이 상여가 출상하는 전날 저녁에는 상가에 모여 밤을 새워 호상護喪하면서 흰색 베에 슬픔을 시로 써서 다음날 만장(挽章 ; 죽은 사람을 슬퍼하여 지은 글을 쓴 깃발)으로 들고 장지까지 들고 가는 것이 상례였으니, 이 글 역시 만장에 썼던 만사였음을 알 수 있습니다. 주 내용은 벗과 사별의 슬픔입니다.

천도교 교인 명부 〈天民寶錄〉 표지 천도교 경성교구(京城敎區)의 천민보록(天民寶錄) 제3호 표지이다. 천도교 중앙총부에서 교호 관리를 위해 가족별로 기록을 작성한 내용이 수록되어 있다.

068

삼청동에서 조용히 감상함
三清洞幽賞

早到三清見萬清 조도삼청견만청
古松流水白雲生 고송유수백운생
玉棋留響清詞發 옥기유향청사발
不遇安期豈識情 불우안기기식정

-『천도교월보』, 1915년 8월호

아침 일찍 삼청동에 이르니 눈에 보이는 맑은 것들로는
오래 된 소나무, 흐르는 물, 피어나는 흰 구름이라네.
옥 바둑 두는 소리 은은하고 맑고 아름다운 글귀[229]가 일어나니
안기[230]를 만나지 않고서 어찌 이 시정(詩情)을 알리요.

229 清詞(청사) : 청사(清辭). 맑고 아름다운 말이나 글귀.

230 安期(안기) : 안기생(安期生). 안기공(安期公). 진한(秦漢) 시대 제(齊) 땅 사람. 하상장인(河上丈人)에게 황제(黃帝)·노자(老子)의 학설을 배우며 동해(東海) 가에서 약을 팔았다. 진시황(秦始皇)이 동유(東遊)할 때 사흘 동안 함께 이야기를 나누고 많은 금백(金帛)을 내렸으나, 받지 않고 책과 적옥석(赤玉舃 ;붉은 옥으로 만들었다는 전설상의 신발)을 남겨 놓고 떠났는데, 뒤에 시황이 사람을 보내어 만나고자 하였으나 풍랑을 만나 실패하였다. 후세의 방사(方士)와 도교에서는 그를 바다의 신선이 되었다고 한다.

해설

삼청동三淸洞의 동명洞名 유래로는 '세 가지가 맑아서 지어진 이름으로 산청山淸·수청水淸·인청人淸이라'고 하였습니다. 진반부 기와 승(1, 2구)에서는 이른 아침 삼청동에 이르니 안전에 펼쳐진 '모든 것들이 맑다[萬淸]'고 하면서 열거하는 것으로 소나무, 물, 구름이라고 합니다. 푸른 소나무가 있으니 산이 맑은 것이고, 골짜기를 흐르는 물과 흰 구름도 맑다고 합니다.

후반부 전과 결(3, 4구)에서는 '사람(의 마음)이 맑다[人淸]'는 것에 대해서는 '맑은 시詩[淸詞]가 피어난다'는 말로 대신하고 있습니다. 그리고 시적 분위기는 신선계神仙界임을 암시하는 '옥 바둑[玉棋] 두는 소리'와 전설상의 신선인 안기생安期生을 거론하고 있습니다. 이런 선계와 같은 곳에서는 시정(詩情;詩的인 정취)이 아니 피어날 수 없으나, 안기생만이 알아줄 것이라고 합니다. 전문에는 1구에 2번, 3구에 1번 모두 세 번의 '청淸' 자가 쓰이고 있음도 의식적으로 삼청三淸을 강조하고자 한 의도로 보입니다. 주 내용은 이른 아침 삼청동에서 느끼는 맑고 청아한 심회心懷라고 하겠습니다.

069

장원[231]을 지나며
過張園

行人晩到小山空 행인만도소산공
見取張園課百紅 견취장원과백홍
徐步更從松外路 서보갱종송외로
飛鴉點點夕陽風 비아점점석양풍

-『천도교월보』, 1915년 10월호

길손이 되어 저물녘에 이르니 작은 산은 텅 비어있고
장원에서 온갖 꽃[232]을 살펴보고,
천천히 솔숲 밖 길을 따라 걸으니
갈까마귀 무리지어 날고 석양에 바람이 이네.

231 張園(장원) : 미상. 장씨(張氏)의 정원(庭園)(?).
232 百紅(백홍) : 많은 꽃. 온갖 꽃.

해설

길손이 되어 저물녘에 장원張園이라는 곳을 지나다가 바라본 정경에 대한 소감을 한 문장으로 쓴 7언 절구입니다. '장원張園'이라는 곳이 '넓은 동산'을 의미하는 것인지 구체적인 장소를 말하는 고유명사인지는 밝힐 수 없었습니다. 기와 승(1, 2구)에서는 자신이 장원을 지나가는 행인行人임을 밝히고, 발걸음이 작은 산에 이르렀는데, 인적이 없는 산[山空]이어서 사람 없이 만발한 꽃만 바라보았다고 합니다.

전과 결(3, 4구)에서는 다시 발길을 돌려 나와 솔숲 밖 길을 따라 걷노라니 저 멀리 석양이 지고 바람은 부는데, 하늘에는 갈까마귀 떼가 무리지어 날고 있다고 합니다. 목적지가 가까운지 아니면 하룻밤 유숙할 곳을 찾아야 하는지, 나그네 되어 객지에서 느끼는 여수(旅愁;나그네의 시름)는 직접적으로 제시하지 않고 배경묘사인 갈까마귀[鴉]와 석양의 바람[夕陽風]을 들어 간접적으로 제시하고 있습니다. 곧 새들도 해가 지면 둥지를 찾아가는데 석양의 바람 속에 옷깃을 날리며 걸어가는 모습이 눈에 보이듯 그려집니다.

070

정암[233]의 회갑 날 아침에
正庵甲朝

吾知千萬塵 오지천만진

不到道垣人 부도도원인

身康年又壽 신강년우수

壽氣滿城春 수기만성춘

-『천도교월보』, 1916년 4월호

내 알기로 천만 개의 티끌도

도(道)가 단단한 사람에게는[234] 이르지 않으니,

몸이 강녕하고 나이 또한 오래 살려니

장수할 기운이 성 안에 가득한 봄이네.

233 正庵(정암) : 이종훈(李鍾勳). 1855~1931년. 독립운동가. 민족대표 33인 중 한 사람. 호는 정암(正菴). 동학에 입교하여 천도교 제2세 교조 최시형(崔時亨)이 서울 감옥에서 교수형을 당하자, 옥리를 매수하여 시체를 빼내어 광주에서 장례를 치렀다. 3월 1일 오후 2시 인사동 태화관(泰和館)에서 손병희 등과 민족대표로 참석하여 독립선언서를 회람하고 만세삼창을 외친 뒤 검거되어 옥고를 치렀다. 출옥한 뒤 1922년 천도교 중심으로 조직된 고려혁명위원회의 고문으로 추대되어 항일운동을 계속하였다. 1962년 건국훈장 대통령장이 추서되었다.

234 道垣人(도원인) : 도(道)로 담장을 친 사람. 곧 도가 단단한 사람. 본문에서 도는 천도교(天道教)의 도(道).

해설

동지인 정암 이종훈(正庵李宗勳 ; 1855~1931년)의 회갑 날 아침에 쓴 축수시祝壽詩로 5언 절구입니다. 먼저 기와 승(1, 2구)에서는 이종훈의 성품에 대해서 '도道가 매우 단단한 인물'임을 칭송하는데, 물론 여기서의 도는 천도교에서 내세운 시천주侍天主 신앙에 기초한 보국안민輔國安民, 광제창생廣濟蒼生, 사인여천事人如天, 인내천人乃天 등의 교리를 말하고 있습니다. 이러한 도(道 ; 敎理)를 실천함에 있어 이종훈은 추호도 불의와 타협하지 않고 꿋꿋하게 자기의 소신을 펴가는 것은, 마치 공자孔子께서 말씀하신 '매우 단단한 사물은 갈아도 닳지 않고, 매우 흰 것은 물들여도 검게 되지 않는다.'[235]는 구절과 같다고 칭송하고 있습니다.

후반부 전과 결(3, 4구)에서는 수연壽宴의 자리인 만치 건강하게 오래 살기를 기원하는데, 장수의 기운이 새봄을 맞아 봄기운이 성 안에 가득한 것과 같다고 합니다.

235 『論語, 陽貨』에 〈磨而不磷, 涅而不緇〉」. 환경의 영향을 받지 않거나 시련을 이겨냄을 비유.

071

비에 갇혀서[236] 도사의 방에서 운자로 신자(晨字)를 기다려 지음[237]

滯雨道師室拈韻待晨字

萬木同輪一凡春 만목동륜일범춘
溪峰更洗舊時塵 계봉갱세구시진
二人今臥淸風簟 이인금와청풍점
門外喧聲似隔晨 문외훤성사격신

-『천도교월보』, 1916년 8월호

모든 나무들이 함께 나이를 먹는 일상의 봄에
시내와 산봉우리들도 다시 묵은 때를 씻네.
두 사람이 지금 맑은 바람 부는 대자리에 누운 것은
아마도 문밖 시끄러운 소리[238]에 새벽잠을 설쳤음이라.

236 滯雨(체우) : 오랫동안 그치지 않고 내리는 비. 비에 갇혀 그대로 머묾.
237 경암 이관(敬庵李瓘) 등 3인의 차운시(次韻詩).
238 喧聲(훤성) : 시끄러운 소리.

해설

아마도 우이동 봉황각에서 한양 집으로 돌아오려던 참이었던 같습니다. 그런데 하루 종일 봄비가 그치지 않고 내리자 출행을 포기하고 도사실道師室에서 하룻밤 더 묵어가기로 하였는데, 마침 지루하기도 하던 참에 운자韻字로 '신晨' 자를 내어 시를 짓기로 합니다.

먼저 기와 승(1, 2구)에서는 봄과 비의 이미지를 연계하여 봄을 맞이해서 '모든 나무들이 한 살씩 나이[輪]를 먹는다.'고 합니다. 물론 나무뿐만은 아니겠지요. 시간의 지배를 받는 우주의 삼라만상이 다 나이를 더해가는 특별히 새로울 것도 없는 봄인데, 마침 비가 내려 '묵은 때[舊時塵]'를 씻겨준다고 합니다. 겨울에 움츠렸던 어깨가 펴지고 얼음이 녹고 남은 잔상殘像들도 씻겨가는 모습을 서술합니다. 봄과 봄비 속의 변화하는 경물의 서경묘사가 자못 새롭습니다.

후반부 전과 결(3, 4구)에서는 도사실 방안의 모습을 그려내는데, 비가 그쳤으나 날이 너무 저물어 출발하기에는 어두우므로 일찌감치 대자리를 펴고 눕자 이내 잠이 든 모습입니다. 잠을 설치지 않고 쉽게 잠이 든 이유를 오늘 아침 새벽부터 문밖에서 들렸던 '시끄러운 (빗)소리[喧聲]'에 새벽잠을 설쳤기 때문이라고 합니다. 물론 이 시의 운자韻字는 춘春-진塵-신晨입니다. 주 내용은 봄비에 대한 단상이라고 하겠습니다. 이 시에서 느껴지는 바는, 시는 어려운 것이 아니고 눈앞에 있는 것을 그대로 그려내는 것이라는 생각이 듭니다. 물론 무엇을 그려내느냐가 어려운 것이겠지만.

072

벗의 죽음을 곡함

哭友人

青年不失步 청년불실보
老年不失心 노년불실심
今夕三淸去 금석삼청거
吾家一燈深 오가일등심

-『천도교월보』, 1916년 10월호

젊어서는 두렵다고 전진 못하지[239] 않았고
늙어서는 본심을 잃지[240] 않았는데,
오늘 저녁 삼청[241]으로 떠나가니
우리 집에 등불 하나 밤늦도록 밝혀 놓았네.

239 失步(실보) : 두려워서 전진하지 못함. 가야만 하는데 가지 못함.

240 失心(실심) : 본심(本心)을 잃음.

241 三淸(삼청) : 선인(仙人)이 사는 곳인 옥청(玉淸)·상청(上淸)·태청(太淸).

해설

서로 믿고 의지하며 함께 울고 웃었던 벗의 부음(訃音;사람이 죽었다는 것을 알리는 말이나 글)을 받고 한동안 충격에서 벗어나지 못하다가, 슬픔을 가라앉히고 붓을 들어 한 편의 시로 이별을 정리하는 5언 절구입니다. 급작스런 죽음도 있지만 그 이전부터 건강이 좋지 않다는 것을 알고 문병도 갔었겠지요. 그러나 사별의 슬픔은 늘 충격적인 것이라서 예상하지 못했던 것처럼 받아들여집니다.

먼저 기와 승(1, 2구)에서는 벗의 인격과 인품을 칭송합니다. 젊어서는 젊은이답게 용기와 패기를 잃지 않았으며, 늙어서는 늘 초심과 본심을 잃지 않는 항상심(恒常心;언제나 변함없는 마음)을 가진 벗이었다고 칭송합니다.

전과 결(3, 4구)에서는, 떠나간 벗은 분명 '삼청(三淸;신선이 사는 곳)'으로 갔을 것이라고 하면서 명복을 빌고 있습니다. 이승에서 겪어야 하는 생노병사가 없는 곳, 만남도 이별도 없는 곳에서 신선처럼 지낼 것이라고 단정하여 말하고 있습니다. 그리고 벗을 잃은 슬픔에 안절부절하며 잠을 이루지 못하는 자신의 모습을 '우리 집에 밤늦도록 등불이 밝혀 있다'고 간접적 묘사로 제시하고 있습니다. 전반부에서는 망자亡者의 인품 예찬에 이어 후반부에서 명복을 빌며 슬퍼하는 구성의 만시(輓詩;죽은 사람을 애도하는 시)입니다.

073

흥인문[242] 밖에서
興仁門外

欲看飛鶴立江城 욕간비학입강성
近市無言只有聲 근시무언지유성
細路更從山友去 세로갱종산우거
淡雲流水碧花明 담운유수벽화명

-『천도교월보』, 1916년 10월호

날아가는 학을 보려고 강가 성에 서 있는데
저자가 가까우니 말은 없어도 소리만 들리네.
좁다란 길을 따라 산에 사는 벗에게 가노라니
엷은 구름 흐르는 물에 푸른 꽃이 눈부시네.

242 興仁門(흥인문) : 동대문(東大門). 서울 도성의 동쪽에 있는 정문.

해설

학을 보려다가 못 보고 산에 사는 벗을 찾아간다는 내용의 7언 절구입니다. 전반부 기와 승(1, 2구)의 내용은 이해하기가 용이하지 않습니다. 날아가는 학이 보고 싶어서 강가의 성에 서 있는데 학은 보이지 않고, 성이 저자와 가까워서 무슨 말인지 알 수 없지만 시끄러운 소리가 들린다고 합니다. 표현상으로는 눈으로 '학을 보는 것'과 귀에 들리는 '시끄러운 소리'는 아무 관계가 없는 감각현상이기 때문입니다. 그러나 학의 일반적 이미지가 고고(孤高; 홀로 우뚝 솟음)요 탈속(脫俗:俗態나 俗氣를 벗음)인 것을 고려하면, 작가가 '나르는 학을 보려고[欲看飛鶴]' 구절의 의미는 '세속을 벗어나고 싶다'의 간접적 표현으로 보입니다. 그런데 저자가 가까워서[近市] 말은 없고[無言] (시끄러운) 소리만 있다[有聲]고 합니다. 우리가 흔히 대화를 나누다가 서로 의사가 통하지 않으면 '말[言] 같잖은 소리[聲]'라고 하듯이, 본문에서 말과 소리는 구별되어 쓰이고 있음을 알 수 있고, 작가는 성 위에 우뚝 서서 나르는 학을 보는 것 곧 탈속에 실패했음을 알 수 있습니다.

후반부에서 전과 결(3, 4구)에서는 전반부에서 탈속(학을 보는 것)에 실패하였으므로, 다음으로 저자와 멀리 떨어진 산속에 살고 있는 벗을 찾아 갑니다. '좁은 길[細路]'은 세속을 벗어나려면 '어려운 길[險路]'을 가야만이 가능하다는 것을 암시하고 있는데, 산속에서 벗이 어떻게 살고 있는지 보기 전에, 벗에게 가는 길에 파란 하늘의 엷은 구름[淡雲]과 흐르는 물[流水]과 눈부시게 푸른 꽃[碧花]을 만났다고 합니다. 서술된 내용은 여기까지입니다. 곧 배경묘사를 통해서 말하고자 하는 '벗이 사는 곳' 곧 '작가가 살고 싶어 하는 곳'의 모습을 직접 말하지 않고 변죽을 울려 독자들의 상상에 에둘러서 맡기는 여백餘白의 미가 빼어납니다.

074

늦가을에 경암과 함께 자지동[243]에 나가서[244]

晩秋與敬庵出紫芝洞

晩山秋葉映斜陽 만산추엽영사양
回首城東故路長 회수성동고로장
徐步更看黃菊發 서보갱간황국발
十分爲色十分香 십분위색십분향

-『천도교월보』, 1916년 11월호

해질 무렵 가을 잎이 노을에 비치고
도성 동쪽을 바라보니 옛 길이 길게 뻗어 있네.
천천히 걸으며 피어 난 국화를 보노라니
빛깔도 향기도 부족함 없이 충분하네.

243 紫芝洞(자지동) : 서울 종로구 낙산에 있는 단종비(端宗妃) 정순왕후(貞純王后) 송씨(宋氏)가 자지동 샘(紫芝洞泉)에서 비단을 빨거나 자주색으로 물들여서 시장에 내다 팔았다는 골짜기의 샘. 지금은 자주동이라 부른다.

244 경암 이관(敬庵李瓘)의 시 〈晩秋與芝兄出紫芝洞〉에 대한 차운시. 제목의 '지형(芝兄)'은 지강 양한묵(芝江梁漢默).

해설

늦가을 해질 무렵에 벗 경암 이관敬庵李瓘과 함께 경복궁을 품고 있는 북악의 좌청룡左靑龍격인 낙산駱山의 산등성이를 따라 걸으며 느낀 소감을 적은 7언 절구입니다.

기와 승(1, 2구)에서는 낙산 산길의 원경묘사로 혜화문에서 흥인문(동대문)으로 이어지는 성곽 길[故路]을 걸은 것으로 여겨집니다. 평지를 걷지 않고 이 길을 굳이 걸은 것은 흥인문 밖에 낙산 동쪽자락에 있는 천도교 교인들의 회합장소인 상춘원常春園[245]으로 가기도 하려니와, 이 길에 있는 유적지를 보기 위한 것으로 여겨집니다.

낙산의 성곽 길을 걸어 상춘원으로 내려가는 산마루 길목(지금 낙산공원 부근. 동대문구 창신동)에는 유적지 두 군데가 있으니, 하나는 조선 중기의 유학자이자 문학자인 지봉 이수광(芝峯李睟光 ; 1563~1628년)이 살던 집터인 비우당(庇雨堂 ; 비를 피할 만한 집이라는 뜻)[246]이고, 다른 하나는 자지샘[紫芝洞泉 ; 지금은 '자주동샘'으로 불림]이 있습니다. 비우당 원위치는 자주동샘과 약간 떨어진 곳에 있었으나 주변의 아파트단지 개발로 인해 자주동샘 앞으로 이전 복원하여 한 울타리 안에 있습니다.

자주동은 계유정난(癸酉靖難 ; 1453년)으로 실권을 잡은 수양대군(首陽大君 ; 世祖)이 단종(端宗 ; 1441~1457년, 재위 ; 1452~1455년)을 영월로 유배시키자, 비운의 왕비가 된 정순왕후 송씨定順王后宋氏가 궁에서 쫓겨 나와 인근의 정

245 常春園(상춘원) : 천도교에서 원유회를 열고자 동대문 밖 숭인동 동묘(東廟) 뒷담 낙산의 남쪽자락에 있던 박영효(朴泳孝)의 건물과 별장을 매입하여 새롭게 꾸며 상춘원(常春園)을 지어 1915년 11월에 낙성식을 거행하였다. 현재는 동대문에서 신설동역으로 가는 대로변 동묘역 건너편 120미터 지점 '낙산묘각사 입구' 안내판 밑에 표석이 있다.(이동초 저, 『서울을 걷다』, 모시는사람들, 2017년. 참고)

246 庇雨堂(비우당) : '겨우 비를 피할 수 있는 집'이라는 뜻으로, 이수광은 조선 초기 청백리로 이름이 높았던 유관(柳寬 ; 1346~1433년)의 외현손이다. 유관은 우의정으로 있을 때 동대문 밖 울타리도 문도 없는 초막에 집을 정하고 청빈한 삶을 살았다. 임진왜란 때 소실되자 이수광이 옛터에 작은 이 집을 짓고 비바람을 간신히 피한다는 의미로 '비우(庇雨)'라는 편액을 달았는데, 선조 유관의 뜻을 잊지 않기 위함이었다고 한다.

업원淨業院[247]에 머물면서 생계를 유지하기 위해 옷감에 물을 들여 시장에 내다 팔았다고 합니다. 샘물 주변과 낙산 기슭에는 자지초(紫芝草 ; 옷이나 손에 닿기만 해도 보라색 물이 들여지던 약초)가 지천으로 깔려 있었고, 화강암 바위 아래서 나오는 자주동 샘물에 비단을 빨아 염색한 비단을 바위에 널어 말렸다가 댕기, 저고리깃, 고름, 끝동 등을 시장에 팔아 생계를 유지하며 64년 간 슬프고도 한 많은 삶을 살았다는 곳입니다.

후반부 전과 결(3, 4구)에서는 유적지를 보며 느낀 소감, 곧 청백리가 살던 초막에 대한 감회와 역사의 뒤안길에서 스러져간 비운의 왕비의 삶을 한 송이 꽃으로 일별하여 '국화'라고 하면서, 역사에 남긴 뚜렷한 자취를 일러 '빛깔도 향기도 충분하다(十分爲色十分香)'고 회고한 것으로 여겨집니다. 곧 표현상으로는 서경시이지만 이면에는 회고가懷古歌적 성격이 짙은 시라고 하겠습니다.

자지동천(紫芝洞泉) 서울 종로구 낙산(현 종로구 창신동 9-471)에 있는 '자지동천(지금은 '자주샘'이라고 부름)'. 자주샘은 단종비(端宗妃) 정순왕후(貞純王后) 송씨(宋氏)가 계유정난(癸酉靖難)으로 궁궐에서 쫓겨나 자지샘에서 비단을 빨거나 물을 들여 시장에 내다 팔았다는 슬픔과 한이 서린 샘이다.

247 淨業院(정업원) : 고려와 조선시대에 도성(都城) 내에 있었던 여승방(女僧房). 정확한 위치에 대해서는 학자들 간에 이설이 있음. 일설에는 정순왕후 송씨가 궁에서 나와 주지(住持)로 있었다고도 함.

자지동천(紫芝洞泉) 각자(刻字)(上)와 비우당(庇雨堂)(下) 서울 종로구 낙산에 있는 자지동천(紫芝洞泉) 각자(刻字)와 조선 중기 실학자 지봉 이수광(芝峯李睟光)이 살던 집인 '비우당('겨우 비를 피할 수 있는 집'이란 뜻)'. 비우당은 원래 이곳에 있지 않았으나 인근에 아파트가 들어서면서 이곳 자지동천으로 옮겨 자지샘과 한 울타리 안에 있다.

075

술을 마신 뒤 벗들과 함께 웃으며
酒後與友人相笑

茶後招朋過別宮 다후초붕과별궁
却看書榭舊知同 각간서사구지동
契事相關塵事外 계사상관진사외
吟聲不絶市聲中 음성부절시성중
秋景連簷新月白 추경연첨신월백
電光通戶小燈紅 전광통호소등홍
縱然日夕淸遊好 종연일석청유호
奈把年華付水東 나파연화부수동

-『천도교월보』, 1916년 12월호

차를 마신 후 벗들을 불러 별궁을 지나니
마침 책 읽던 서재[248]에 옛 벗들이[249] 다 모였네.

248 書榭(서사) : 서재(書齋).
249 舊知(구지) : 오래 사귄 친구. 옛 벗.

맺어진 일들이야 세속의 일[250]과 서로 관계되어도
시 읊는 소리는 저자의 시끄러운 소리 가운데도 끊이지 않네.
가을 경치는 이어진 처마 끝에 초승달로 밝게 빛나고
전깃불은 문을 통해도 작은 등불만큼이나 밝네.
설사 저물녘[251]까지 고상하게 노는 것[252]이 좋다한들
어찌 세월[253]을 붙잡아 물을 동쪽으로 흐르게 할 수 있을까.[254]

해설

깊어가는 가을 저녁에 책을 읽던 벗들과 함께 술을 마시며 흥겹게 논 후 정회를 쓴 7언 율시입니다. 수련(1, 2구)에서는 벗들과 모이게 된 경위를 쓰고 있는데, 차를 마신 후 별궁을 지나 늘 모이던 서재에서 만났음을 말하고, 함련(3, 4구)에서는 친구들과의 관계를 말하는데, 만나게 된 계기는 사회적 관계[契事] 속에서 만났어도 함께 시를 읽는 것만큼은 바쁜 가운데도 끊이지 않고 계속하였다고 합니다.

경련(5, 6구)에서는 시를 읽는 시·공간적 배경을 묘사하고 있는데, 가을밤 연이어진 집들의 처마 끝에 초승달이 비치고 있고, 전깃불 아래 모여 시를 읊고 있음을 알 수 있습니다. 미련(7, 8구)에서는 이러한 문우文友들이 모여서 글을 읽고 시를 읊기도 하며 한담을 나누는 모습을 '고상하게 노는 것[淸遊]'이라고 하면서, 그러나 이러한 모습이 좋기는 하나 어찌 세월의 흐름을 붙잡거나 뒤돌아가게 할 수는 없다고 하면서 아쉬워합니다. 이러한 주흥酒興 끝

250 塵事(진사) : 속세의 자질구레한 일.
251 日夕(일석) : 저녁. 해 저물 녘.
252 淸遊(청유) : 고상하게 노닒. 속세를 떠나 청아하게 즐김.
253 年華(연화) : 세월. 시간.
254 付水東(부수동) : 서쪽으로 흐르는 (한강)물을 동쪽으로 흐르게 할 수 없듯이, 흐르는 시간을 멈추거나 거꾸로 가게 할 수는 없다는 뜻.

에 오는 무상감無常感의 표현은 일찍이 주선酒仙으로도 불렸던 시선詩仙 이백李白도 즐겨 썼던 표현으로 해당 시구만 옮겨보겠습니다.

彼亦一時(피역일시)	그도 한때이고
此亦一時(차역일시)	나도 한때이니,
浩浩洪流之詠(호호홍류지영)	'도도히 흐르는 저 물이여'를 노래한 것이
何必奇(하필기)	어찌 기이하기만 하겠소?

- <東山吟> 중에서

功名富貴若長在(공명부귀약장재)	부귀공명이 만약 영원토록 있는 것이라면
漢水亦應西北流(한수역응서북류)	한수가 응당 서북쪽으로 흐르리라.

- <江上吟> 중에서

〈동산음〉에서는 세월의 흐름 속에 모두가 '한때[一時]' 잠시 잠깐 머물렀다가 가는 것이 인생임을 노래하고, 〈강상음〉에서는 영원할 것 같은 부귀공명도 새의 깃털과 같은 것이어서 새가 나뭇가지에 앉았다가 날아가는 순간 허공에 날리는 깃털이니, 만약 그렇지 않다면 '한수(漢水;중국 長江의 큰 지류. 중국에서는 강이 동쪽으로 흐름)가 서북쪽으로 흐르리라'고 노래하였습니다. 작가 양한묵 선생도 주흥이 도도한 벗들과 술을 마시고 시를 읊으며 즐겁게 노는데, 이 즐거운 순간도 시간이 지나면 허무할 것이라고 하면서 오래도록 즐기지 못함을 아쉬워하는 시입니다.

076

안곡의 네 현인의 초상을 모신 집[255]을 완공하면서 차운함(1)

次安谷四賢影閣落成韻(一)

四賢東宙出 사현동주출
東宙籍文明 동주석문명
縟儀今再肅 욕의금재숙
羣黎走風聲 군려주풍성

-『천도교월보』, 1917년 3월호

네 사람의 현인이 동방에서 태어나시니
동방의 문명을 기록하셨네.
번거로운 의례[256]를 다시 엄숙히 하니
뭇 백성들이[257] 소문 듣고 달려오네.

255 安谷四賢影閣(안곡사현영각) : 경기도 화성군 서신면 안곡서원(安谷書院) 내 네 분의 초상을 모신 영각(影閣). 1666년에 박세희(朴世熹 : 1491~?)의 학문과 덕행을 추모하기 위해 창건하여, 이어 1670년에 박세훈(朴世勳;1488~1553년), 1700년에 홍섬(洪暹;1504~1585년) 등 네 사람을 배향하였다.

256 縟儀(욕의) : 욕례(縟禮). 복잡하고 까다로운 예의.

257 羣黎(군려) : 만백성.

해설

안곡서원安谷書院의 네 사람의 영정을 모신 영각影閣 낙성식에 참석하여 지은 5언 절구입니다. 먼저 기와 승(1, 2구)에서는 영각에 모신 네 사람을 '동방의 현인'이라고 예찬하고, 특히 그들이 저술을 통해 우리나라의 문명을 기록하였다고 활동 내용을 구체적으로 말합니다. 이 네 사람 중 송촌 박세훈(松村朴世勳;1488~1553년)과 도원재 박세희(道源齋朴世熹;1491~?)는 형제로서, 형 박세훈은 출사(出仕;벼슬을 해서 관아에 나아감)를 사양하고 효도로 어려서부터 '주동효아鑄洞孝兒'라는 칭송을 받았으며, 동생인 박세희는 조선 중종 때의 문신으로 좌부승지를 지내다가 기묘사화(己卯士禍;1519년) 때 정암 조광조靜庵趙光祖의 일파로 강계에 유배되어 그곳에서 죽은 기묘제현己卯諸賢 중 한 사람에 드는 사람입니다. 예로부터 '효자 집안에 충신난다'라는 말처럼 형(박세훈)은 효도로 이름이 높았고, 동생(박세희)은 지조와 절개 높은 충심으로 정의를 위해서는 목숨을 초개와 같이 여겼던 사람입니다.

인재 홍섬(忍齋洪暹;1504~1585년)은 조광조의 문인으로 이조좌랑으로 김안로金安老의 전횡을 탄핵하였다가 홍양에 유배되고, 김안로가 사사賜死된 뒤 복직되어 청백리淸白吏에 녹선(錄選;벼슬 따위에 추천하여 관리로 뽑음)되고, 영의정을 세 번이나 중임한 문신이었습니다. 특히 김안로를 탄핵하다가 홍양으로 유배당했을 때의 심정을 쓴 가사 〈원분가(寃憤歌)〉가 있고, 그의 문집 『인재집(忍齋集)·구퇴록(求退錄;벼슬에서 물러나기를 요청함)』에는 12회에 걸친 사직상소문辭職上疏文이 실려 있으며, 소신을 직간(直諫;임금이나 웃어른에게 잘못을 직접 말함)하다가 유배와 사직과 파직을 반복하는 가운데도 영의정을 세 번이나 중임할 정도로 강직과 청렴의 상징적 인물이었습니다.

전과 결(3, 4구)에서는 안곡서원 영각 낙성식 의례 절차의 엄숙함과 인근 백성들이 소문을 듣고 운집하였다는 내용을 쓰고 있습니다. 영각에 모신 분들 모두 효행과 불의와 타협하지 않는 청렴 강직의 상징적 인물들로서 영각에 영정으로 남기는 것은 후손으로서 당연한 것이며, 시대가 어지러울수록 역사에 길이 기억되는 빛나는 등불이 되기 때문일 것입니다.

한 가지 더 밝히고자 하는 것은 작가가 안곡서원 영각 낙성식을 찾은 이유 중 하나가, 양한묵 선생이 기묘사화의 주인공 정암 조광조와 조정에서 지란지교芝蘭之交를 나누다가 함께 사화士禍를 입은 대표적 인물 학포 양팽손(學圃梁彭孫 ; 1488~1545년)의 13세 후손이라는 것 때문이었을 것으로 여겨집니다.[258] 같이 기묘사화의 피해를 입은 후손으로서 박세희와 홍섬의 영정을 모신 안곡서원의 영각 낙성식에 대해 관심과 애정이 있었을 것입니다.

풀지 못한 의문은 내용에는 '사현(四賢 ; 네 사람의 현인)'으로 되어 있는데, 필자가 경기도 화성시 서신면 상안리에 있는 안곡서원安谷書院을 현장 답사한 결과, 후묘전학(後廟前學 ; 서원의 구조에서 뒤에는 祭室, 앞에는 講學堂을 배치)의 구조였습니다. 그러나 최근에 중수된(1976년) 안곡서원에 영각影閣은 있지 않았고, 제실祭室에도 삼현(三賢 ; 박세희, 박세훈, 홍섬)의 위패만 모셔져 있었습니다. 화성시청 문화유산과에도 문의했지만 한 사람의 차이를 밝혀낼 수는 없었습니다.

258 정암 조광조가 전라남도 화순군 능주로 귀양 왔는데, 마침 그곳은 몇 달 전 조정에서 삭탈관직(削奪官職)을 당하고 귀향하여 있던 학포 양팽손의 향리인 현 전라남도 화순군 도곡면 월곡리(달아실) 마을과 십 여리밖에 떨어지지 않은 가까운 곳이었다. 학포는 매일 정암을 찾아 조석문안을 하며 귀양살이 뒷바라지를 하였고, 정암이 사약을 받자 시신을 숨겨 화순군 이양면 쌍봉마을 기슭에 암장하였다. 1년 후 장자 응기(應箕)로 하여금 정암의 고향인 경기도 용인으로 반장(返葬)케 하였다. 1570년에 지방유림의 공의로 정암 조광조의 학행과 덕행을 추모하기 위해 능주(현 화순군 한천면 모산리)에 죽수서원(竹樹書院)을 세웠으며, 1630년에 양팽손을 추가 배향하였다. 이러한 두 사람의 지란지교의 교우를 소설가 최인호는 그의 소설『유림(儒林)』제1권(전 6권) 첫머리에서 자세하게 기술하고 있다.

안곡서원(安谷書院) 경기도 화성시 서신면에 있는 안곡서원. 조선 초기 세 사람의 현인 송촌 박세훈(松村朴世勳)과 도원재 박세희(道源齋朴世熹) 형제와 인재 홍섬(忍齋 洪暹)을 배향하였다. 시 제목에는 '사현(四賢)'으로 되어 있으나, 현장을 답사한 결과 '세 사람[三賢]'의 위패만 있고, 중수할 때 영각(影閣)도 영정(影幀)도 사라졌다. 화성시청 문화유산과로 전화 문의하였으나 연유를 밝혀낼 수 없었다.

077

안곡의 네 현인의 초상을 모신 집을 완공하면서 차운함(2)

次安谷四賢影閣落成韻(二)

星山大天地 성산대천지

千古四先生 천고사선생

肖貌登安谷 초모등안곡

熙熙海岱明 희희해대명

-『천도교월보』, 1917년 3월호

성산 대천지에

천고에 네 사람의 선생이 계셔

모습을 그려[259] 안곡[260]에 모시니

넓고도 넓게[261] 동방[262]이 밝아졌네.

259 肖貌(초모) : 초상(肖像). 사람의 형상을 그리거나 조각하는 일.

260 安谷(안곡) : 안곡서원(安谷書院).

261 熙熙(희희) : 넓은 모양.

262 海岱(해대) : 해(海)는 발해(渤海), 대(岱)는 태산(泰山). 곧 중국 발해에서 태산까지 넓은 지역. 작게는 발해의 동쪽[海東] 우리나라를 말함.

해설

앞 시 〈次安谷四賢影閣落成韻(一)〉에 이어 지은 안곡서원 사현 영각 낙성식 축하시로 5언 절구입니다. 기와 승(1, 2구)에서는 네 명의 현인을 '천고(千古 ; 오랜 세월 통해 드문 일)'라고 한껏 칭송하는 것은 벼슬보다는 효도(孝道;朴世勳)를, 절의(節義;朴世熹)와 청렴(淸廉;洪暹)을 강조한 것입니다.

전과 결(3, 4구)에서는 초상화를 그려 중요시여기는 것은 사형(寫形 ; 형상을 그리는 것)보다는 사심(寫心 ; 마음을 그리는 것)이므로, 대상이 되는 네 현인들의 살아온 과정을 되새기면서 마음과 정신세계를 잊어서는 안 된다는 것을 그림이 아닌 글로 밝히고 있으니, 그 의미를 '넓고도 넓게 동방을 밝히셨네[熙熙海岱明]'라고 하고 있습니다.

돌이켜보면 작가가 역사 속 인물들을 한껏 칭송할 수밖에 없는 것은, 그들의 정신세계 곧 살아온 모습이 당대 처한 일제 강점기라는 나라 현실을 극복할 수 있는 최고의 정신적 표상으로 요구되고 있었기 때문이었습니다. '을사오적(乙巳五賊 ; 朴齊純·李址鎔·李根澤·李完用·權重顯)'들이 횡행하는 현실에서 그들의 매국(賣國) 행각을 직접적으로 규탄할 수도 없는, 그리고 일제 검열의 억압을 피할 수 있는 방법은 역사속 인물을 극찬하는 간접어법밖에 없었던 것입니다. 필자가 그림 전문가는 아니지만, 소위 화법畵法으로 말하면 선염법(渲染法;화지에 물을 칠하고 채 마르기 전에 붓을 대어 朦朧하고 沈重한 妙味를 나타내는 畵法)의 표현을 할 수밖에 없었을 것으로 사료됩니다.

안곡서원(安谷書院) 원경(遠景) 서원 뒤편에 박세희 선생의 묘, 왼편에 박세훈 선생의 묘가 있다.

078

이른 봄에 재동 집[263]에 모임
早春會齋洞宅

長安吾有家 장안오유가
春風多好花 춘풍다호화
酒熟故人至 주숙고인지
不知山日斜 부지산일사

-『천도교월보』, 1917년 4월호

장안에 내 집이 있어
봄바람이 불면 좋은 꽃이 많이 피는데,
술이 익자 벗들이 왔으니
서산에 해 지는 줄도 몰랐네.

263 16명의 벗들이 모여 같은 제목으로 한 수씩 지어 16수의 시가 수록되어 있다. 시의 내용으로 보아 '재동댁[齋洞宅]'은 작가 양한묵 선생의 집으로 봄을 맞아 벗들을 초청하여 단란한 모임을 가진 듯하다. 이 당시 천도교『천민보록(天民寶錄 ; 천도교 교인 명부), 第參號』에 의하면 천도교 경성교구(京城教區)에서 강습소(학교 포함)가 많아지자 '직접(直接 ; 천도교에서 직접 설립 또는 인계한 학교) 환원(還元)'을 공시하였을 때 양한묵 선생의 주소는 '京城府 桂洞 八十一番地'로 되어 있다. 동명 유래에서 계동(桂洞)은 본래 조선 태종(太宗)이 궁핍한 백성들을 위해 만든 제생원(濟生院)에서 유래된 제생동(濟生洞)이었다. 그러다 시대 흐름에 따라 계생동(桂生洞)으로 바뀌었는데, 1914년 토지조사사업 때 '기생동(妓生洞)과 이름이 비슷하다'는 주장으로 '생'자를 떼서 현재 이름 '계동(桂洞)'이 되었다. 그러나 이때 '계동(桂洞)'과 '재동(齋洞)'이 행정구역상 붙어 있어 '재동'이었을 것으로 여겨진다.

해설

춘풍 불고 꽃이 만발한 집에 벗들을 초대하여 봄날 오후 한때를 즐기는 모습을 노래한 5언 절구입니다. 먼저 기와 승(1, 2구)에서는 시·공간적 배경으로 '장안에 내 집'에서 '봄-춘풍-꽃'으로 겨우내 움츠렸던 어깨를 펴고 춘주春酒를 즐기기에는 더할 나위없는 분위기를 임을 말하고 있습니다.

전과 결(3, 4구)에서는 전반부 자연적 상황에 호응한 인간적 상황 제시로 '벗과 술'이 있으니 금상첨화라고 하겠습니다. 그래서 예로부터 '임금과 신하, 벗과 벗끼리도 술이 아니면 정분이 소담스럽지 않을 것이다.'[264]라고 했으니, 작가는 진즉부터 벗들에게 집에 술을 담가놓았다고 자랑했을 것이고 술이 익기를 기다렸을 것입니다. 그리고 벗들과 함께 맛있고, 멋있게 마시는 간소하나마 주연을 은근히 기대했을 것입니다.

이 시를 그림으로 그려낸다면 전편에 흐르는 색조色調는 진하지 않은 '발그레한 홍조紅潮'라 할 것이니 붉은 꽃과 술기운이 오른 발그레한 얼굴빛, 석양의 노을이 어우러진 색깔이라고 하겠습니다. 술자리에 청請을 받고 양한량(梁閑良;梁漢默) 집으로 오는 벗들의 마음은 아마도 이런 마음이 아닐까 싶습니다. 송강 정철(松江鄭澈;1536~1593년)의 시조 한 수로 대신해봅니다.

재너머 成勸農(성권농) 집에 술 닉닷 말 어제 듯고
누은 쇼 발로 박차 언치 노하 지즐ㅌ고
아ᄒᆡ야 네 勸農(권농) 겨시냐 鄭座首(정좌수) 왓다 ᄒᆞ여라

264 『明心寶鑑·省心篇』에「君臣朋友 非酒不美」.

장수를 축하하는 시[265]
壽韻

濤庵其性仁 도암기성인
久爲道家人 구위도가인
潭心含素月 담심함소월
木抄見初春 목초견초춘
天公贈大果 천공증대과
壽期到今辰 수기도금진
光鎬亦賢子 광호역현자
樽酒速嘉賓 준주속가빈

-『천도교월보』, 1917년 5월호

265 모두 14명의 벗들이 '도암(濤庵)'의 회갑을 맞이하여 지은 14수 중 하나로, 첫째 수 작가는 주인공인 '유암홍기조(游菴洪基兆 ; 1865~1938년)'의 시 「吾家昆季伍, 具在白頭年」으로 시작되며, 유암(游菴)은 천도교의 도호(道號)이고 '도암(濤庵)'은 별호(別號)로 여겨진다. 홍기조는 민족대표 33인의 한 사람. 홍경래(洪景來)의 후손으로 천도교 창의대령(倡義大領) 등을 역임하고 동학혁명에 가담한다. 1910년 이후에는 많은 독립자금을 모금하여 독립단체에 제공하였다. 1962년 건국훈장 대통령장이 추서되었다.

도암은 그 성품이 어질어

천도교[266]의 사람이 된 지 오래되었네.

연못 속에는 흰 달이 잠겨 있고

나뭇가지 끝에서는 초봄을 보겠네.

하늘[267]이 큰 복을 주시어

수명[268]이 오늘에 이르렀다오.

광호(光鎬)[269] 또한 어진 아들이라

동이술을 내어 놓고 서둘러 귀한 손님들을 맞이하네.

해설

회갑을 맞이한 도암濤庵의 수연壽宴 자리에 모인 하객 14명의 벗들이 운자韻字를 내어 한 수씩 지은 도합 14수 중 작가 양한묵 선생이 지은 5언 율시입니다. 먼저 도암이 누구인지에 대해서, 14수 중 첫째 수를 지은 유암 홍기조游菴洪基兆의 시 첫머리에 '우리 집에 형제[昆季]가 다섯인데, 모두 머리가 허옇게 세도록 나이를 먹었다(吾家昆季伍, 具在白頭年)'라는 표현으로 보아 주인공은 홍기조임이 분명합니다. 다만 '도암濤庵'이란 호와 '유암游庵'이란 호의 차이는 홍기조가 평안남도 용강 출신으로, 그곳에서 동학의 수접주首接主·대접주大接主·창의대령倡義大領 등을 역임하면서 동학혁명에 가담하다가, 동학에서 천도교로 바뀐(1905년) 이후 천도교에서 도호道號로 받은 호가 유암游菴이며, 그 이전에는 도암濤庵이란 호를 썼을 것으로 추측됩니다.

266 道家人(道家人) : 천도교(天道教) 교인(教人).

267 天公(천공) : 하느님.

268 壽期(수기) : 타고난 목숨의 연한.

269 光鎬(광호) : 홍기조(洪基兆)의 아들 이름.

먼저 수련(首聯；1, 2구)에서는 도암의 어진 성품과 동학(천도교)의 교인이 된 지가 오래되었음을 말하고 있습니다. 이어 함련(頷聯；3, 4구)에서는 수연이 열리고 있는 도암의 집을 묘사하고 있는데, 봄밤 뜰의 연못에는 흰 달이 비치고, 연못가의 나뭇가지 끝에는 새싹이 돋아나고 있다고 하여 부유하고 평안한 분위기를 말합니다.

경련(頸聯；5, 6구)에서는 회갑을 맞이한 것을 강조하여 '하늘로부터 큰 선물[大果]을 받아서 회갑을 맞이하게 되었다'고 장수에 대한 하례賀禮를 표현하고, 미련(尾聯；7, 8구)에서는 접빈객(接賓客；귀한 손님을 대접함)하는 모습을 준주(樽酒；동이술)라고 하여 가풍과 자손들 또한 범상치 않음을 칭송하고 있습니다. 곧 회갑연에 초대받아 주인공의 인품과 행적, 집안 분위기 묘사에 이은 장수 축하와 가풍, 자손들에 대한 치하의 말까지를 빠뜨리지 않고 있습니다.

유암(游菴) 홍기조(洪基兆) 민족대표 33인 중 한 사람으로 호는 유암(游菴)이다. 평안남도 용강 출신이며, 홍경래(洪景來) 후손으로 1886년(고종 23) 동학에 들어가 황해도와 평안도의 수접주(首接主)·대접주(大接主)·창의대령(倡義大領) 등을 역임하고 동학혁명에 가담하였다.

080

이문순공의 '산 속의 승려가 달을 긷다'라는 시[270]에 화운하다

和李文順公山僧汲月韻

月中僧汲水 월중승급수
有月入盂中 유월입우중
歸來見盂水 귀래견우수
明月在天空 명월재천공

-『천도교월보』, 1917년 8월호

달 아래 스님이 물을 길으니
(샘물에) 달이 있어 바리 속으로 들어오네.
돌아와 바리 속 물을 보니
밝은 달은 하늘에 떠 있네.

270 李文順公山僧汲月(이문순공산승급월) : 고려의 문신·재상을 지낸 이규보(李奎報;1168~1241년). 호는 백운거사(白雲居士), 시호는 문순(文順)으로 그의 시 〈山夕詠井中月〉(『東國李相國集,後集』 卷一) 2수 중 두 번째 시로, 내용은 「산사의 승려가 월색을 탐하여, 물과 함께 병 속에 담았네. 절에 이르러 병을 기울이니, 달은 역시 허공에 있는 것을 비로소 깨달았네.(山僧貪月色, 幷汲一瓶中, 到寺方應覺, 瓶傾月亦空)」라는 시에 화운한 시이다.

해설

화운和韻이란 한시의 한 체體로 다른 사람이 지은 시의 운자韻字를 써서 화답和答하여 지은 시로, 고려시대 최고의 문장가이자 시인으로 평가받는 문순공 이규보(文順公李奎報;1168~1241년)의 〈산석영정중월(山夕詠井中月)〉 중 승(2구)의 '중中' 자와 결(4구)의 '공空' 자를 차운하여 쓴 5언 절구입니다. 700여 년을 사이에 두고 두 시인의 시상과 표현상의 동이同異 관계, 주 내용 등을 비교하여 보기 위해 번역문을 중심으로 살펴보겠습니다.

〈이규보〉	〈양한묵〉
산사의 승려가 월색을 탐하여	달 아래 스님이 물을 길으니
물과 함께 병 속에 담았네.	물속의 달이 바리 속으로 들어오네.
절에 이르러 병을 기울이니	돌아와 바리 속 물을 보니
달은 역시 허공[空]에 있음을	밝은 달은 하늘[空]에 떠 있네.
비로소 깨달았네.	

외형상으로 비교하면 두 시 사이에 큰 차이가 느껴지지 않을 만큼 내용과 표현이 유사합니다. 그러나 작가 양한묵 선생은 이규보 시의 표현상의 특징과 내용에 대해서 700여 년을 사이에 두고 화운하고자 한 것은 어떤 감동을 느꼈기 때문이며, 단순 모방을 넘어서 자기만의 다르게 표현하고 싶은 것이 있었기 때문일 것입니다.

두 시의 공통점으로는 우선 주인공이 모두 스님[僧]이고, 달 아래 물을 길어[汲] 오는 것도 같습니다. 다른 점은 이규보 시의 스님은 '병(瓶)'에 긷고, 양한묵 선생 시에서는 불가에서 쓰는 그릇 '바리때[盂;나무로 대접같이 만들어서 안팎에 칠을 한 중이 쓰는 그릇]'를 씁니다. 이 점이 중요한 차이점이라고 할 수는 없습니다.

그러나 물을 긷는 행위의 경우, 이규보의 시에서는 '스님이 달빛을 탐내었기[貪月色]' 때문이고, 양한묵 선생의 시에서는 '(의도하는 바 없는 일상의) 물을 긷는 것[汲水]'입니다. 이 점은 두 시의 차이를 비교하는데 궁극적인 차이점으로 해석할 수 있는데, 단순 시어詩語상의 구별이 아니고, 이규보의 경우 불가佛家의 핵심적인 화두(話頭;불교 禪宗의 祖師들이 참선 수행의 완성을 위해 정립해 놓은 핵심적인 법문)인 삼독(三毒;탐내는 마음[貪毒]·화내는 마음[瞋毒]·어리석은 마음[癡毒]) 중의 하나인 1구의 '탐貪'과 3구의 '각(覺;覺性. 일체의 迷妄을 여읜 깨달음의 본성)'을 주된 시어로 표현하여, 다분히 불교적 깨달음을 함축하고 있다고 하겠습니다. 곧 탐냄과 관련하여 이규보의 시에서는 승(2구)에서 '함께 병 속에 (의도적으로) 담은 것[汲一甁中]'이고, 양한묵 선생의 시에서는 담으려고 하지도 않았는데[無爲] '(자연스레) 바리때 속으로 들어왔다[入盂中]'고 합니다.

마지막으로 결(4구)의 시어 '공空' 역시 두 시에서 모두 공통적인데, 번역을 함에 있어서 전체적 맥락을 감안하면 이규보 시에서는 '허공虛空' 곧 허무(虛無;무가치하고 무의미하게 느껴져 매우 허전하고 쓸쓸함)함의 깨달음[覺]을 강조한 시어이고, 양한묵 선생의 시에서는 일상의 '하늘[天空]'로 풀이하였습니다. 이 점은 필자의 자의적恣意的 해석일 수 있으나, 두 시의 전체적 맥락과 일관성을 감안한 풀이였음을 밝힙니다. 곧 이규보 시의 주 내용은 '탐내는 것의 허무함을 깨닫는 불교적 시'이고, 양한묵 선생 시의 주 내용은 '도가적道家的 무위자연(無爲自然;人爲를 가하지 않고 자연에 순응함)'을 표현함에 역점을 둔 것이라고 잠정 결론 짓겠습니다. 따라서 양한묵 선생은 700년 전 고려의 대문호大文豪 이규보 시의 시적 발상과 표현의 묘에 감화되어 화운하였으나 자신만의 시상을 전개한 것으로 여겨집니다.

물을 길어 돌아와 병(바리때)을 기울이는 두 시 속의 스님들의 표정은 사뭇 달랐을 것으로 보이며, 그 표정의 차이점은 독자의 상상에 따라 또 다르겠지요.

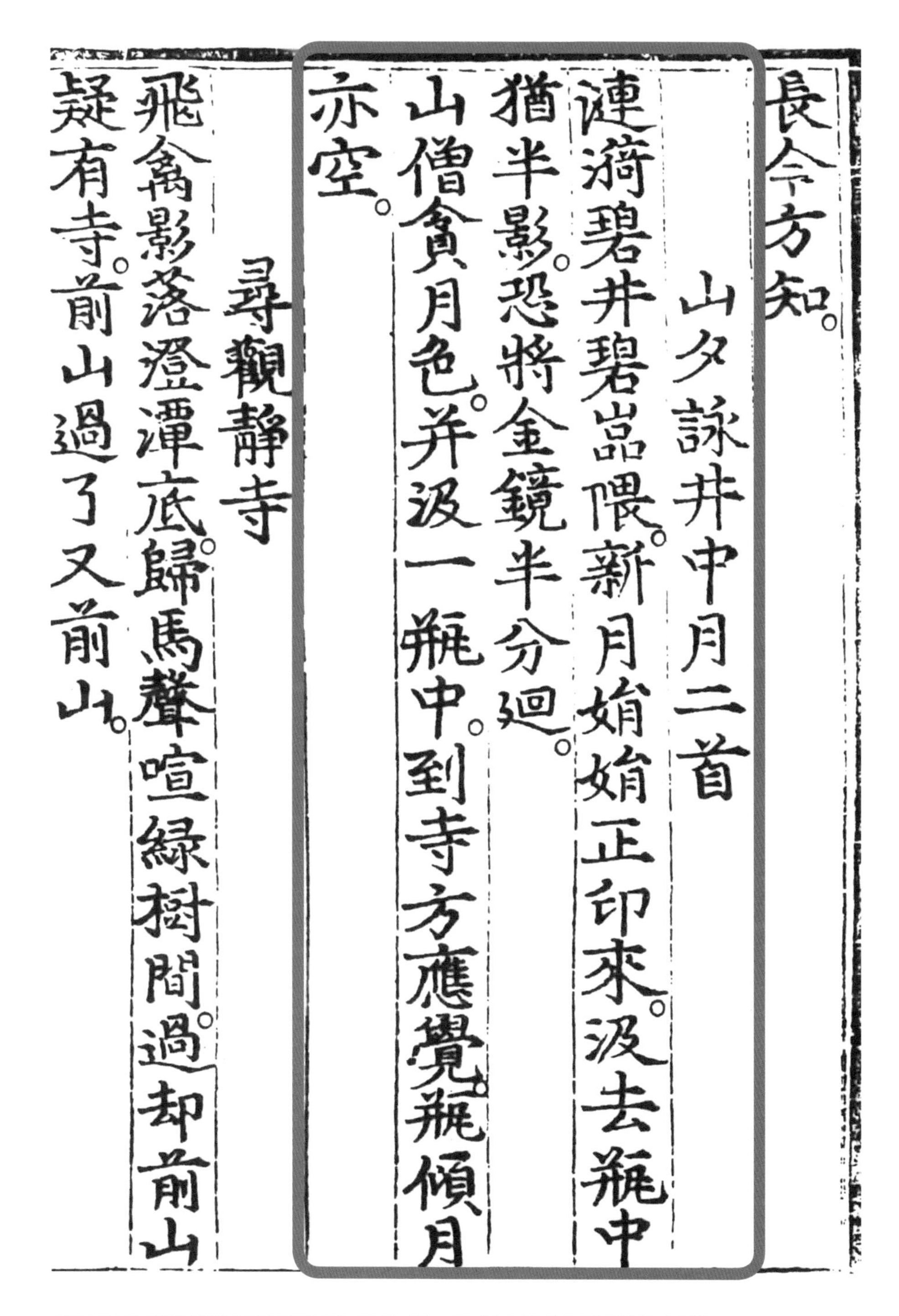
長令方知。

山夕詠井中月二首

漣漪碧井碧嵓隈。新月娟娟正印來。汲去甁中
猶半影。恐將金鏡半分迴。

山僧貪月色。幷汲一甁中。到寺方應覺。甁傾月
亦空。

尋觀靜寺

飛禽影落澄潭底。歸馬聲喧綠樹間。過却前山
疑有寺。前山過了又前山。

이규보(李奎報)의 문집 『東國李相國集, 後集』 卷一 중 〈山夕詠井中月(산석영정중월)〉

081

늦가을

晩秋

山空水落鴈來時 산공수락안래시
懷抱無端付酒旗 회포무단부주기
歸家多得黃花色 귀가다득황화색
隨處淸風寄所思 수처청풍기소사

-『천도교월보』, 1917년 11월호

산에는 인적 없고 물은 수위가 낮아지고[271] 기러기는 돌아올 제
까닭 없는 회포로 주가(酒家)[272]의 술에 부치다가,
집에 돌아와 보니 많은 국화가 피어 있어
맑은 바람 부는 곳을 따라 생각을 맡겨보네.

해설

가을을 맞이하여 느끼는 소회를 적은 7언 절구 시입니다. 기(1구)에서는 가을의 길목에서 변화하는 자연의 모습을 산과 물과 기러기를 통해 제시하는

271 水落(수락) : 수위(水位)가 낮아짐.

272 酒旗(주기) : 주렴(酒帘). 술집임을 나타내기 위해 내걸던 깃발. 본문에서는 주가(酒家)의 뜻.

데, 인적이 드물어진 가을 산, 말라가는 계곡물, 그리고 하늘을 나는 가을과 겨울 철새 기러기를 묘사합니다. 승(2구)에서는 이러한 풍경을 바라보면서 밀려오는 까닭 모를 회포를 주체할 수 없어 술집을 찾아들어갔다고 합니다. 흔히 가을을 사색의 계절, 우수憂愁의 계절이라고 하는 것처럼 작가 역시 노년기에 접어들면서 많은 생각들이 뇌리를 스치고 있음을 알 수 있습니다.

전(3구)에서는 술집에서 혼자 술잔을 비우는 것도 멋쩍어서인지 오래 앉아 있지 못하고 가볍지 않은 발길을 집으로 향합니다. 집에 이르니 제철 꽃인 국화가 뜰 가득 피어있는 것을 보고 또 다시 가을이 왔음을 느낍니다. 그리고 국화 앞에서 우두커니 서 있노라니 어디선가 맑은 바람이 불어오는데, 다시 생각은 아득히 멀리 달아나 바람이 불어오는 곳으로 향합니다. 2구의 '회포懷抱'와 4구의 '생각[思]'이 별반 다를 것 같지 않습니다만, 또 한 해가 가고 있음을, 아무 것도 이룬 것 없이 허송세월했다는 울적한 생각이 아닐까 싶습니다. 무언가 해야 한다는 것의 '무엇'의 내용은 독자의 상상에 맡기지만 작가가 살고 있는 시대현실을 감안해야겠지요.

082

산 속 샘에서 목욕하다
浴山泉

松上明朝日 송상명조일
水中映白雲 수중영백운
寥寥古亭畔 요요고정반
山叟脫襦裙 산수탈유군

-『천도교월보』, 1917년 11월호

소나무 위로 아침 해가 밝게 떠오르고
물속에 흰 구름이 비치는데
한적하고 고요한[273] 옛 정자 있는 언덕에서
산에 사는 노인이 옷[274]을 벗네.

해설

산속 정자 아래 개울에서 옷을 벗고 목욕하려는 노인을 한 문장으로 쓴 단상斷想의 미완성 스케치와 같은 5언 절구입니다. 전반부 기와 승(1, 2구)에서

273 寥寥(요요) : 외롭고 쓸쓸한 모양. 공허한 모양.
274 襦裙(유군) : 저고리와 치마. 의복을 두루 이르는 말.

는 아침나절 개울의 모습을 소나무 위로 솟아오르는 해와 개울물에 흰 구름이 비치는 광경을 제시합니다.

이어 후반부 전과 결(3, 4구)에서는 개울가 언덕 위에 오래된 정자가 있고, 정자에 저고리를 벗어 걸어놓고 노인이 목욕을 하려고 한다고 합니다. 전체적인 배경묘사와 분위기는 정중동(靜中動;고요한 가운데 움직임이 있음)입니다만 맑고 깨끗하며 한적한 가운데 산속 노인의 정취 또한 그에 어울린다고 하겠습니다.

083

남암의 회갑 날 아침에 축하하다

祝楠菴壽朝

楠菴今不老 남암금불로
六甲似中年 육갑사중년
平日有何術 평일유하술
用心見靑天 용심견청천

-『천도교월보』, 1918년 2월호

남암[275]은 지금도 늙지 않아
육십 살을 먹었는데 중년[276] 같네.
평일에 무슨 방법이 있어
마음 씀이 푸른 하늘같네.

275 楠菴(남암) : 미상.

276 中年(중년) : 40~50세 안팎의 나이.

해설

남암(楠菴;미상)의 회갑을 축하하는 축수祝壽의 5언 절구입니다. 전반부 기와 승(1, 2구)에서는 남암이 회갑을 맞이했으면서도 중년처럼 젊게 보인다고 칭송하고, 후반부 전과 결(3, 4구)에서는 젊게 사는 것에는 평소에 무슨 비법이 있을 것이라고 하면서, 그 까닭은 푸른 하늘같은 마음 씀씀이 때문일 것이라고 합니다.

그리고 남암의 용심(用心;마음을 씀)에 대해서는 구체적인 언급 대신에 '푸른 하늘같다[青天]'라고 비유적으로 예찬하는데, 흔히 시가에서 청천은 '밝고 아름다운 세계'를 비유하기도 하고, 또는 청천백일青天白日의 뜻으로 '깨끗하고 투명함'을 비유하기도 합니다. 좀 더 자세히 말하자면 자의字意상으로는 '겉과 속(안팎)이 같음'을 말하며, 개인적으로는 '사상(思想;생각)과 언행言行이 어긋나지 않고 꼭 맞음[表裏一致]'을 말합니다. 그러니 '나도 알고 남도 아는 내 모습'으로 투명하게 살아가고 있다는 말이겠지요. 전반부에서는 젊게 보이는 외모를, 후반부에서는 그에 따른 푸른 하늘같은 마음과 정신을 예찬하며 축수에 가름하고 있습니다.

084

일가정 옛터에서[277]

一可亭舊墟

亭落山空但素沙 정락산공단소사

苑西風物付誰家 원서풍물부수가

漂娥爭集前溪月 표아쟁집전계월

樵並行歌舊岸花 초병행가구안화

感處莫生秋意味 감처막생추의미

閑來宜作酒生涯 한래의작주생애

披衣更向晴陰裏 피의갱향청음리

只喜朱炎不此加 지희주염불차가

-『천도교월보』, 1918년 8월호

정자[278] 퇴락한 산에는 인적 끊기고 다만 흰 모래뿐인데

동산 서쪽의 풍경은 뉘 집에 부쳤을까.

---

277 거의 매달 발표했던 양한묵 선생의 한시가 3월호부터 7월호까지는 빠져 있다. 이 시보다 앞선『천도교월보』, 1918년 7월호에 경암 이관(敬庵李瓘)의 시에 양한묵 선생과 성 밖을 걷기로 약속했다는 〈與芝兄相期出(紫)芝洞〉의 시가 게재되어 있다. '지형(芝兄)'은 '지강(芝江)'으로 내용은「淵魚無日不思江, 中谷深深苦掩窓, 與子相期城外步, 駱山東畔下雙雙」.

278 亭(정) : 일가정(一可亭). 미상.

빨래하던 아낙들은[279] 앞 시내에 달 밝은 밤에 다투어 모이고
나무하던 아이들은 꽃 피는 옛 언덕에서 노래했으리.
감회가 이는 곳이라고 가을다운 기분은[280] 생각하지 말고
한가롭게 와서 사는 동안 술 마시기 적당한 곳이라네.
옷깃을 풀어 헤치고 다시 갠 날에 그늘 속으로 걸어가며
다만 붉은 햇빛[281]이 이곳에 비추지 않음을 기뻐하세.

해설

가을날에 일가정一可亭이라는 퇴락한 정자가 있는 곳을 찾아 느낀 소회를 쓴 7언 율시입니다. 일가정이 어느 곳에 있었던 정자인지를 알 수 없음이 안타깝고, 지금으로부터 100여 년 전에도 이미 퇴락했다고 하니 그 동안 중수하지 않았다면 없어졌을 것으로 여겨집니다.

수련(1, 2구)에서는 정자의 퇴락한 모습과 찾는 사람 없이 쓸쓸하게 개울에 흰 모래만이 반짝이고 있음을 말하며, 정자가 누군가의 동산에 세워졌던 것임을 말하면서, 지금은 고인이 되었으니 그 또한 알 수 없다고 말합니다. 한때는 동산 안 동편에 정자를 세울 만큼 고대광실高臺廣室을 거느리고 살았을 주인도 집도 없어지고 퇴락한 정자만 남았다고 합니다.

함련(3, 4구)에서는 정자 주변의 풍경을 말하면서, 정자 앞 흐르는 냇물에서는 아낙네들이 낮에는 빨래하고 달뜨는 저녁이면 모여서 놀았으며, 언덕에서는 초동들이 나무하고 노래 부르며 뛰어놀았을 것이라고, 이곳에서 있었을 만한 옛 일들을 상상합니다.

279 漂娥(표아) : 빨래하는 아낙.
280 秋意(추의) : 가을철의 처량하고 쓸쓸한 풍경과 분위기.
281 朱炎(주염) : 염광(炎光). 붉은 햇빛.

경련(5, 6구)에서, 이런 곳은 감회(感懷;지난 일을 돌이켜 보고 느껴지는 회포)가 이는 곳, 무상감과 허무감 같은 것이 일어나는 곳이고, 마침 계절도 가을이라 떨어지는 낙엽을 바라보면 처량하고 쓸쓸한 분위기를 더해주지만, 애써 그런 감상感傷에 젖지 말 것이며, 차라리 술 마시기에 적당한 곳이라 생각하자고 합니다. 미련(7, 8구)에서는, 인적이 드물어 보는 사람도 없으니 옷깃도 풀어헤치고 지다 남은 나뭇잎 그늘 밑으로 걸으면서 따가운 햇살이 비추지 않음을 기뻐하자고 합니다.

퇴락한 정자를 보고 '산천山川은 의구依舊하되 인걸人傑은 간 데 없네'라고 무상감에 젖지 말고, 일체유심조(一切唯心造;모든 것은 오직 마음이 지어낸다)라는 말처럼 마음먹기에 달린 세상만사를 낙관적으로 바라보자고 하면서 지금을 즐기자고 합니다.

가자곡[282]에서 멋스럽게 모이다
加資谷雅集

碧樹陰中一路通 벽수음중일로통
玉流溪上五仙同 옥류계상오선동
凉候如乘秋日月 량후여승추일월
晴光多貯壁西東 청광다저벽서동
朋友相傾吟白雪 붕우상경음백설
塵埃已盡見淸風 진애이진견청풍
此人此景爲高致 차인차경위고치
餘事何須酒欲豊 여사하수주욕풍

-『천도교월보』, 1918년 8월호

푸른 나무 그늘 속으로 길 하나가 통했는데
맑게 흐르는 시냇가에 다섯 신선이 함께했네.
서늘한 날씨는 가을철을 맞이한 듯
맑게 갠 햇빛은 벽의 동서에 갈무리되어 있네.

282 加資谷(가자곡) : 미상.

벗들과 서로 술잔을 기울이며[283] 폭포의 물보라[284]를 읊노라니
속세의 티끌은 사라지고 맑은 바람을 쐬네.
이런 사람들과 이런 경치에서 최고의 경지[285]가 되니
그밖에 일로는 구태여[286] 술이 풍족하기를 바랄까.

해설

친한 벗들과 숲속 물가에 앉아 세속잡사를 잊어버리고, 술을 마시고 시를 읊으며 하루를 맘껏 즐긴 소회를 쓴 7언 율시입니다. 수련(1, 2구)에서는 시가詩歌 음주飮酒하는 행락 장소에 이르는 길과 시냇가에 다섯 신선이 자리했다고 합니다. 함련(3, 4구)에서는 계절은 마침 춥지도 덥지도 않은 초가을에 하늘은 맑게 개었으며, 주위에는 암벽이 둘러있어 마음 통하는 벗들과 오붓하게 둘러앉기에 딱 좋은 자리라고 합니다.

경련(5, 6구)에서는 술잔을 기울이면서 절벽에서 쏟아지는 폭포의 하얀 물보라를 소재로 시를 지어 읊노라니, 때마침 불어오는 청풍에 속세의 티끌마저 사라진 듯하다고 합니다. 미련(7, 8구)에서는 좋은 벗들과 좋은 경치 속에서 술 마시고 시를 지어 읊으니, 더 이상 최고의 경치는 없다고 하면서, 술이 풍족하지 않아도 관계치 않겠노라고 합니다.

청산靑山 아래 앉아 벗들과 청담淸談을 나누면서 청아淸雅한 목소리로 시를 지어 읊고 청풍淸風을 쐬면서 마시는 술은 혹시 청주淸酒가 아니었을까요. 삼청三淸에 하나 더해 사청四淸이라 할지니, 폭포에 떨어지는 물보라는 겨울 아닌 여름에 백설로 날리니, 자신들을 신선에 빗대며 하루 신선놀음으로 맘껏 즐기는 풍류는 천금보다 값진 것이라 하겠지요.

283 相傾(상경) : 서로 술잔을 기울임.
284 白雪(백설) : 흰 눈. 흰 빛깔 사물을 비유하는 말로 본문에서는 폭포수가 일으키는 물보라를 비유.
285 高致(고치) : 최고의 경지. 고상한 정취나 격조.
286 何須(하수) : 하필(何必). 구태여 …할 필요가 있는가.

086

중추에 봉황각에서(1)
仲秋鳳凰閣(一)

山含千古靜 산함천고정
詩入一眉淸 시입일미청
隔林聞小雨 격림문소우
何似月中情 하사월중정

-『천도교월보』, 1918년 10월호

산은 천고의 고요를 머금었는데
시인은 눈썹 같이 맑은 달빛[287] 속으로 들어가네.
수풀 너머로 가는 빗소리[288] 들리니
어찌 달빛 아래 정취가 이와 같을까.

해설

시중유화(詩中有畵; 시 속에 묘사된 풍경이 마치 한 폭의 그림과도 같음)니 화중유시(畵中有詩; 그림 속에 詩意가 풍부함)라는 말은 중국 송(宋)나라 소식(蘇軾

287 一眉(일미) : 눈썹. 곧 눈썹처럼 생긴 달이나 풍경을 형용.
288 小雨(소우) : 비가 조금 옴. 또는 그 비.

;1037~1101년)이 시불(詩佛)이라 불리던 당(唐)나라 왕유(王維;701~761년)의 시를 평하면서 극찬한 말입니다. 예로부터 시와 그림과 노래는 선비가 학문 외에 수양의 품자로 삼았고, 북창삼우(北窓三友;거문고·시·술)라고도 하여 파한(破閑;심심풀이)으로도 삼았습니다.

이 시는 팔월 한가위에 서울 강북구 우이동(당시에는 경기도 고양군 숭이면 우이리)에 있는 천도교 수련원 봉황각에 머무는 동안 느낀 정취를 쓴 5언 절구입니다. 삿갓을 쓴 한 선비가 초저녁 눈썹 같은 초승달이 길을 비추는데, 지팡이를 짚고 저녁 밥 짓는 연기가 피어오르는 깊은 산골로 걸어 들어가는 모양을 그린 한 폭의 수묵화를 보는 듯한 느낌을 줍니다.

전반부 기와 승(1, 2구)에서는 희미한 달빛 아래 희끗희끗하게 보이는 바위산[巖山;북한산]이 정적 속에 묵직한 자태를 웅그리고 있는데, 삿갓을 쓴 시인이 익숙한 길인 듯 천천히 발걸음을 옮겨 달빛을 밟으며 산속으로 걸어 들어가는 모습을 '달빛 속[一眉]으로 들어간다.'라고 묘사한 부분이 일품입니다. 이는 밤늦게 봉황각을 찾아가는 작가(시인) 자신의 모습을 객관적으로 쓴 것으로 보입니다.

후반부 전과 결(3, 4구)에서는 수풀 너머로 '가는 빗소리[小雨]가 들린다'고 하였는데, 전반부 달빛과는 상충되는 표현이 아닌가 여겨집니다. 그러나 시인이 이것을 간과했을 리 없고, 아마도 깊어 가는 밤 정적에 잠긴 '산의 숨소리' 곧 산새들의 잠을 청하며 뒤척이는 소리, 어둠 속에서 나무들끼리 부딪치며 주고받는 밀어(密語;은밀히 남이 알아듣지 못하게 하는 말)를, 조심조심 골짜기를 타고 바윗돌 틈을 흘러내리는 개울물소리, 밤이슬을 타고 내려온 달빛이 나뭇잎에 앉는 소리 등을 짐짓 '가는 빗소리[小雨]'로 표현한 것으로 여겨집니다. 마지막 4구에서는 다시 '달빛 아래 정취[月中情]'이니, 말이나 글로는 표현할 수 없는 산속 깊은 밤에 느끼는 야릇한 정취를 '어찌 이와 같을까?[何似]'라고 한 것으로 보아, 주체할 수 없는 정적 속의 정취를 감당하기 어려운 시흥(詩興)이 일어난 것으로 보입니다. 앞서 언급한 중국의 '시중유화詩中有畵'로 평가받는 왕유王維의 시 한 편을 곁들여봅니다.

죽리관(竹里館)

獨坐幽篁裏(독좌유황리)	홀로 고요한 대숲에 앉아
彈琴復長嘯(탄금부장소)	거문고 뜯고 휘파람 길게 부네.
深林人不知(심림인부지)	숲 깊어 듣는 사람 없어도
明月來相照(명월래상조)	밝은 달은 와서 비춰주리.

최북(崔北)의 고사소요(高士逍遙) 조선시대 후기 화가 최북(崔北)이 그린 고사소요(高士逍遙)는 세상과 멀어져 자연 속을 거닐며, 깊은 사색을 즐기는 모습이다.(간송미술관 소장)

087

중추에 봉황각에서(2)
仲秋鳳凰閣(二)

酒應元亮老 주응원량노
山似伯夷淸 산사백이청
虛樓雲共宿 허루운공숙
白首此爲情 백수차위정

-『천도교월보』, 1918년 10월호

술은 응당 원량[289]이 늙었을 때처럼 마시고
산은 백이[290]처럼 청량하다.
빈 누각[291]에서 구름과 함께 잠드니
늙은이에게는 이것이 정취라네.

---

289 元亮(원량) : 진(晉)나라 도잠(陶潛 ;陶淵明)의 자(字).

290 伯夷(백이) : 상(商)나라 말기의 고죽군(孤竹君)의 맏아들이고 숙제(叔齊)의 형. 아버지가 동생 숙제에게 양위(讓位)할 뜻이 있음을 알고 백이가 도망가자, 숙제 또한 도망쳤다. 주(周) 무왕(武王)이 상(商)나라를 치려하자, 신하된 도리가 아님을 주장하고 말고삐를 잡고 간(諫)하였으나 받아들여지지 않았다. 상나라가 망하자 주나라의 곡식은 먹을 수 없다 하여 수양산(首陽山)에 들어가 고사리만 먹다가 죽었다. 〈채미가(采薇歌)〉를 지었다.

201 虛樓(허루) : 빈 누각. 봉황각(鳳凰閣) 강선루(降仙樓).

해설

〈仲秋鳳凰閣 一, 二, 三〉의 연시 3수 중 두 번째 시로 5언 절구입니다. (一)은 밤늦게 봉황각에 올라오면서 느낀 밤 산의 정직과 정취를 노래하였고, 이어 본 시에서는 도착한 다음 봉황각鳳凰閣 강선루降仙樓에서 먼저 도착한 사람들과 술을 마시고 난 다음 잠자리에 들기까지의 정취를 노래하고 있습니다.

전반부 기와 승(1, 2구)에서는 두 개의 중국 고사를 인용하여 시상을 전개하고 있는데, 기(1구)에서는 마시는 술은 원량(元亮;陶淵明)이 늙었을 때처럼 마신다고 합니다. 늘그막에 도연명은 술을 어떻게 마셨을까요. 그 일단을 도연명이 자신에 대해서 직접 쓴 자전적自傳的 글인 〈오류선생전(五柳先生傳)〉에서 볼 수 있습니다.

(전략) …

성품이 술을 좋아하였으나 집이 가난하여 항상 얻지는 못하였다. 친구들이 이와 같은 실정을 알고 혹 술자리를 마련하여 초청하면, 나아가 마시되 그때마다 번번이 다 마셔서 반드시 취하는데 기약하였고, 이미 취하고 나면 물러나와 일찍이 떠나고 머무는데 미련을 두지 않았다.

… (후략)

도연명은 녹봉 오두미(五斗米;닷 말의 쌀) 때문에 벼슬하면서 몸을 굽신거릴 수 없다고 〈귀거래사(歸去來辭)〉를 지어 팽택 현령彭澤縣令을 그만두고 집으로 돌아와 노년을 궁핍하게 살았습니다. 중구일(重九日;음력 9월 9일)을 맞아도 국화주를 담을 수 없을 만큼 가난하였으나 시류에 굽히지 않고 맑고 깨끗하게 살면서 글을 지었다고 합니다. 이와 같은 도연명의 모습을 후인들은 평하기를, '빈천貧賤에 걱정하지 않고 부귀富貴에 급급해하지 않았다.'고 하였습니다. 곧 도연명처럼 술을 마신다는 뜻은 술을 좋아하기는 하나 술에 연연해하지(끌리지) 않으며, 술(자리)에 나아가서도 술로 부귀와 영리를 구하지는 않는 자세를 말하는 성싶습니다. 있으면 마시고 없으면 그만두고 자기 주량대로 마시다가 취할 만큼 마시면 미련 없이 자리를 뜨는 모습입니다.

승(2구)에서는 산의 청량(清涼;서늘하고 상쾌함)함을 사람 곧 중국의 백이伯夷와 숙제叔齊의 인품에 비교한 것이 이채롭습니다. 일반적으로 사람을 주체(원관념)로 삼아 자연에 비유하는 경우는 많이 있지만, 이처럼 자연물을 주체(원관념)로 묘사하는데 사람을 비유물(보조관념)로 하는 표현은 흔하지 않습니다. 산의 청량함을 사람의 인품으로 말하면 '사념邪念이나 탐욕이 없는 맑은 마음'이라고 하겠지요. 사마천司馬遷도 『사기(史記)·열전(列傳)』에서 70여 명의 중국 인물을 선별하여 전기를 쓰는데 백이·숙제 두 사람의 전기를 〈백이열전(伯夷列傳)〉이라 하여 첫 번째로 꼽았습니다. 그럴 정도로 중국은 물론 한국에서도 지조와 절개, 명분과 의리, 부귀와 영리에 초연한 인물의 상징으로 잘 알려지고 회자되는 사람들입니다. 도연명처럼 술을 마시며 (청)산[伯夷]처럼 살고 싶어 하는 작가의 인생관이 함축되어 있다고 하겠습니다.

전과 결(3, 4구)에서는 '남아도처시고향(男兒到處是故鄕;남아는 이르는 곳이 고향이다)'이라고 했으니, 타관객지라 하여 잠자리가 불편하겠는가, 혹자처럼 잠자리가 바뀌어 선잠을 잤다는 등을 말하겠습니까. 술에 취한 것도 취한 것이려니와 가을 산의 정취에 한껏 취해 '구름과 함께 잠에 들었다[雲共宿]'고 합니다. 마치 구름 위에서 잠을 잔 듯, 아니 구름을 이불 삼아 낮은 베개 높이 베고 자못 자득(自得;스스로 흡족하게 여김)한(?) 자세로 잠을 청했다 할 수 있겠습니다. 마치 이 구절은 조선 중기의 고승高僧 진묵조사(震默祖師;1562~1633년, 본명은 一玉)의 유명한 선시禪詩를 연상시킵니다. 인용하여 비교해보면 다음과 같습니다.

天衾地席山爲枕(천금지석산위침)	하늘을 이불로 땅을 자리로 산을 베개로 삼고
月燭雲屛海作樽(월촉운병해작준)	달을 등불로 구름을 병풍으로 바다를 술통삼아

大醉遽然仍起舞(대취거연잉기무)　크게 취해 홀연 일어나 춤을 추니
却嫌長袖掛崑崙(각혐장수괘곤륜)　긴 소매가 곤륜산에 걸릴까 염려되네.

진묵조사는 스스로를 비승비속(非僧非俗; 중도 아니고 속인도 아님)이라 하였다는데, 작가 양한묵 선생은 구름을 타고 취향(醉鄕; 술에 취하여 정신이 몽롱한 상태를 비유)을 떠다니다가 새벽을 깨우는 산새소리와 개울물소리에 일어났을 것이니, 취했을 때만큼은 스스로를 반선반속(反仙反俗; 절반은 신선 절반은 속인)이라고 여겼을까요.

088

중추에 봉황각에서(3)

仲秋鳳凰閣(三)

白首秋登樓 백수추등루
青楓夜滴雨 청풍야적우
一腔山水琴 일강산수금
吾與故人遇 오여고인우

-『천도교월보』, 1918년 10월호

흰 머리로 가을 다락[292]에 오르니
밤이 들자 푸른 단풍나무에 보슬비 내리네.
가슴속 가득 찬 마음[293]을 산수금(山水琴)[294] 으로 타주니
나와 벗이 산수의(山水意)[295]로 만났구려.

292 樓(루) : 봉황각(鳳凰閣)의 강선루(降仙樓).

293 一腔(일강) : 가슴 속에 가득 참.

294 山水琴(산수금) : 산수운(山水韻). 고묘(高妙 ; 가장 우수함)한 거문고 악곡.

295 山水意(산수의) : 벗과의 만남[故人遇]을 비유하는 말. 곧 산수의(山水意). 세 번째 전구(轉句)의 '산수금(山水琴)'에 의거 '벗과의 만남'을 '지기(知己)의 마음[山水意]'으로 풀이. 춘추시대 때 종자기(鍾子期)가 거문고 연주의 달인 백아(伯牙)가 타는 거문고 악곡을 듣고 그의 마음을 알았다는 데에서 유래하여, 고산유수(高山流水)의 뜻으로 백아가 높은 산과 흐르는 물을 떠올리며 금(琴)을 연주하면 종자기가 이에 걸맞게 평가해 주었다는 고사.

해설

머리에 서리 내린 백발의 노인이 되어 다락[樓;鳳凰閣 降仙樓]에 서성이며 가을비에 젖는 산을 바라보는데, 다락 한 편에서 벗이 거문고를 타며 작가의 속마음을 알아주는 것 같아서 문득 백아절현(伯牙絶絃)의 고사를 떠올리며 지음(知音;서로 마음이 통하는 친한 벗을 비유)을 쓴 5언 절구입니다.

전반부 기와 승(1, 2구)에서는 작가의 모습과 배경으로 시·공간을 제시하여 시적 분위기를 제시합니다. 흰머리[白首]와 청풍[靑楓]이 색채상으로 대조를 이루고 밤에 내리는 가을 밤 빗소리가 자못 청승맞은 생각을 자아내게 하였으리라 여겨집니다.

후반부 전과 결(3, 4구)에서는, 그런 작가의 가을 빗소리를 들으며 서성이는 착잡한 속마음을 아는지 벗이 타는 거문고 가락이 예사롭지 않습니다. 곧 이러한 마음을 '가슴 가득 찬 마음[一腔]'이라고 하면서 마음을 알아주는 벗의 거문고 소리를 '산수금(山水琴;山水韻)'이라고 합니다. 가슴 가득 찬 마음의 구체적인 내용에 대해서는 알 수 없지만, 전언한 바처럼 범인들이 느끼는 청승맞은 감상(感傷;느끼는 바가 있어 마음이 슬프고 쓰림)이나 우수憂愁는 아닐 것으로 여겨집니다.

089

육언 절구
六絶

鴈千里秋容肅 안천리추용숙
月半城夕氣新 월반성석기신
楚竹聲高酒滴 초죽성고주적
古樓晴護詩人 고루청호시인

-『천도교월보』, 1918년 10월호

기러기 천 리를 날아오니 가을빛[296]이 스산하고
반달 뜬 성에는 저녁 기운이 새롭네.
초죽[297] 부는 소리에 술잔을 높이 들어
맑게 갠 오래된 다락에서 시인이 흥을 돋우네.

---

296 秋容(추용) : 추색(秋色). 가을 느끼게 하는 경치나 분위기.

297 楚竹(초죽) : 초죽으로 만든 관악기(管樂器)를 이르는 말. 또는 초죽으로 연주하는 악곡. 초죽(楚竹)은 줄기에 검은 반점이 있는 대. 곧 반죽(斑竹). 상비죽(湘妃竹)이라고도 한다.

해설

가을밤에 느끼는 스산한 분위기 속 감회를 노래한 6언 고시입니다. 전반부 1, 2구에서는 기러기, 가을빛, 반달, 저녁 기운 등의 시어들이 호응하는 공통적 의미는 곧 일 년의 끝인 가을, 하루의 끝인 저녁으로 수렴되면서, 시각과 청각과 촉각에 호소하면서 가을 저녁에 느끼는 고조된 분위기입니다. 그래서 옛 사람들은 이러한 가운데 느끼는 기운을 숙살지기(肅殺之氣;매섭고 살벌한 모양. 곧 늦가을이나 초겨울의 기운과 경치)라 하였습니다.

후반부 3, 4구에서는, 공간적 배경으로 '오래 된 다락[古樓]'을 설정하고, 그곳에서 해가 지는 늦가을에 벗들과 어울려 술잔을 기울이는데, 누군가 불어주는 한 줄기 초죽(楚竹;大笒) 소리가 '시인의 가슴을 감싼다(흥을 돋운다)[護詩人]'고 합니다. 곧 '접물감흥(接物感興;물건에 접하면 마음에 감동되어 일어나는 흥취)'이라 하였고, 공자(孔子)께서 이르시기를 '흥어시(興於詩;詩에서 착한 것을 좋아하고 나쁜 것을 싫어하는 마음을 興起시킨다.『論語·泰伯』)'라 하였으니, 오래된 다락에서 옛 선인들도 술잔을 기울이면서 늦가을 풍경을 노래했을 것이고, 지금 우리가 술잔을 높이 들 듯, 후손들도 이 자리에 앉아서 우리처럼 또 노래를 부를 것이니 어찌 감흥이 없었겠습니까.

090

중원일[298] 상춘원[299]에서

中元日常春園

天下晴光集此樓 천하청광집차루

近江如織遠山浮 근강여직원산부

秋來欲裂涼蟬喉 추래욕열량선후

白首人登白踵遊 백수인등백종유

-『천도교월보』, 1918년 11월호

천하의 맑은 빛이 이 다락[300]에 모이니

가까운 강은 비단을 펼친 것 같고 먼 산은 떠 있는 듯한데,

가을이 다가오자 가을 매미[301]는 목이 찢어질 듯 울고

머리 흰 늙은이들은 버선발[302]로 올라가 노네.

298 中元日(중원일) : 음력 7월 15일. 백중(百中). 이 날 도교(道敎)에서는 재초(齋醮 ; 중이나 도사가 齋壇을 설치하여 신에게 복을 비는 일), 절에서는 우란분회(盂蘭盆會 ; 조상의 고통을 구제하기 위해 음식을 차려놓고 행하는 佛事)를 열었고, 민간에서는 사망한 친척의 명복을 빌거나 허물을 참회하는 날.

299 常春園(상춘원) : 천도교에서 원유회를 열고자 동대문 밖 숭인동 동묘(東廟) 부근에 지은 원유회장.

300 樓(루) : 당시 상춘원 안에는 만화정(萬化亭), 벽암정(碧巖亭), 천제루(天際樓) 등 세 개의 정자가 있었는데, 특히 육각형 정자인 천제루 옆 잔디밭 광장이 각종 원유회를 개최하였다는 기록으로 보면 천제루로 추측된다.

301 涼蟬(양선) : 가을 매미.

302 白踵(백종) : 흰 버선을 신은 발. 버선발.

해설

중원일(中元日; 음력 7월 15일)을 맞아 전국에서 모여든 천도교인들이 상춘원常春園에서 즐겁게 원유회를 즐기는 모습을 한 호흡으로 쓴 7언 절구입니다. 지금은 없어져 아쉽지만 상춘원에 대한 자세한 기록은 이동초 님의 책(『서울을 걷다』, 모시는사람들, 2017년)에서 자세하게 기술하고 있습니다. 전반부 기와 승(1, 2구)에서는 7월 백중을 맞아 전국에서 운집한 천도교인들의 모습을 '천하의 맑은 빛[天下晴光]'이라고 하고, 상춘원에 있는 높은 다락에서 바라본 강과 산의 경치를 원근법으로 묘사하고 있습니다.

후반부에서는 시간적 배경으로 가을임을 알 수 있는 초가을 매미가 목이 찢어지게 운다고 하여, 원유회장에 운집하여 즐겁게 노는 모습과 분위기를 거들고 있습니다. 결(4구)에서는 '흰 버선발로 노네[白踵遊]'라고 하여 구체적으로 묘사하고 있습니다. 당시 원유회 모습을 묘사하고 있는 이동초 님의 서술 내용 일부를 소개하면 다음과 같습니다.

> (전략) …
> 10시부터 시작된 원유회 무대 위에서 검남무와 장항무를 추는 기생 40~50명, 줄타기를 하는 광대 5명, 풍악을 울리는 악공 10명 등이 공연을 하였다. 교인들에게는 입장권으로 점심용 도시락과 술 한 병씩을 교환해 주었으며, 화포 30방으로 흥을 돋우는 가운데 음식점에서 맥주와 과일을 마음대로 먹었다.
> … (후략)
>
> (이동초 저, 『서울을 걷다』, 모시는사람들, 2017년, 81쪽)

당시 천도교의 사회적 위상과 민중에게는 절대적 신앙이었음을 알 수 있습니다.

상춘원(常春園)의 모습(上)과 상춘원(常春園) 터 표석(下) 천도교에서 원유회를 열고자 동대문 밖 동묘(東廟) 뒷담 낙산의 남쪽 자락에 있던 박영효(朴泳孝)의 건물과 별장을 매입하여 1915년에 지었다. 현재는 지하철 동묘역 동쪽 120미터 지점 낙산 묘각사 입구 도로변에 표석만 남아있다. 위쪽 사진은 상춘원의 한옥(위 사진 아래)과 양옥(위 사진 위쪽)의 모습.(이동초 저,『서울을 걷다』)

091

옥파[303]의 61세 장수를 축하하는 시
詩沃坡六十一壽

吾知六甲年 오지육갑년
應在心團圓 응재심단원
今看翁有壽 금간옹유수
事事只聽天 사사지청천

-『천도교월보』, 1918년 12월호

내 알기로 육십일 년의 회갑을 맞이함은
응당 마음이 둥글기 때문이라.[304]
지금 노인의 장수함을 보아하니
모든 일을 하늘에 맡겼구려.[305]

303 沃坡(옥파) : 이종일(李鍾一). 1858~1925년. 언론인. 독립운동가. 3·1운동 민족대표 33인의 한 사람. 호는 묵암(黙菴)·옥파(沃坡). 도호(道號)는 천연자(天然子). 1905년 천도교에 입교한 뒤『천도교월보』 월보과장으로 월보를 발행, 집필하는 한편, 천도교 직영의 인쇄소인 보성사(普成社)의 사장으로 1919년 2월 27일 밤 보성사에서 극비리에 독립선언문 3만 5,000장을 인쇄하여 전국에 배포 3·1운동을 가능케 하였다. 2년 6개월을 복역하고 가출옥하여 1922년 3월 1일 또 다시 보성사 팀과 같이 천도교 단독으로 제2의 3·1운동을 계획 실천하던 중 발각되어 실패하였다. 1962년 건국훈장 대통령장이 추서되었다.

304 團圓(단원) : 둥근 모양.

305 聽天(청천) : 청천임명(聽天任命). 모든 것을 하늘에 맡김. 천명에 따름.

해설

옥파 이종일(沃坡李鍾一;1858~1925년) 선생은 지강 양한묵 선생과 뜻을 같이한 독립지사로, 작가와 같은 해(1905년)에 천도교에 입문하여 3·1운동 때 33인의 한 사람으로 독립선언서에 서명한 지기知己였습니다. 옥파 선생의 61세 진갑進甲에 초대를 받아 축하하고 장수를 기원하는 수연시로 5언 절구입니다. 전반부 기와 승(1, 2구)에서는 옥파 선생이 장수한 까닭을 '마음이 둥글기 때문이라[心團圓]'고 칭송합니다. 이어 후반부 전과 결(3, 4구)에서는 다시 마음이 둥글다는 것은 곧 모든 일을 '천명天命에 맡겼기[聽天]' 때문이라고 극찬합니다.

이것은 곧 옥파 선생이 진晉나라 갈홍葛洪이 『포박자(抱朴子)·심거(審擧)』에서 말한 「나아가거나 물러남과 침묵하거나 말을 하는 것은 천명에 따르고, 곤궁하거나 현달하거나 얻음과 잃음은 자연에 맡긴다.(屈伸默語, 聽天任命, 窮通得失, 委之自然)」라는 삶을 살아왔음을 강조하여, 지기 옥파의 인품과 인생관을 통찰한 치하致賀의 말이라 하겠습니다. 그리하여 함께 큰일을 도모하면서도 장수할 수 있었다는 뜻으로 여겨집니다.

沃坡(옥파) 이종일(李鍾一) 1858~1925년. 언론인. 독립운동가. 3·1운동 민족대표 33인의 한 사람. 호는 묵암(默菴)·옥파(沃坡). 도호(道號)는 천연자(天然子). 1905년 천도교에 입교한 뒤 『천도교월보』 월보과장으로 월보를 발행, 집필하는 한편, 천도교 직영의 인쇄소인 보성사(普成社)의 사장으로 1919년 2월 27일 밤 보성사에서 극비리에 독립선언문 3만 5,000장을 인쇄하여 전국에 배포 3·1운동을 가능케 하였다. 2년 6개월 복역하고 가출옥하여 1922년 3월 1일 또 다시 보성사팀과 같이 천도교 단독으로 제2의 3·1운동을 계획 실천하던 중 발각되어 실패하였다. 1962년 건국훈장 대통령장이 추서되었다.

092

섣달그믐날 밤에
除夜

鷄聲新日月 계성신일월
鴈背舊江山 안배구강산
寒梅多意味 한매다의미
花發此中間 화발차중간

-『천도교월보』, 1919년 1월호

닭 울음소리에 세월이 새롭고
날아가는 기러기 뒤로는 옛 강산이네.
매화[306]에는 많은 의미가 있으니
꽃이 추울 때 피는 것도 이 의미 가운데 있음이라.

해설

한 해를 보내고 새해를 맞이하는 시점에서 조국의 독립만을 바라보며 살아온 양한묵 선생의 속마음은 착잡할 수밖에 없었을 것입니다. 일제강점으로 조국의 역사와 정통성이 무참히 짓밟히고, 유구한 정체성을 부정당하며

306 寒梅(한매) : 매화. 추울 때 피기 때문.

정치, 경제, 사회, 문화 등 모든 면에서 야금야금 잠식해오고 있었습니다. 교묘하고 간악한 섬나라 도국인(島國人 ; 日本人) 특유의 잔학성殘虐性을 논두렁에 앉아 가뭄에 말라가는 모포기를 바라보는 농부의 애타는 마음처럼, 어디에 한탄할 곳도 없고 하소연할 사람도 없었을 것입니다. 그런 가운데에도 독립에 대한 희망을 포기한다는 것은 역사와 민족에게 더 큰 죄를 짓는 것이기에, 몸과 마음을 엄숙히 하고, 가느단 촛불을 밝히고 밤을 지새우며 써내려간 듯한 5언 절구입니다.

전반부 기와 승(1, 2구)에서는 새해 첫닭 울음소리로 새해 아침이 밝아오고 있음을 말하고, 날아(떠나)가는 기러기를 통해서 옛 강산 곧 일제 강점기하의 지난 치욕의 세월과의 결별을 말합니다. 기(1구)에서 닭 울음소리로 상징되는 '새로운 세월[新日月]'은 새로운 문명의 시간이 도래함을 의미하며, 승(2구)에서 기러기로 상징하는 '옛 강산[舊江山]'은 일제에 짓밟힌 공간으로서의 조국을 의미한다 하겠습니다. 조금 비약하면 시에서 새의 날개는 시간과 공간 이동의 자유를 상징하여 이상적理想的 시간과 공간으로의 지향을 의미합니다.

또한 본문의 닭과 기러기의 '날개'는 같은 듯 다르다 하겠습니다. 닭의 날개는 날지 못하는 날개여서 '텃새(민족)'를 말하며, 기러기의 날개는 때가 되면 날아가는 '철새(일제)'의 상징입니다. 이처럼 시간[新日月]과 공간[舊江山]의 적절한 안배按配를 통해 작가가 말하고자 하는 것은 새벽(새해)이 오는 것을 알리는 '첫닭(새 세상)'에게 쫓겨 가는 '기러기(일본 제국주의)'라고 하겠습니다. 우리나라 현대사에서 독재정권에 맞선 민주투사들이 되뇌던 말로 '닭의 모가지를 비틀 수는 있어도 새벽이 오는 것은 막을 수 없다.'라는 말과 상통합니다.

후반부 전과 결(3, 4구)에서 시의 주된 소재는 '매화'입니다. 시간적으로 전반부의 '닭 울음소리'는 하루의 시작을 알리는 것이고, 매화는 일 년의 시작 곧 혹독한 겨울(일제의 강점)이 가고 봄(독립)이 오고 있음을 알리는 꽃입니다. 아시다시피 매화는 사군자(四君子 ; 梅·蘭·菊·竹) 중의 하나이고 세한삼우(歲

寒三友；겨울철의 세 벗이라는 뜻으로 松·竹·梅)의 하나로 중국과 한국에서 수많은 그림과 시문詩文의 소재로 쓰였는데, 그 이유는 다름 아닌 이른 봄추위 속에서 제일 먼저 꽃을 피우기 때문입니다. 곧 시련과 역경을 이겨내는 상징적 꽃입니다. 그래서 전(3구)에서 매화[寒梅]는 시문과 그림의 소재로 많이 쓰인 만큼 갖는 의미 또한 많다[多意味]고 합니다. 그러나 매화가 갖는 많은 의미 중 대표적 의미를 직접적으로 말할 수 없는 '일제의 언론 검열' 곧 자신의 시 때문에 신년호(新年號；『천도교월보』, 1919년 1월호)가 '배포금지' 당할 수도 있다는 현실을 작가는 철저하게 비유와 암시, 곧 '직접 말하지 않아도 다 잘 알고 있지 않느냐?'는 변죽을 울리는 화법으로 말하여 검열의 칼날을 피해갈 수밖에 없었을 것입니다.

마지막 결(4구)에서 좀 더 구체적으로 '꽃이 피는 의미도 이 가운데(추울 때 피는 것, 역경과 시련을 극복함)에 있다.'라고 하면서 끝맺고 있습니다. 변죽을 울린다는 것은 장구에서 울림통의 복판을 치는 것이 아닌 조임줄을 거는 가장자리를 치는 것을 말합니다.(마음은 울림통의 복판을 쳐서 곧 조선 팔도 백성들의 가슴에 경종을 울리고 싶지만.) 이와 같은 표현법은 그림의 운필(運筆；그림을 그리거나 글씨를 쓰기 위해서 붓을 놀림)과도 같으니, '그림의 형태나 기법이 간단할수록 그 소재 자체에 부여하는 상징적 의미가 더 중요하게 부각된다.'고 하기 때문입니다.

또한 이 시처럼 닭 울음소리에서 시작하여 매화로 끝맺는 시상의 전개는 후대의 저항시에도 영향을 주었으니, 일제 강점기하 저항시의 대표작 중의 하나인 이육사(李陸史；1904~1944년)의 시 〈광야(曠野)〉입니다. 일부를 인용하여봅니다.

(전략) …

어데 닭 우는 소리 들렸으랴.

…

지금 눈 내리고

매화 향기(梅花香氣) 홀로 아득하니
내 여기 가난한 노래의 씨를 뿌려라.
… (후략)

양한묵 선생은 이 시를 쓰던 해에 자신의 죽음(1919년 5월 26일 殉國)을 예견하였을까요. 시인의 국가와 사회를 바라보는 더듬이는 그 어느 사상가나 철학자, 예술가보다 예민하다고 합니다. 그래서 독재자가 가장 싫어하는 예술가는 시인이라고 하듯이, 작가의 비장하고 결연한 의지가 저변에 깔려있음도 읽을 수 있습니다. 시는 읽는 사람에게 울림[感動]을 주기 위해서 쓰기 전, (곧 울림을 주기 위해서는) 작가 자신의 마음과 가슴에서 먼저 예민한 더듬이로 울림을 느껴야 써지는 진솔한 표현이기 때문에, 자신의 감정과 느낌에 충실하여야 만합니다. 작가 양한묵 선생은 이 시에서 새해 새날이 오는 길목에서 자신 스스로가 한 떨기 매화처럼 살리라, 떨어지는 순간까지 그리하여 암향(暗香;그윽이 풍기는 향기, 곧 매화의 향기를 말함)이 되어 한 겨울 냉기 속에 조선팔도에 아련히 퍼지리라는 치열熾烈한 지사적志士的 다짐 속에 강인한 기품과 고고한 기상이 엿보입니다.

어느 무명시인의 시를 인용하며 갈무리합니다.

아배 죽어 산에 묻고
어매 죽어 강에 묻고
자식 죽어 가슴에 묻고
지집 죽어 눈물로 묻고
자유 죽어 뼈로 묻고
민주 죽어 피로 묻고
다섯 자 한 푼 이 몸 죽어 청산 가면 된다지만
역사야,
너마저 죽는다면 묻힐 땅이 없구나.

오달제 필 묵매도(吳達濟筆墨梅圖) 윤집(尹集), 홍익한(洪翼漢)과 함께 삼학사(三學士) 중 한 분인 오달제(1609~1637년)의 매화 그림이다. 그림 상단에는 그의 현손(玄孫)인 오언유(吳彦儒)가 쓴 숙종과 영조의 어제시(御製詩)가 있다.(국립중앙박물관 소장)

부록

(산문·만사·사설)

부록에 대하여

부록에는 지강 선생이 『천도교월보』에 발표한 한시 이외의 글들인 수필 형식의 산문 3편, 헌사와 만사 6수는 지강 양한묵 선생의 증손인 양덕승이 게재한 「芝江 梁漢默 先生 一代記」(『백성이 한울이라』, 예원, 1996년 10월 발행) 속에 실린 글을 옮긴 것입니다. 만사(輓詞)는 곧 만장(輓章;죽은 사람을 슬퍼하여 지은 글로, 장사 때 비단이나 종이에 적어서 기를 만들어 상여 뒤를 따름)으로 주로 시를 말하는데, 양한묵 선생이 기미년(1919년) 5월 26일 서울 서대문 감옥소에서 암살(독살)되던 당시에는 제대로 장례의식을 갖출 수도 없는 상황이었기 때문에 수철리(水鐵里;현 서울시 성동구 금호동)의 공동묘지에 임시로 안장하였습니다. 그 후 천도교 주최로 순국 3주년을 맞이한 해인 1922년 5월에 향리인 전라남도 화순군 도곡면 신덕리 뒤 '달구산'에 이장합니다. 이 사실은 당시 국내외에 널리 알려져 중국 상해(上海)에서도 애국지사 300여 명이 참석하여 추도식을 거행하였으며(『朝鮮民族運動年鑑』, 在上海 日本總領事館 警察部 第2課 發行), 당시 국내외 많은 독립지사들과 사람들이 선생의 죽음을 애도하며 만사를 지어 제대로 의례를 갖추게 되었습니다. 그러나 당시의 만장을 화순경찰서와 도곡면 지서(파출소) 순경들이 압수 폐기하려 하자, 자손들이 황급히 거두어 항아리에 넣어 대숲에 묻어 오늘날까지 친필 만장 실물이 전해지고 있습니다. 이 만장의 시들은 차후에 다시 추가 공개할 것입니다.

093

새해를 맞은 한 마디 말

新歲一語

漢水에 氷高ㅣ 幾許오. 夕響이 在戶러니 素月이 按碧空일새 長安이 用其明ᄒᆞ고 北岳이 居長年이라 小山이 起東川이라.

夫天地난 聲光質의 變化機頭에 其功을 保ᄒᆞᆫ 者ㅣ 皇爺ㅣ 在宮ᄒᆞ시니 大吏ㅣ 聽其庭이러라.

人은 天地躬의 表와 神明舍의 裏로 大世主標를 秉ᄒᆞᆫ 者ㅣ라 百年兩頭의 玄玄冥冥은 截然是天分이오 百年內一地난 天分人分의 同調니 此同調의 大面目은 光譽福澤이 其果를 呈ᄒᆞ도다.

人이 天聲天光天質의 變化機에 居ᄒᆞᆫ 者로 變化ㅣ 自分이오 在今日ᄒᆞ야 歲樞ㅣ 亦改ㅣ라 善變化의 步調로 新歲新天의 大光輝를 伴ᄒᆞᆷㅣ 可ᄒᆞ도다.

光譽난 配天保天의 靈感中에 生功澤ᄒᆞ며 福澤은 食天用天의 正軌上에 得ᄒᆞᆫ 者니 守心正氣의 大訓下에 立ᄒᆞ야 性宮에 生佛ᄒᆞ며 命宮에 生仙ᄒᆞ며 身宮에 生儒ᄒᆞᆷ이 究一人의 本地로다 天區ㅣ 凝大碧ᄒᆞ야 纖靄ㅣ 不生ᄒᆞ며 巖石이 食水火ᄒᆞ야 風雨를 不( )ᄒᆞ며 大林이 倚春秋ᄒᆞ야 千章을 成ᄒᆞᄂᆞ니 天証人証이 新歲一語를 供ᄒᆞ도다.

-『천도교월보』, 1917년 1월호

현대역 (역자 주 : 이해의 편의를 위해 현대역에 번호를 붙이고 해설함)

(1) 한강물의 얼음 두께는 얼마나 되는가. 저녁 어스름은 창문에 스며들고 흰 달이 파란 하늘을 순행할 때 장안은 그 밝음을 사용하고, 북악산은 긴 세월 동안 앉아 있는데, 작은 산(필자 주;일본 후지산)이 동쪽 내(필자 주;동해)에서 솟아났네.

(2) 대저 천지의 소리와 빛과 바탕이 변화하는 중심에서[307] 그 공을 지키시는 사람인 황제皇帝[308]가 궁궐에 계시고 대신大臣[309]들은 궁정宮廷에서 (황제의 下命을) 받들었다.

(3) 사람이란 천지간에 몸을 겉으로 하고 정신[310]을 속으로 하여 큰 세상에서 수된 표시標識로 하여 지키는 자이다. 평생 양쪽 끝[兩頭;몸과 정신]의 깊고 오묘하며[311] 깊숙하고 어둑한[312] 것을 확실하게 구별하는[313] 것은 하늘의 구분[天分]이요, 평생 동안 한 땅 안에서 하늘의 구분[天分]과 사람의 구분[人分] 사이의 조화를 함께해야 하는 것이니, 이 함께하는 큰 모습은 영광과 명예와 복택福澤으로 그 결과를 드러내는 것이다.

사람은 하늘의 소리와 하늘의 빛과 하늘이 준 자질의 변화의 기추機樞[314]에 있는 자로, 변화를 스스로 구분하고, 오늘에 있어 세상 변화의 가장 중요한 기추 또한 고칠 수도 있다. 이러한 변화에 보조步調를 잘 맞추면 새로운 해에 새로운 세상의 커다랗고 아름답고 환한 빛과 짝할 수 있다.

---

307 機頭(기두) : 도투마리. 베를 짤 때에 날실을 감는 도구.

308 皇爺(황야) : 황제(皇帝). 어린나이에 황제에 등극했을 때 애칭(愛稱)이나 미칭(美稱)으로 황제를 불렀던 칭호.

309 大吏(대리) : 대신(大臣). 조선시대에는 2품 이상을 대신이라 함.

310 神明(신명) : 사람의 정신이나 심사(心思)를 이르는 말. 마음의 작용. 남명 조식(南冥曺植 ; 1501~1572년)은 이러한 마음의 작용을 집[舍]으로 그린 '신명사도(神明舍圖)'로 '마음을 나라를 다스리는 왕의 정사'에 비유.

311 玄玄(현현) : 헤아릴 수 없을 정도로 깊고 오묘함.

312 冥冥(명명) : 깊숙하여 어둑한 모양.

313 截然(절연) : 경계가 분명한 모양. 확실하게 구별되는 모양.

314 機樞(기추) : 사물의 관건이 되는 부분을 비유하는 말.

(4) 빛나는 영예는 큰 덕[大德]으로 하늘에 필적하고[315] 천명을 보호하는 영감靈感[316] 가운데 공과 은택이 살아나며, 복택福澤은 식천食天[317]과 용천用天[318]의 바른 궤도軌道 위에서 얻는 것이다. 따라서 바른 마음을 견지하고[守心], 바른 기풍[正氣]이라는 큰 가르침 아래 올바로 서야, 천성天性의 궁전宮殿에 부처[佛]가 살아나고, 운명運命의 궁전에 신선神仙이 살아나며, 몸의 궁전[身宮]에 선비[儒]가 살아남으리니, 한 사람이 궁구窮究해야 할 본래의 땅이다. 천추天樞[319]가 큰 옥돌[大碧]로 엉기어 가느다란 아지랑이도 생기지 않으며, 암석巖石이 물과 불을 삼켜 바람과 비를 일으키지 않으며, 큰 숲은 춘추(계절)에 의지하여 천 그루의 나무[320][千章]를 이루니, 하늘이 증험하고 사람이 증험하는 새해를 맞이하여 한 마디 말씀을 정성스럽게 드린다.

해설

새해를 맞이하여 한 마디 덕담을 한다면 무슨 말을 할까요. 지금의 범인들이야 자손들의 세배를 받으면서 '새해 복 많이 받아라, 새해에는 건강해라, 새해에는 소원성취하기 바란다.' 등의 덕담을 할 것입니다.

그러나 지금으로부터 100여 년 전 나라를 빼앗긴 지 10여 년이 다가오고 있고, 독립의 기운은 갈수록 사그라들어 앞날은 암담하고, 일본 제국주의 칼끝이 호시탐탐 독립을 도모하는 사회 지도층 인사들을 겨누고 있을 때, 새해를 맞이하여 한 마디 한다는 것은 쉬운 일이 아니었을 것입니다. 그리고 자칫 반일反日이나 항일抗日의 뜻을 내포하는 언사로 새해 덕담의 글을 썼다가

---

315 配天(배천) : 덕이 커서 하늘에 필적함. 『易, 繫辭 下』에 「하늘과 땅의 큰 덕은 살리는 것(天地大德曰生)」.

316 靈感(영감) : 신령한 감응. 신기한 영험.

317 食天(식천). 사람들이 의지하며 살아가는 가장 중요한 사물을 비유. 백성들은 먹는 것을 하늘처럼(가장 중요하게) 여긴다[以食爲天]는 것. 『史記, 酈食其傳』에 「王者以民爲天, 民者以食爲天」.

318 用天(용천) : 용천인지(用天因地). 천시(天時)를 이용하고 지리(地利)에 순응함. 『東觀漢記, 公孫述傳』에 「蜀地沃野千里, 土壤膏腴 …… 所謂用天因地, 成功之資也」

319 天樞(천추) : 하늘의 중심(中心). 북두칠성의 첫 번째 별. 추성(樞星). 하늘의 중추(中樞).

320 千章(천장) : 천 그루의 나무. 또는 큰 나무.

는 책(『천도교월보』)이 배포도 되기 전에 신년호부터 압수당하기 다반사였던 시대였던 만큼 새해 덕담은 고심에 고심을 더하지 않을 수 없는 상황이었을 것입니다. 언론검열言論檢閱을 피하면서도 언중유골(言中有骨; 말 속에 뼈가 있다는 뜻으로, 예사로운 말속에 단단한 속뜻이 있는 말)로 정문일침(頂門一鍼; 정수리에 침을 놓는다는 뜻으로 따끔한 충고나 교훈을 일컬음)의 새해덕담을 하기 위해서는 고도의 비유나 상징, 암시적 함축을 내포하지 않고서는 불가능한 일이었을 것입니다.

(1)에서 필자는 이러한 고심의 흔적을 자연스럽게 글 속에 녹여냅니다. 먼저 임동설한에 세헤를 맞이하니 추위 이야기를 한다는 것은 당연한 것이고 검열의 시비 거리가 되지 않았겠지요. 그래서 '한강물의 얼음 두께는 얼마인가?'로 시작합니다. 그러나 전통 시가 속에 고난과 역경의 현실인식을 함축하는 단어(單語)로 '겨울(추위), 어둠·석양(암담한 현실), 가을, 구름(간신) 낀 하늘' 등의 단어는 보편적으로 쓰이는 말들입니다. 곧 '일제의 억압은 어느 정도인가?'라는 현실 물음을 추운계절을 표현하는 척하며 글 속에 함축시키고 있지요. 물론 '한강물'의 한강漢江은 곧 한양漢陽이자 조선朝鮮을 의미합니다. 이러한 표현들은 고래로 망해버린 나라를 애석해 하는 시 속에서도 자주 보이니, 예를 들면 고려 말 유신으로 고려의 멸망을 한탄했던 원천석(元天錫; 1330~?)은 회고가懷古歌에서,

> 흥망(興亡)이 유수(有數)하니 만월대(滿月臺)도 추초(秋草)ㅣ로다.
> 오백 년(五百年) 왕업(王業)이 목적(牧笛)에 부쳐시니
> 석양(夕陽)에 지나는 객(客)이 눈믈계워 ᄒᆞ노라.

라고 하였고, 양한묵 선생보다 생몰연도는 뒤지지만 같은 일제 강점기의 아픈 역사 속에 살며 조국의 독립을 애타게 부르짖었던 이육사(李陸史; 1904~1944년)의 시 〈광야(曠野)〉에서도,

(전략) …

지금 눈 내리고

매화향기(梅花香氣) 홀로 아득하니

내 여기 가난한 노래의 씨를 뿌려라.

… (후략)

이와 같은 현실인식의 표현을 볼 수 있습니다. 그리고 이어지는 문장에서 「저녁 어스름은 창문에 스며들고 흰 달이 파란 하늘을 순행할 때 장안은 그 밝음을 사용하고」에서는 평화로웠던 지난 세월을 함축하고, 또 「북악산은 긴 세월 동안 앉아 있는데」에서 '북악산' 곧 삼각산은 조선왕조의 궁궐이 자리하고 있는 곳으로 곧 우리 민족의 오백 년 이어온 장구한 역사를 의미함은 물론이겠지요.

그리고 (1) 단락의 표현의 백미는 이어지는 「작은 산이 동쪽 내에서 일어났네.(小山이 起東川이라)」입니다. 문맥의 전후를 살펴보면 다소 생뚱맞은 표현이 아닐 수 없습니다. 평이하게 읽으면 다소 무의미하게 읽힐지 모르겠습니다만, 일본제국의 돌출과 그로 인한 평지풍파(平地風波; 평온한 자리에서 일어나는 풍파라는 뜻으로, 뜻밖에 분쟁이 일어남을 비유)로 조선이 겪어야 하는 국망國亡의 치욕의 세월들을 의미합니다. '작은 산[小山]'은 일본인들이 영산靈山으로 여기는 상징적인 후지산富士山이고, '동쪽의 내[川]'는 곧 우리 어민들의 생활터전인 동해東海를 말하고 있습니다. 일본인들이 영산으로 여기는 후지산을 한낱 '작은 산' 곧 '보잘 것 없는 산'으로, 일본인들이 역사 속에서 대륙진출의 야망을 가지고 그토록 건너오고 싶어 했던 동해바다를 우리 마을아이들이 물고기 잡고 물장구치며 놀던 '내[川]'로 향소과장(向小誇張; 사물이나 사실을 지나치게 작게 형용하는 표현법)으로 표현하고 있습니다. 이것은 지금 일본이 무력을 앞세워 우리민족을 짓밟고 있지만 얼마가지 못하여 거꾸러질 것이라고 하며, 하찮고 사소한 것으로 얕잡아 봄과 동시에 민족적 자긍심을 일깨워 주는 일석이조一石二鳥의 효과를 은밀히 숨기고 있는 내용이라 하겠습니다. 이러한 촌철살인(寸鐵殺人; 한 치의 쇠붙이로도 살인하다는 뜻으로, 간단한 말로도 남을 감동시키거나 남의 약점을 찌를 수 있음)의 의표意表를 일본인 검열관들이 읽어냈다면 어찌했을까요?

(2)에서는, 우주와 천지는 끊임없이 변화하는 것이고, 그 변화의 중심을 지키는 사람은 황제이시고, 그 황제는 지금 궁궐에 계시며 대신들은 황제의 명을 받들었다고 합니다. 곧 나라가 잘 다스려졌던 시절을 회상하는 것으로 보입니다. 여기서 황제라는 칭호는 어린 나이(12세)에 등극한 고종황제(高宗皇帝; 1852~1919년. 재위; 1863~1906년)를 말한 듯합니다. 이 글을 썼던 해가 1917년이므로 고종이 붕어崩御하기 2년 전이고, 조선의 마지막 임금 순종純宗도 불과 4년 정도 왕위(재위; 1907~1910년)에 있다가 1910년 경술국치庚戌國恥를 맞았습니다. 국가는 망했어도 정신과 혼은 살아 있음을 회고回顧·회고懷古로 짧게 언급한 것으로 보입니다. 그 이유는 이전에 양한묵 선생도 이미 1909년에 이재명 의사(李在明義士; 1890~1910년)의 이완용李完用 암살 미수사건[321]에 연루되어 4개월여 투옥된 바 있습니다. 따라서 일본 경찰을 비롯 관계당국에 의해 '요시찰 대상인물'로 감시를 받는 등 당시 상황으로 보아 검열 등 여러 가지 난관을 감안했을 것으로 여겨집니다.

(3)에서는, 새해를 맞이하여 '나라에 대한 백성百姓'이나 '국가에 대한 국민國民'으로서의 자세를 말하는 것이 아니라, 시간과 공간을 초월한 '보편적인

321 이재명의 이완용 암살 미수 의거 : 평안북도 선천 출신 이재명(李在明 ; 1890~1910년)이 미국에 있다가 제1·2차 한일협약이 강제 체결되자 국권회복을 목적으로 1907년 귀국하였다. 1909년 1월 이토히로부미(伊藤博文)가 안중근(安重根)에 의해 사살되자 귀국하여 친일매국노 이완용(李完用)·이용구(李容九)·송병준(宋秉畯) 등을 없애려 했다. 1909년 12월 서울 종현천주교당 앞에서 군밤장수로 변장하여 벨기에 황제 레오폴드2세 추도식에 참석하고 나온 이완용을 세 차례 찌른 사건.

사람[人]'의 바람직한 삶에 대해 서술하는 것으로 단락을 시작합니다. 곧 사람이란 두 가지의 실체인 육체[躬]와 정신[神明]으로 존재하는 것이며, 이 두 가지의 조화로운 삶에 의해 영광과 명예와 복택을 누릴 수 있다고 합니다.

아울러 사람이란 하늘로부터 받은 본바탕[聲·光·質]은 변화하는 것이며, 그 변화의 기추에 있는 것은 본인 자신이라고 하면서, 변화를 구분하고 기추에 서서 고칠 수 있어야 한다고 합니다. 그리고 변화에 보조를 맞출 수 있을 때 새해에 새 세상에서 아름답고 환한 빛과 함께할 수 있다고 합니다. 이것은 사람 개개인의 삶을 운명론運命論에 의해 결정짓지 말고 보다 적극적으로 운명을 개척해 가자고 역설하는 것이며, 이면에는 우리 민족이 처한 일제 강점기라는 상황에 대해 체념하지 말고 보다 적극적으로 조국과 민족을 위해 개개인의 삶의 전환으로부터 국가적 존망에까지 생각과 관심의 일대전환을 촉구하는 것입니다.

(4)에서는 특히 한국인에게 있어 최고의 이상적 삶의 모델인 '덕德 있고 복福 많은 사람'에 대해서 말하고 있습니다. 덕 중에서도 '대덕大德'의 경지는 하늘에 필적할 만하다고 말하고, 그것은 천명(天命;하늘의 명령)을 지키는 것에서 비롯하여 공功과 은택恩澤이 생겨난다고 합니다. 이어 복福이란 곧 먹는 것[食]에 걱정이 없는 것이며, 풍족한 음식만을 단순하게 의미하는 것이 아니라, 그 음식을 얻는 과정이 천시天時와 지리地利에 바르게 순응해서 획득하였을 때라고 말합니다. 아무리 의식주가 풍족해도 바르게 얻지 않는 것이 아니라면 안 된다는 뜻이겠지요. 이러한 상태를 '바른 마음을 견지하고[守心] 바른 기풍[正氣]'이라고 강조합니다.

곧 예로부터 '음덕양보(陰德陽報;착한 일이나 덕을 베푸는 일은 남 모르게 할지라도 밝게 세상에 알려져 그에 합당한 應報를 받는다)'라 했으니, 『명심보감(明心寶鑑)』 첫머리에 「착한 일을 하는 이에게는 하늘이 복을 주고, 착한 일을 하지 않는 이에게는 하늘이 화를 내릴 것이다.(子曰, 爲善者天報之以福, 爲不善者天報之以禍)」라고 했으며, 중국 『회남자(淮南子), 인간훈(人間訓)』에서 「음덕이 있는 사람은 반드시 현세에서 報應을 받는다.(有陰德者必有報應)」라고 했습니다. 이렇듯 '복 많은 사람', '복을 받았다'는 말은 우리 민족에게는 최고 행복의 경지이며, 이를 오복(五福;壽·富·康寧·攸好德·考終命)이라고 하였지요.

마지막으로 다시 한 번 오복 받기를 기원하지만 '바른 마음을 견지하고[守心] 바른 기풍[正氣]'을 갖는 것이 반드시 선행해야 하니. 그럴 때 어떤 장애도 방해가 될 수 없음을 재삼재사 당부하면서 새해 덕담의 글을 끝내고 있습니다. 그러나 이 내용이 과연 새해맞이 덕담으로 끝나는 것일까요. 만약에 이 글을 일본제국주의자들이 읽고, 우리 나라사람들이 읽어서 마음과 가슴에 일으키는 파장波長이 있다면 어떤 내용일까요. 총과 칼로 이웃나라를 짓밟으면서도 잘못을 모르는 과이불개(過而不改;잘못을 하면서도 잘못을 고치지 않는 태도)의 태도에 대한 일침이며, 우리 나라사람들에게는 일제 강점기라는 난세亂世에 보다 적극적으로 '바르게 산다'는 것의 진정한 의미는 무엇일까를 다시 한 번 일깨우고자 하는 글이라 하겠습니다.

094

청산
青山

漢城이 圄新春이라. 微黃이 上柳眉ᄒᆞ니 正是活活界消息이러라.

吾亦立活中이라 立活中ᄒᆞ야 衣風烟食日月이 爲幾多年고 年多則年中債ㅣ必高高積積이니 若令閻王으로 執其案이면 吾生은 空生이로다.

吾宜早自改圖ᄒᆞ야 不爲債中人이어ᄂᆞᆯ 不此爲心ᄒᆞ고 惟以古奴今奴로 爲心志ᄒᆞ며 惟以外淫內淫으로 爲耳目ᄒᆞ며 惟以大禽小禽으로 爲言語ᄒᆞ니 可怪로다.

是時에 正愁惘이러니 淸風이 入戶ᄒᆞ고 靑山이 從其後라. 吾ㅣ 遂與語曰「山何嵬嵬立中天ᄒᆞ야 以不知로 爲知ᄒᆞ며 以不勝으로 爲勝이오 雖有大霆이 垂其首리오 不失其容ᄒᆞ며 雖有大智誘其衷이라도 不易其守오 靑山이 無言이오 惟白雲이 掩其頂이러라.」

-『천도교월보』, 1917년 3월호

현대역 (역자 주 : 이해의 편의를 위해 현대역에 번호를 붙이고 해설함)

(1) 한성漢城의 사방이 신춘이라, 엷은 누런색[322]이 버들잎[323]에 띠니 바야흐로 생기 넘치는 세상의 소식이라.

(2) 나 또한 생기 넘치는 가운데 서 있도다. 생기 넘치는 가운데 서 있어 옷깃에 스치는 바람을 맞으며 태평세월[烟食日月][324]을 지낸 것이 몇 해인가. 나이가 많다는 것은 곧 나이가 많을수록 진 빚이 필시 높고 높게 쌓이고 쌓인 것이다. 만약 염라대왕閻羅大王[325]으로 하여금 (진 빚을 적어놓은) 문안文案을 처리하게 한다면 내가 살아온 인생은 덧없는 삶이로다.[326]

나는 응당 일찍이 스스로 계획을 바꿔 사람들에게 빚을 지지 않았어야 했거늘, 이런 마음을 갖지 않고 오로지 예나 지금이나 미천한 자신[327]을 (한결같이) 마음과 뜻으로 여기고, 오직 나라 안팎을 유람遊覽하는 것을 관찰하고 이해하는[328] 것으로 여겼으며, 크고 작은 새들이 지저귀는 소리들로 여겼으니 가히 괴이한 일이다.

(3) 이때에 이르러 시름하며 번민하노라니 청풍이 집으로 불어오고 청산이 그 뒤를 따르는구나. 내가 마침내 그(청산)와 더불어 말하기를,

---

322 微黃(미황) : 엷은 황색.

323 柳眉(유미) : 버들눈썹. 버들잎.

324 烟食日月(연식일월) : 강구연월(康衢煙月). 태평한 세월.

325 閻王(염왕) : 염라대왕(閻羅大王). 불교에서 지옥(地獄)을 관장하는 신.

326 空生(공생) : 석가모니 10대 제자 중의 한 사람인 수보리(須菩提)의 별명. 본문에서는 '덧없는 인생(삶)'이라는 뜻.

327 奴(노) : 자기에 대한 겸칭.

328 耳目(이목) : 듣고 봄. 전의되어 관찰함과 이해함. 본문에서는 작가 양한묵 선생이 30세가 되던 1892년에 탁지부(度支部) 주사(主事)로 전라남도 화순군 능주 세무관으로 부임(1894년)하고, 이후 1894년 동학농민운동이 일어나자 장흥과 보성 등지에서 압송되어 온 많은 동학농민군들을 구출한다. 그리고 3년 만에 사직하고 가족들과 서울로 이거한 후 1897년부터 4~5년 간 중국 각지를 유람하고, 다시 일본으로 건너가 각지를 시찰하며 세계대세를 통찰하던 중 1902년 일본 나라(奈良)에서 망명 중이던 천도교의 중심인물 손병희(孫秉熙)·오세창(吳世昌)·권동진(權東鎭)·조희연(趙羲淵) 등을 만나 천도교에 입교하고 사생결의(死生決意)를 맺음.

「산은 어찌하여 하늘 가운데 높아 알지 않는 것으로 앎을 삼으며, 이기지 않는 것으로 이김을 삼으며, 비록 큰 천둥소리가 울려 그 머리를 숙이더라도 그 모습을 잃지 않으며, 비록 큰 꾀로 그 마음속을 유혹하더라도 그 지조를 바꾸지 않는 것인가?」라고 물어도, 청산은 말이 없고 오직 흰 구름만이 그 꼭대기를 가리고 있네.

해설

앞서 지강 선생의 시를 읽노라면 유달리 '청산青山'이란 시어詩語를 자주 사용하고 있음을 볼 수 있습니다(92수의 시 중에서 12수). 자연히 눈길이 시어 '청산'의 사용의도와 의미가 무엇인가를 생각하게 했습니다. 또한 번역도 '푸른 산'이라는 말보다는 '청산' 한자음을 그대로 사용했습니다. 물론 문맥 전후에 따라서 '푸른 산'으로 한 경우도 있습니다. 이유는 '푸른 산'으로 풀어쓰기보다는 한자음 그대로 '청산'이란 시어의 함축적 의미가 더 깊고 넓게 다가오기 때문이었습니다. 그러던 차에 다시 청산青山이란 제명題名의 이 글 한편이 실린 것을 보고 짧지만 지강 선생이 자주 쓴 시어 청산의 의미를 다소나마 천착(穿鑿;깊이 연구함)할 수 있겠다 싶었습니다.

우리 고대시가에서도 청산이란 단어는 특별한 시어로 쓰이는 경우를 종종 볼 수 있기 때문입니다. 우리가 친숙하게 읽었던 고려속요高麗俗謠 중 〈청산별곡(青山別曲)〉 첫머리에,

살어리 살어리랏다
青山애 살어리랏다
멀위랑 ᄃᆞ래랑 먹고
青山애 살어리랏다
얄리얄리 얄라셩 얄라리 얄라
(제1장;이하 생략)

이 노래에서 청산은 작가가 살고 싶은 최고의 이상향적理想鄕的 공간임을 알 수 있으며, 이 노래보다 조금 뒤인 고려 말 고승인 나옹선사 혜근(懶翁禪師惠勤;1320~1376년)의 〈청산은 나를 보고(青山兮要我)〉에서도,

청산은 나를 보고 말없이 살라하고(青山兮要我以無語)
창공은 나를 보고 티없이 살라하네(蒼空兮要我以無垢)
(이하 생략)

이 노래에서 청산은 개인적 삶의 방향과 방법을 함축하고 있습니다. 시시비비是是非非를 가리자고 왈가왈부曰可曰否하지 말고, 묵묵히 지켜보면 세상만사는 돌고 돌아 제 자리를 찾게 마련이라는 뜻일까요?

또 무명작가의 시조 〈나비야 청산가자〉에서는,

나비야 청산가자 범나븨 너도 가자
가다가 저물거든 꽃에 들어 자고 가자
꽃에서 푸대접하거든 잎에서나 자고 가자.

〈청산별곡〉에서처럼 청산의 공간은 근심걱정 털어버리고 마음껏 훨훨 날아 깃들고 싶은 공간 같습니다. 사람이 이상향을 찾는다는 것은 현실세계에 대한 부적응을 말하는 것이라고 합니다. 그러면 적응할 수 없는 현실공간이 어떤 모습이기 때문일까요. 사람마다 이유가 다양하겠지만 배고픔, 사랑하는 사람과의 이별, 서로 싸우는 아비규환(阿鼻叫喚;여러 사람이 참담한 지경에 빠져 울부짖는 참상) 같은 세상, 아니면 또 다른 이유로 마음 놓고 살 수 없는 세상·세계인 것만큼은 확실한 것 같습니다. 그러니 이상세계를 향한 공간이동이 자유로운 날개를 지닌 나비와 함께 가자고 하는 것이겠지요. 시가詩歌 속에서 이러한 공간이동의 자유를 상징하는 것들로 새, 구름, 바람 등이 자주 등장하는 것에서도 알 수 있습니다.

(1)에서 작가는 우선 온 세상이 생기 넘치고 활기찬 봄이 왔음을 말합니다. 버들잎 끝에도 노란 꽃과 함께 파란 새싹이 피어난다고 시각적으로 그려 냅니다.

(2)에서는 살면서 이렇듯 생기 넘치는 봄 속에 보낸 태평연월太平烟月이 그 얼마나 되느냐고 되돌아봅니다. 그러다가 이내 봄을 즐기는 것이 아니라, 살아온 세월이 많다는 것은 진 빚[債務]이 많은 것이라고 스스로 단정 짓습니다. 그리고 누구에게, 왜, 얼마만큼의 빚을 졌는가는 말하지 않고, 죽은 다음 저승의 염라대왕 앞에 가서 이승에서 진 빚을 적어놓은 장부帳簿를 펼치고 따져 본다면 내 인생은 덧없고 부질없을 것이라고 자탄(自歎)합니다.

그리고 이렇게 빚을 많이 진 이유는 '일찍이 계획을 바꾸지 못했기 때문'이라고 합니다. 무슨 계획을 어떻게 바꾸어야 했는지에 대해서 구체적인 내용은 전혀 언급하지 않으면서 후회와 한탄 속에 '미천한 자신[奴]의 외고집 인생길을 조금이나마 털어놓습니다. 지난 몇 년간 나라 안팎을 유람했던 것을 세상 문물과 격변하는 국내외 정세를 살피고 견문을 넓히고자 하는 기간이었다고 스스로 위안했던 것이며, 때로는 세상일과는 오불관언(吾不關焉;나는 상관하지 않음)하는 태도로 자연 속 유유자적하며 새들 울음소리나 심취하며 은자隱者처럼 살아온 것들이 잘못되고 괴이怪異한 삶이었다고 합니다.

실제 작가 양한묵 선생은 처음으로 탁지부度支部 능주綾州 세무관稅務官으로 관직에 출사하여 2년여 근무하다가(1894~1896년) 동학농민혁명으로 잡혀온 많은 무고한 농민들을 석방해준 뒤 관직을 버리고, 1897년(36세)부터 7~8년 동안 중국(1년 남짓)과 일본으로 건너가 귀국하기까지(1898~1903년) 유랑(?)생활을 합니다. 본문에서 회한悔恨한 시기는 이 기간이었을 것으로 추측할 수 있습니다. 왜냐하면 이 기간 동안 돛대도 부러지고 돛폭도 찢어지고 키도 없고 노[棹]도 없는 가운데, 나라는 격변하는 국제정세의 격랑 속에서 중심을 잡지 못하고 기울어가고 있었기 때문입니다. 기울어 가는 나라를 바로 세운다는 명분 아래 간신배들만 득실거리는 배를 바라보면서 아무 것도 하지 못한 자책自責의 한탄이라고 여겨집니다. 다만 이 기간 일본에 망명 중이던 천도교 중심인물 손병희(孫秉熙 ; 당시 가명 李尙憲 또는 李笑笑)·오세창吳世昌·권동진權東鎭·조희연趙羲淵 등을 만나 결사동맹決死同盟을 맺은 것은 그의 인생의 새로운 전환점이 된 것으로 여겨집니다.

(3)에서 봄을 맞았으나 시름과 번민이 많아 '봄 같지 않은 봄[春來不似春]'[329]을 보내고 있는데, 청풍이 불어오고 청산이 그 뒤를 따라왔다고 하면서, 그(청산)와 대화를 나누었다고 합니다. 그러면서 청산의 모습 4가지를 말하는데, 알지 않는 것을 앎으로 여기며[大智如愚][330], 지는 것을 이기는 것으로 여기며[必死則生][331], 머리를 숙일 때도 있으나 모습은 잃지 않으며[柔能制剛][332], 큰 꾀로 마음을 유혹하더라도 지조를 잃지 않으냐[百折不移][333]라고 묻습니다. 기실 묻는 것이 아니라 자신이 살아가야 할 방향과 방법을 물음의 형식을 통해 스스로에게 다짐하고 있는 것입니다. 그러면서 다시 '청산은 말이 없고 꼭대기는 흰 구름에 가려있다.'라고 하면서 글을 끝냅니다.

생명이 약동하는 봄을 맞이하여 청산을 바라보면서 청산과 대화를 나누고 '어떻게 살 것인가'를 청산에게 묻고 답하는 자문자답(自問自答 ; 스스로 묻고 스

329 春來不似春(춘래불사춘) : 초당(初唐) 동방규(東方虯)의 〈소군원(昭君怨)〉의 시구. 전한(前漢) 원제(元帝)가 흉노와의 화친을 위해 후궁 중 한 명을 흉노 추장에게 시집보내기로 했는데, 화가에게 뇌물을 주지 않아 못생기게 그려진 절세미인 왕소군(王昭君)이 채택되었다. 뒤에 이 사실을 안 원제는 가슴 아파했으나 어쩔 수 없이 보냈다. 이때 흉노에게 시집 간 왕소군의 심정을 후대 동방규가 시로 쓴 것인데, 시의 전문은「胡地無花草, 春來不似春, 自然衣帶緩, 非是爲腰身」. 왕소군은 서시(西施)·초선(貂蟬)·양귀비(楊貴妃)와 함께 중국 4대 미인으로 꼽힌다.

330 大智如愚(대지여우) : 대지약우(大智若愚). 지혜가 뛰어난 사람은 스스로를 드러내지 않으므로, 도리어 어리석게 보인다는 말. 송(宋) 소식(蘇軾)의 〈賀歐陽少師致仕啓〉에「大勇若性, 大智如愚」.

331 必死則生(필사즉생) : 죽음을 각오하면 산다. 『戰國策, 齊策』에「使曹子之足不離陳, 必死而不生, 則不免爲敗軍禽將」.

332 柔能制剛(유능제강) : 부드러운 것이 강한 것을 제압함. 『後漢書, 臧宮傳』에「黃石公記曰, 柔能制剛, 弱能制彊, 柔者德也, 剛者賊也, 弱者仁之助也, 彊者怨之歸也」.

333 百折不移(백절불이) : 백절불요(百折不撓). 백절불굴(百折不屈). 백 번 꺾이어도 지조를 바꾸지 아니함. 한(漢) 채옹(蔡邕)의『大尉橋公碑』에「其性疾華尙樸, 有百折不搖, 臨大節而不可奪之風」.

스로가 답을 함)의 형식으로 글을 끝내고 있으나, 독자로 하여금 동참同參하게 하는 강한 구심력求心力과 흡인력吸引力을 가진 글이라고 하겠습니다. 작가 양한묵 선생보다 다소 후대의 시인 이상화(李相和；1901～1943년)가 천도교의 후원을 받는 잡지 『개벽(開闢)』에 시 〈빼앗긴 들에도 봄은 오는가〉를 발표(1926년 『개벽』지는 이 시 발표를 계기로 폐간되기에 이릅니다.)하는데,

지금은 남의 땅－빼앗긴 들에도 봄은 오는가?
… (중략) …
그러나, 지금은－들을 빼앗겨 봄조차 빼앗기겠네.

라고 노래했습니다만, 양한묵 선생은 빼앗긴 청산 곧 조국의 산하와 대지를 바라보면서 한탄과 절망을 초월하여 새로운 각오를 다짐하는 모습이 의연하게만 느껴집니다.

095

세밑에
年終

噫라 此問題에 對ᄒᆞ야 吾人의 感想上 二條路가 生ᄒᆞᄂᆞ니 一은 驚怕想의 轉出路오 一은 振發想의 起行路라 此二條路頭에 立ᄒᆞ야 吾人의 宇宙一鐸을 鳴ᄒᆞᆷ이 足ᄒᆞ노다.

一, 驚怕想의 轉出 : 青猓鬢上에 白雪이 飛墜ᄒᆞ거늘 茶童이 垂睡러라 一好漢이여 冊案邊에 頹坐ᄒᆞ야 睛光이 微赤ᄒᆞ고 首髮이 蓬蓬ᄒᆞ니 昨日馳獵場中에 一蹄를 不得ᄒᆞᆫ 者라 乃心語曰, "嗚呼라 光陰의 促促이여 已히 年代의 一小期에 及ᄒᆞ거ᄂᆞᆯ 吾年이 今幾許濱고 自謀1 不臧ᄒᆞ야 吾手의 (展)이 彼耳를 未執ᄒᆞ며 吾足의 行이 彼地를 未躡ᄒᆞ니 道德의 初筭도 冷筭이요 功澤의 初想도 虛想이라 吾ᄂᆞᆫ 泡花津上에 疎影이 依稀ᄒᆞᆫ 者니 世界兒가 吾에 對ᄒᆞ야 大債案을 叫起ᄒᆞ면 吾ᄂᆞᆫ 何辭何顏으로 相對地에 立ᄒᆞᆯ고 念線이 此에 盤桓ᄒᆞ다가 小步를 移ᄒᆞ야 軒角에 立ᄒᆞ니 海山에 曉月이 蒼蒼ᄒᆞ더라.

一, 振發想의 起行 : 天行이 彌遠ᄒᆞ야 界眼이 無ᄒᆞ거든 人行이 天行을 從ᄒᆞ야 其眼光의 初及地에 至ᄒᆞᄂᆞ니 原初 其眼光이 自己靈包中에 起ᄒᆞ야 範圍를 彼岸頭에 定ᄒᆞᆯ 時에 那思想을 聘ᄒᆞ야 那花那果의 始終을 得ᄒᆞ고 道德의 花로 道德의 果를 期ᄒᆞ던지 功澤의 始로 功澤의 終을 待ᄒᆞ던지 其大小高低의 科를 彼仰享者의 大小高低에 準ᄒᆞ며 其要法의 主着點은 天樞의 轉轉機를 執ᄒᆞ야 雖斯須間이라도 其手를 不弛ᄒᆞᄂᆞ니 天行이 近이면 人行이 亦近이오 天行이 遠이면 人行이 亦遠ᄒᆞ도다.

究天行은 末日이 無혼 者로 明日天이 今日天에 比較ᄒ면 其光이 益著ᄒ며 其功이 益大ᄒ나니 人은 常히 昨日天을 割ᄒ야 半夢에 付ᄒ고 明日天을 執ᄒ야 萬業의 完算을 成혼 者라 天行이 不息일ᄉ|明日이 亦在在어니 此明日中에 在혼 我地의 新과 我身의 新은 用力ᄒ면 便收得이오 收得ᄒ면 此道德功澤의 影響으로 天地古今이 赫赫혼 新面目을 呈ᄒ리로다.

吾人의 主標ᄂ 天道의 居와 天道의 衣와 天道의 食을 備ᄒ야 自養의 贍足과 他養의 普遍을 謀혼 者라 請大眺어라 天道尾의 昨日과 天道首의 今日이 總히 吾人의 關係地니 兩叚關係地에 在ᄒ야 驚怕想의 轉出路를 取홈이 可홀가 振發想의 起行路를 取홈이 可홀가 再思量호니 左手의 失墜도 感想上의 價値者오 右手의 收取도 感想上의 價値者라 並히 左右手를 仔細看ᄒ야 感想上의 要的을 得홈이 可ᄒ도다.

大凡感想에 基ᄒ야 事實을 得혼 者도 有ᄒ며 事實에 證ᄒ야 感想을 起혼 者도 有ᄒᄂ니 吾人은 感想과 事實을 左右手에 分執ᄒ야 感想이 至홀 時에 事實의 起頭處를 見ᄒ며 事實이 生홀 時에 感想의 定筭點을 見홈이 可ᄒ니 一言을 蔽ᄒ면 感想은 事實의 首尾오 衿袍오 路程이로다.

吾人은 先天後天에 立ᄒ야 日新月新의 大標榜을 執혼 者라 先天을 約言ᄒ면 曰 不價値者오 後天을 更譯ᄒ면 曰 好價値者니 先天의 不價値者어든 左手失墜의 科에 付ᄒ야 此로 後天을 鑑戒ᄒ며 後天의 好價値者어든 右手收取의 實을 成ᄒ야 此로 先天을 替代ᄒ면 先天의 一退步와 後天의 一進步에 吾人의 道德功澤이 自爾히 其大頭를 起ᄒ리로다 且說 年은 光陰의 寸尺表오 終은 始의 段落地니 試問吾人의 天道中事業이 此 年終을 因ᄒ야 其段落을 告홀가 若曰 事業의 段落이 年終을 隨ᄒ야 其案을 證홀 者라 ᄒ면 是ᄂ 小事業이니 小事業은 小兒의 科라 吾人이 此를 不做ᄒ면 不飽ᄒ도다.

雖然이나 一寸이 無ᄒ면 一丈이 無ᄒᄂ니 小事業은 大事業中 一寸이라 吾人의 寸寸의 事業을 亦不棄ᄒᄂ니 此를 棄ᄒ면 大野l 荒蕪ᄒ며 人族이 病廢ᄒ도다.

故로 一日終에 一日의 感이 有ᄒᆞ며 一月終에 一月의 感이 有ᄒᆞ며 一年終에 一年의 感이 有ᄒᆞᄂᆞ니 是感이 小起ᄒᆞ면 小事業을 成ᄒᆞ고 大起ᄒᆞ면 大德業을 成ᄒᆞᆯ 者라 吾人은 濶面으로 五萬年大感을 立ᄒᆞ야 此로 天地를 包圍ᄒᆞ고 窄面으로 一日一月一年의 小感을 起ᄒᆞ야 今日에 失ᄒᆞᆫ 者란 明日에 收ᄒᆞ며 今月에 失ᄒᆞᆫ 者란 明月에 收ᄒᆞ며 今年에 失ᄒᆞᆫ 者란 明年에 收ᄒᆞᆷ이 此ᄂᆞᆫ 感想上實策이니 是策이 始終地에 確立ᄒᆞ면 人의 人地와 世界의 世界地와 古今의 古今地는 竟히 天道의 貳色을 不售ᄒᆞ리로다.

卒曰 大言者의 言을 吾聞호니 왈 天의 天事와 人의 人事와 禽獸의 禽獸事와 草木의 草木事가 皆天道니 明日者도 天步오 昧目者도 天步라 ᄒᆞ며, 細言者의 言을 更聞호니 曰 冥見에 冥想이 有ᄒᆞ며 陽見에 陽想이 有ᄒᆞ며 小步에 小矩를 蹈ᄒᆞ며 大擧에 大輪을 乘ᄒᆞ야 其口에 孔釋老의 言을 發ᄒᆞ며 其行에 曾史桀跖의 路를 分ᄒᆞ면 是ᄂᆞᆫ 天道의 要樞를 乘ᄒᆞᆫ 者라 謂ᄒᆞᄂᆞ니 吾ᄂᆞᆫ 大言細言을 幷不却ᄒᆞ노라 大言處에 大源을 發ᄒᆞ기 易ᄒᆞ며 細言中에 世宙를 飼ᄒᆞ기 足ᄒᆞ니 年終의 感이 有ᄒᆞᆫ 者여 舊事業의 抱來線과 新事業의 抽出案을 自己心肚裏에 料理ᄒᆞ거든 大觀時에 大言을 用ᄒᆞ며 細觀時에 細言을 用ᄒᆞ야 裕裕密密의 地에 道德功澤의 首를 據ᄒᆞᆷ이 可ᄒᆞ도다 謂ᄒᆞ노니 迂夫ᄂᆞᆫ 日感月感年感이 無ᄒᆞᆫ 者로 此를 人에게 讓ᄒᆞ도다.

-『천도교월보』, 100호 기념호. 1918년 12월호

현대역 (역자 주 : 이해의 편의를 위해 현대역에 번호를 붙이고 해설함)

(1) 슬프구나! (묵은해가 가고 새해를 맞이하는) 이 문제에 대하여 내 생각에 두 가지 길이 생기니, 하나는 놀래고 두려운 생각[334]으로 옮겨가는 길이오, 다른 하나는 발상을 떨치고 일어나 나아가는 길이다. 이 두 가지 길 앞에 서서 나는 천지사방과 고금에 한 번 경종[一鐸;警鐘]을 울리기에 충분하다.

(2) 一. 두렵고 놀라운 생각으로 옮겨감에 대하여 : 푸른 삽살개[335] 수염 위에 흰 눈이 내리고, 차 끓이는 아이는 졸음 겨워하는데, 장래가 촉망되는 한 남자[336]가 책상 가에 쓰러져 앉았는데 눈빛이 발그레하고 머리털이 헝클어졌으니[337], 어제 사냥터에서[338] (짐승) 한 마리[339]도 잡지 못한 사람이다. 속으로 말하기를,

"안타깝구나, 세월[340]의 빠름이여. 내 나이 이미 젊은 시기에 이르렀으니, 내 나이가 지금 몇 살에 다다랐는가? 스스로 도모함도 두텁지 않아서 내 손을 펴서 저것을 아직 잡지 못하고, 내 발걸음이 저 땅을 아직 밟지 못하니, 도덕군자道德君子가 되려던 처음 꾀했던 것도 싸늘한 계획[341]이 되었고, 훈공勳功과 은택恩澤을 이루리라는 생각도 부질없는 생각이 되었도다. 나는 물거품[342] 이는 나룻가에서 또렷한 그림자[343]도 흐릿하게[344] 바라보는 자이니, 세상의 아이들이 나에 대하여 커다란 빚 문서로 불러일으키면 나는 무슨 말과 무슨 얼굴로 상대하는 처지에 설 수 있을까?"

---

334 驚怕(경파) : 놀랍고 두려움

335 青狵(청방) : 푸른 삽살개.

336 好漢(호한) : 의협심 많은 남자. 장래가 촉망되는 남자. 용감한 남자.

337 蓬蓬(봉봉) : 머리숱이 많고 헝크러진 모양.

338 馳獵(치렵) : 말을 몰아 사냥함.

339 一蹄(일제) : 한 마리. '제(蹄)'는 초식동물을 세는 단위. 마리.

340 光陰(광음) : 낮과 밤이란 뜻으로 세월.

341 冷筭(냉산) : 싸늘한 꾀. 쓸쓸한 계획.

342 泡花(포화) : 물거품. 또는 꽃 이름으로 늦봄에 차꽃[茶花]과 비슷한 꽃이 핀다. 본문에서는 전자.

343 疎影(소영) : 또렷한 그림자.

344 依稀(의희) : 흐릿함.

생각의 가닥이 여기에서 머뭇거리자[345], 작은 걸음을 옮겨서 난간 모서리에 서니, 바다 속 우뚝 솟은 산에 새벽달만 푸르더라.

(3) 一. 생각을 떨치고 일어나 나아가다 : 천도(天道 ; 하늘의 이치에 맞음)의 운행은 까마득히 오래되어[346] 눈에 보이는 경계가 없고, 사람의 행위는 천도 운행을 따르고 그 눈빛은 처음 땅에 이르러서야 도착한다. 그리고 맨 처음 그 눈빛은 자기 정신이 받아들이는 가운데 일어나서 범위를 저 언덕 가장자리까지 정할 때, 어떤 사상(思想)을 받아들여 어떤 꽃과 어떤 열매를 맺는 것으로 시작과 끝을 얻는다. 도덕의 꽃으로 도덕의 열매를 기약하던지, 공훈과 은택을 시작으로 공훈과 은택의 끝을 기대한다. 그 대소고저大小高低의 조목[科]은 저 (이미 이루어진 것을) 우러러보며 누리는 자의 대소고저에 준한다.

그 중요한 방법의 주된 도착점到着點은 천추(天樞;하늘의 중심)의 돌고 도는 기추(機樞;지도리)를 잡아서 비록 잠깐이라도 그 (잡은) 손을 늦추지 아니 해야 한다. 천도의 운행이 가까우면 사람의 행위도 또한 가까울 것이오, 천도의 운행이 멀어지면 사람의 행위도 또한 멀어질 것이다.

(4) 천도의 운행을 궁구함에는 끝나는 날이 없는 것이므로, 내일의 하늘이 오늘의 하늘에 비교하면 그 빛이 더욱 뚜렷하고 그 훈공도 더욱 크다. 사람은 늘 어제의 하늘을 나누어 반몽半夢[347]에 부치고 내일의 하늘을 잡아서 모든 일의 완전한 계산을 이루는 자이다. 천도의 운행은 쉬지 않으므로 내일 또한 곳곳마다 있으며, 이 내일 중에 있는 우리 땅의 새로움과 내 몸의 새로움은 힘을 쓰면 문득 얻을 것이요, 얻으면 이 도덕과 공훈과 은택의 영향으로 천지고금이 밝게 빛나는 새 모습을 나타낼 것이다.

(5) 우리들의 주 목표는 천도의 집과 천도의 옷과 천도의 밥을 준비하여 스스로 풍족함[348]을 기르고, (그 풍족함으로) 남도 길러주는 보편을 도모하는

345 盤桓(반환) : 머뭇거리면서 서성임. 배회함.

346 彌遠(미원) : 매우 오래됨. 까마득함.

347 半夢(반몽) : 반몽반성(半夢半醒). 꿈인지 현실인지 의식이 확실하지 않은 상태.

348 贍足(섬족) : 풍부하고 넉넉함. 풍족함

것이다.[349] 크게 바라보건대 천도의 끝인 어제와 천도의 시작인 오늘이 모두 우리가 관계하는 처지이니, 둘 사이에 관계하는 처지에 있어 놀라고 두려워하는 생각에서 옮겨 나아가는 길이 가능할까? 발상을 떨치고 일어나 나아가는 길을 취함이 가능할까? 거듭 생각하니 왼손(한편)으로 잃음[失墜]을 생각하는 것도 가치 있는 것이요, 오른손(한편)으로 받아드림[收取]을 생각하는 것도 가치 있는 것이다. 함께 두 측면[左右手]을 자세히 살피고 생각하여 중요한 목적을 얻어야 가능하다.

(6) 무릇 생각을 바탕으로 사실을 얻는 사람도 있으며. 사실에 증거하여 생각을 일으킨 사람도 있다. 나는 생각과 사실을 왼손 오른손에 나누어 잡아, 생각이 이를 때에는 사실이 일어나는 곳을 바라보며, 사실이 일어날 때에는 생각이 예정한 계산을 바라봄이 가능하다. 한마디로 말하면 생각은 사실의 시작과 끝이요, 마음속의 생각이나 정情이요[350], 거쳐 지나가는 과정[351]이다.

(7) 우리들은 선천先天[352]과 후천後天[353]에 서서 날로 새롭고 달로 새로워지자는 큰 주장[354]을 지키고 있는 자들이다. 선천은 말로하면 '가치(의 유무)를 정할 수 없는 것'이요, 후천을 달리 말하면 '좋은 가치'이다. 선천이 가치를 정할 수 없는 것이면 왼손으로 버리는 조목에 부치되, 이것으로 후천을 감계鑑戒하면[355] 된다. 후천의 가치를 좋아하는 자이면 오른손으로 얻음이 실질을 이룬다는 것이니, 이것으로 선천을 대체代替하면 된다. 선천의 한 걸음 물

349 自利利他(자리이타)의 정신, 곧 자신도 이롭고 남도 이롭게 하는 것을 말함.

350 衿袍(금포) : 마음속에 품은 생각이나 정.

351 路程(노정) : 거쳐지나가는 길이나 과정.

352 先天(선천) : 태어날 때부터 지니고 있는 것. 후천(後天)의 상대어.

353 後天(후천) : 태어난 뒤에 경험이나 지식 등을 통해 성질·체질 등을 지니게 된 것. 동학(東學)에서는 수운대신사(水雲大神師 : 崔濟愚)가 득도(得道)하기까지를 선천시대(先天時代)라 하고 득도 직후부터를 후천시대(後天時代)라고 한다.

354 標榜(표방) : 어떤 명목을 붙여 주의·주장을 내세움.

355 鑑戒(감계) : 지난 잘못을 거울삼아 다시는 잘못을 되풀이 하지 않게 하는 경계.

러나는 것(버리는 것)과 후천의 한 걸음 나아가는 것(실질을 얻음)에 우리들의 도덕과 공훈과 은택은 자연히[356] 그 커다란 실마리가 일어나리라. 또 말하건대 해[年;나이]라는 것은 세월의 작은 단위 표시表示요, 끝[終]은 시작[始]의 단락段落이 되는 지점인데, 시험 삼아 묻기를,

"우리들의 천도(를 실현하는) 사업이 해가 끝남[年終]으로 인하여 그 단락(맺음)을 말하는 것인가?"

라고 하니, 그대에게 말하노니,

"(천도의) 사업의 나뉘고 끊김이 해가 끝남을 따라 그 생각[案]을 증명하는 것이라면 이것은 작은 사업이고, 작은 사업은 작은 어린아이의 (자라나는) 과정科程이다. 우리들이 이것을 짓지(마무리하지) 아니하면 만족하지 않을 것이다.

(8) 비록 그러하나 일촌(一寸;한 마디)이 없으면 일장(一丈;한 길)이 없으니, 작은 사업은 큰 사업 중의 일촌이라. 우리들은 마디마디의 사업을 또한 버리지 못하니, 이것을 버리면 큰 들(계획이나 사업)도 잡초로 거칠어지고[荒蕪][357] 사람들은 병들어 그만두게 되는 것이다.

그러므로 하루가 끝남에 하루에 대한 생각이 있으며, 한 달이 끝남에 한 달에 대한 생각이 있으며, 일 년이 끝남에 일 년에 대한 생각이 있는 것이니, 이 생각이 작게 일어나면 작은 사업을 이루고, 큰 생각이 일어나면 큰 덕업德業을 이룰 것이다. 우리들은 넓고 큰 모습[358]으로 5만 년 큰 뜻과 생각을 세워서, 이것으로 세상을 에워싸야 한다. 작고 하찮은 모습[359]으로 하루, 한 달, 일 년의 작은 생각을 일으키면, 금일에 잃은 것을 내일에 거두고, 이 달에 잃은 것은 다음 달에 거두고, 올해에 잃은 것을 내년에 거두게 되니, 이것은 생각으로는 실제 방책方策이기는 하나, 이 방책으로 시작과 끝점이 확립된다면

356 自爾(자이) : 이제부터. 그로부터. 자연히. 저절로.

357 荒蕪(황무) : 거칠어지고 잡초가 무성해짐.

358 闊面(활면) : 넓고 큰 모습.

359 窄面(착면) : 작은 모습. 하찮은 모습.

한 개인의 개인이 처한 처지와 세계(인)의 세계가 처한 처지와, 고금의 고금이 처한 처지에서는 필경 천도가 거듭 행하여지지 않는다.

(9) 마지막으로 말하니, 큰일을 도모하는(큰소리치는)[360] 사람의 말을 내가 듣건대 말하기를,

"하늘의 하늘이 하는 일과, 사람의 사람이 하는 일과, 짐승의 짐승이 하는 일과, 초목의 초목이 하는 일 모두가 하늘의 이치[天道]이니, 밝은 눈(지혜로운 눈)을 가진 사람이 행하는 것도 하늘의 행보行步[361]요, 어두운 눈(어리석은 눈)을 가진 것도 하늘의 행보다."

라고 하였으며, 낮은 목소리[362]로 하는 말을 다시 들으니 말하기를,

"잠잠히 바라봄[363]에는 골똘한 생각[364]이 있으며, 능동적으로 바라봄[365]에는 능동적인 생각이 있으며, (보폭이) 작은 걸음에는 작은 곱자[366]로 따르게(그리게) 하며, 큰 것을 들면(듦에는) 큰 수레에 타야 하니, 그 입으로 공자孔子·석가釋迦·노자老子[367]의 말을 하나, 그 행동에 증자(曾子;曾參)·사추史鰌와 걸왕桀王·도척盜跖[368]의 행로를 나눌 수 있다면, 이 사람은 천도天道의 요추(要樞;중요한 機樞)에 오른 사람이라 일컫는다."

라고 하니, 나는 큰 소리[大言]와 낮은 소리[細言]를 함께 물리치지 못하노라. 큰 소리가 있는 곳에서는 큰 근원이 있기 쉬우며, 낮은 소리 가운데는 세

360 大言(대언) : 큰일을 도모하는 말. 공명정대한 말.

361 天步(천보) : 하늘의 행보(行步). 시대의 운수나 국가의 운수 따위를 이름.

362 細言(세언) : 세어(細語). 나지막한 목소리.

363 冥見(명견) : 잠잠히 바라봄. 말없이 조용히 바라봄. 그윽하다.

364 冥想(명상) : 눈을 감고 조용히 생각함. 골똘한 생각.

365 陽見(양견) : 적극적이고 능동적으로 바라봄. 양(陽)은 태극(太極)이 나뉜 두 기운 가운데 적극적이고 능동적인 면을 상징하는 두 범주. 하늘, 해, 더움. 수컷 따위로 나뉨.

366 小矩(소구) : 작은 곱자. '구(矩)'는 곱자로 방형(方形 : 네모반듯한 모양)을 그리는 데 씀.

367 孔釋老(공석노) : 공자(孔子)·석가(釋迦)·노자(老子).

368 曾史桀跖(증사걸척) : 증사(曾史)는 증자(曾子)와 사추(史鰌)를 아울러 이르는 말. 인(仁 : 曾參)과 의(義 : 史鰌)의 전형적인 인물. 걸척(桀跖)은 하(夏)의 걸왕(桀王)과 춘추시대 도척(盜跖)을 아울러 이르는 말로 흉악하고 잔인한 사람을 이름.

계를 먹여 기르기에 족하니, 한 해의 끝자락에서 생각이 있는 자여, 옛 사업에서 안고 온 줄기와 새 사업에서 뽑아낸 초안(草案; 계획)을 자기 마음속에서[369] 요리(料理; 처리.돌봄)한다면, 큰 것을 볼 때에는 큰 말을 사용하며, 작게 볼 때에는 낮은 말을 사용하여 마음 씀을 너그럽고 자유자재[370]로 하되 세밀한[371] 처지에서 도덕과 공훈과 은택의 시초[首]에 의거依據함이 가능하다고 일컫겠다. 이 우부迂夫[372]는 하루의 생각, 한 달의 생각, 한 해의 생각이 없는 사람이니, 이것을 다른 사람에게(다른 사람이 하도록) 사양辭讓하노라.

해설

새는 죽기 전에 가장 아름다운 소리로 운다고 했던가요. 때는 1918년 12월이니 불과 몇 달 후 1919년 3·1독립선언을 하고, 다시 두 달 후 1919년 5월 26일에 양한묵 선생은 옥중에서 순국殉國합니다. 민족대표 33인 중 가장 먼저 그리고 유일하게 옥사한 독립지사이시지요. 선생의 옥사에 대해서는 일제에 의한 암살暗殺 또는 독살毒殺설이 제기되었으나, 재판이 끝나기 전 죽음으로 인해 재판기록마저 제대로 남아 있지 않을뿐더러, 동학농민운동 때 생가마저 일제에 의해 불에 타 생전의 자료들이 전무하여 안타까울 뿐입니다.

1910년 8월『천도교월보』가 창간되고 1년 후인 1911년 6월호부터 7년 동안 꾸준히 '월보'에 자신의 심회를 쓴 한시를 한 달에 한 편씩 발표해 총 92편에 달합니다. 본문은『천도교월보』발간 100호(1918년 12월호) 기념호이자 한 해를 보내는 소회를 쓴 의미 깊은 장문의 수필입니다. 주 내용은 국민들에게 바라는 '한 해를 보내고 새해를 맞이하는 자세' 입니다.

---

369 心肚裏(심두리) : 마음속. 가슴속.

370 裕裕(유유) : 마음이 너그럽고 자유자재한 모양.

371 密密(밀밀) : 꼼꼼함. 아주 조밀하거나 세밀함.

372 迂夫(우부) : 양한묵 선생의 필명인 '지강우부(芝江迂夫)'.

(1)에서는, 서두에 '슬프구나!'로 시작하여 비장한 목소리로 말합니다. 무엇이 슬픈지는 이어지는 내용으로 짐작할 수 있습니다. 사람들이 한 해를 보내고 새해를 맞이하는 두 가지 방향, 곧 (일제의 억압에 대한) 놀람과 두려움으로 움츠러드는 것과, 다른 하나는 생각을 떨치고 일어나 가야할 길을 당당히 가는 사람이 있다고 합니다. 이런 상황 속에서 한 번은 세상을 향해 경종을 울려야겠다고 하는데, 어조語調에 사뭇 결기가 느껴집니다. 나라는 망한 지 10여 년에 가까워지는데 독립의 기미는 없으니 답답한 심정 때문이었으리라는 예측이 어렵지 않습니다.

(2)에서는 '두렵고 놀라움 속에 움츠러드는 사람'의 유형 한 가지를 구체적 예시로 제시합니다. 장래가 촉망되고 혈기왕성한 젊은이가 사냥을 갔다 왔는지 게슴츠레한 눈으로 책상 모서리에 엎드려 있는 모습을 묘사하고, 그가 허송세월하며 속으로 웅얼거리는 소리를 들려줍니다. 자세는 세상과 나라 현실과는 거리가 먼 오불관언(吾不關焉;나는 상관하지 않음)하며 속수무책(束手無策;어쩔 도리가 없어 꼼짝 못함)하는 태도입니다.

(3)에서는 '생각을 떨치고 일어나 나아가는 자세'에 대해서 말합니다. 우선 천도天道와 인도人道에 대해서 말하고, 사람의 눈빛이 미치는 범위는 곧 정신으로 정해지는데, 어떤 사상思想을 가지느냐에 따라서 꽃-열매-과일로 시작과 끝이 정해지기도 하고, 공훈과 은택의 끝을 기대할 수 있다고 합니다. 그리고 그것의 대소고저는 이미 그것을 이룬 사람들이 기준이 된다고 합니다. 방법은 기추機樞를 잡고서, 잡은 손을 늦추어서는 안 된다고 하며, 천도를 따라야 한다고 강조합니다. 이어 천도를 따르는(궁구하는) 사람은 오늘보다는 내일의 하늘이 더 크고 밝으며 훈공도 크다고 합니다. 곧 미래의 희망을 가지고 내일에 완전한 계산을 해가며, 우리 땅 내 몸의 새로움에 힘쓰면 도덕과 공훈과 은택이 밝게 빛날 것이라고 합니다.

(4)에서는 방법에 대해서 말하고 있는 바, 천도를 따라서 의식주衣食住를 풍족하게 기르고, 그 풍족함을 남에게도 나누어주어야 한다는 자리이타(自利利他; 나도 이롭고 남도 이롭게 함)의 자세를 말하고 있습니다. 또한 시간의 흐름 속에 잃는 것도 있고 얻는 것도 있으나, 놀라고 두려워하는 자세에서 생각을 떨치고 일어나 나아가면서 잃어야할 것에서도 타산지석(他山之石; 다른 사람의 하찮은 言行일지라도 나의 知德을 쌓는 데는 도움이 됨)이 될 만한 것도 있으니 두 가지 측면을 자세히 살피고 생각하라고 합니다. 아울러 (창조적) 생각과 사실事實과의 관계를 말합니다. 상상론자들은 순연한 백지 상태에서의 완전한 상상想像 곧 사실에 기반하지 않은 창조는 없다고 말합니다. 예를 들자면 비행기나 잠수함을 만든 것을 상상력(창조력)의 산물이라고 하지만, 만약 새[鳥]나 물고기[魚]가 없었다면 하늘을 날거나 물속을 다닌다는 것을 상상한다는 것은 불가능하다는 것이지요. 사람을 움직이게 하는 것은 '생각' 곧 의지意志가 중요하다고 말합니다. 우리 속담에 '세상만사 마음먹기 달렸다.'다고 한 일체유심조(一切唯心造; 모든 것은 마음이 지어내는 것)를 말하면서 생각의 중요성을 말하고 있습니다.

(5)에서는, 내용을 바꾸어 선천적인 것과 후천적인 것에 대해서 말하고 있습니다. 선천적인 것은 곧 태어날 때부터 지니고 있는(하늘로부터 받는)것이어서 '가치를 정할 수 없는 것'이고, 후천적인 것은 태어난 뒤에 경험이나 지식을 통해서 얻는 것이니 '좋은 가치'에 해당한다고 구별하고 있습니다. 곧 선천적인 것을 탓하거나 내세우지 말되, 굳이 내세우고 싶다면 후천적인 것의 감계鑑戒로 삼으라고 합니다. 가령 운동선수들이 선천적으로 부족한 신체적 장애를 극복하고(감계로 삼아) 세계 최고의 운동선수가 되었다는 일화를 볼 때면 우리가 감동하는 것과 같은 이치라고 하겠습니다. 이것을 좀 더 확대하여 이해하자면, 우리는 환경의 지배를 받는 '환경론자'가 될 것인가, 아니면 환경을 이겨내는 '환경 극복론자'가 될 것인가 하는 것과 같다고 하겠습니다.

(6)에서는 '한 해[歲, 年]가 끝나(간)다[段落]'는 의미에 대해서 말하고 있는데, 작은 일에는 작은 단락이 있으며, 그것은 그것대로 하나의 과정科程으로써 마무리하지 않으면 만족할 수 없다고 말합니다. 곧 일촌(一寸;한 마디)이 없으면 일장(一丈;한 길)이 없는 것이니, 작고 하찮은 일[小事]들이 모여서 큰 일[大事]를 이룬다는 것을 명심하라는 것이지요. 우리 속담에 '천 리 길도 한 걸음부터'라는 말과 같다고 하겠습니다. 그러므로 하루, 한 달, 한 해가 가고 옴에는 각각에 대한 생각이 있어야 한다고 말합니다. 그리고 오늘, 이 달, 올해에 이루지 못 한 일을 내일, 내달, 내년에는 이루어지겠거니 하면서 미루면 천도가 행해지지 않는다고 합니다.

(7)에서는, '큰 소리로 말하는 사람[大言;또는 큰 일을 도모하는 사람]'과 '낮은 소리로 말하는 사람[細言;잠잠히 바라보고 골똘히 생각하는 사람]' 두 종류의 사람을 비교합니다. 먼저 큰 일을 도모하는 사람은 천지만물 모든 하는 일들이 하늘의 이치[天道]이며, 사람으로도 지혜로운 사람 어리석은 사람도 하늘의 이치라고 말합니다. 이어서 잠잠히 바라보면서 골똘히 생각하고, 능동적으로 바라보는 사람은 사물이 처한 상황에 알맞게 대처하며, 공자,석가,노자 성인들의 말씀을 하고, 행동으로 인의仁義와 흉악하고 잔인한 사람을 나눌 수 있는 사람이니 천도의 기추機樞에 오른 사람이라고 합니다. 그러나 이들을 누가 옳고 그른 것인가를 따지지 말고 모두 받아들이라고 합니다.

그리고 이것들을 긍정적이고 수용적 자세로 받아들여야 할 것이니, 큰소리가 있는 곳에서는 큰 근원이 있으며, 낮은 소리 가운데는 세계를 먹여 기를 수 있다고 합니다. 따라서 각자의 마음속에 있는 계획을 잘 처리하고 돌보아 적재적소에 체體와 용用을 적용하라고 합니다. 그리고 마음 씀을 너그럽게 하되 자유자재로 세밀하게 도덕과 공훈을 이루는 시초에 의거하라고 당부합니다. 아울러 자신은 그럴만한 사람이 못되니 다른 사람이 꼭 이루어 달라고 겸사謙辭로 끝맺습니다.

나라는 망했고 10여 년이 흘러도 독립의 기미는 보이지 않는 캄캄한 가운데도 조국 독립이라는 희망의 끈을 놓지 않으려는, 한해를 보내고 새해를 맞이하는 시점에서 독자들에게 당부의 말을 하는 양한묵 선생의 절절하고도 충심이 서린 글이라 하겠습니다.

096

헌사(獻詞)
- 梁漢默 先生 遺芳을 追慕하며

哲宗 聖代에 東邦에 哲人이 탄생하니
十八歲에 이미 儒佛神卜의 造化를 깨달았고
弱冠의 求道家로 南海島의 眞主를 法問
이어 無等山에서 濟世安民을 冥想 또 祈願

露日戰爭의 國際幾微를 活用하려고
削髮黑衣 同志로 尊皇革新을 出發點으로……
天道敎를 開祖한 大憲宣布의 信仰
數많은 敎書를 지어 法燈을 쌓은 眞理
七七祈禱와 冠岳修鍊으로 獨立精神을 鼓吹
私學振興으로 民族正氣를 廣汎히 培養
아- 그리하여 水火不辭의 果敢한 宗敎軍!

이 嚴然한 愛國宗敎軍의 威力으로
갖은 彈壓과 懷柔術도 물리치고
海外 亡命同志와 內外呼應合流하매
倭政官犬도 '別乾坤'을 멀리서 짖을 따름

때는 己未年 先生의 年齒 五十八
아- 輔國安民 新宗敎의 거룩한 使徒시여
祖國의 모든 文化 쇠절구에 뼈 부서질 제
윌슨 大統領의 民族自決主義에 蹶起 않으랴!
寤寐不忘튼 民權과 自由를 絶叫 않으랴!

世界를 놀라킨 이 땅의 民族聖戰의 날
아! 三月一日!
先生은 손수 植木한 森林을 끌고
民族代表 三十三人 하나의 巨木으로
妖雲을 뚫고 높이 獨立을 宣言하니
피 끓는 노래 3천리에 烽火를 들다.
그러나 이에 또 다시 五月 二十六日이 있어
그 무슨 끔찍한 暗杖이나 毒藥이냐
아! 슬픈 선생의 獄死原因은
아직도 산 記憶에 아픔 새로워!

-『東國血史, 2卷』*, 36項에서

* 『동국혈사(東國血史)』는 단기 4288년(서기 1955년)에 순열정신선양회(殉烈精神宣揚會)에서 간행된(한국문화사 발행) 조선 초기부터 1955년까지 생명을 초개같이 여기며 나라를 위기에서 구해낸 대표적 인물들을 선별하여 쓴 역사인물전기로 제1, 2권으로 합본되어 있으며, 제1권에는 충무공 이순신, 민영환 등 21명의 인물과 사건을, 제2권에서는 권율 장군 등 23명의 인물과 사건을 약전(略傳)과 헌사(獻詞), 유영(遺影) 등을 중심으로 쓴 책이다. 이 가운데 지강 양한묵 선생은 제2권에서 6번째 인물로 약전과 헌사, 유영과 필적(筆蹟), 필적역(筆跡譯)과 반장시(返葬時)의 신문사설로 꾸며져 있다.

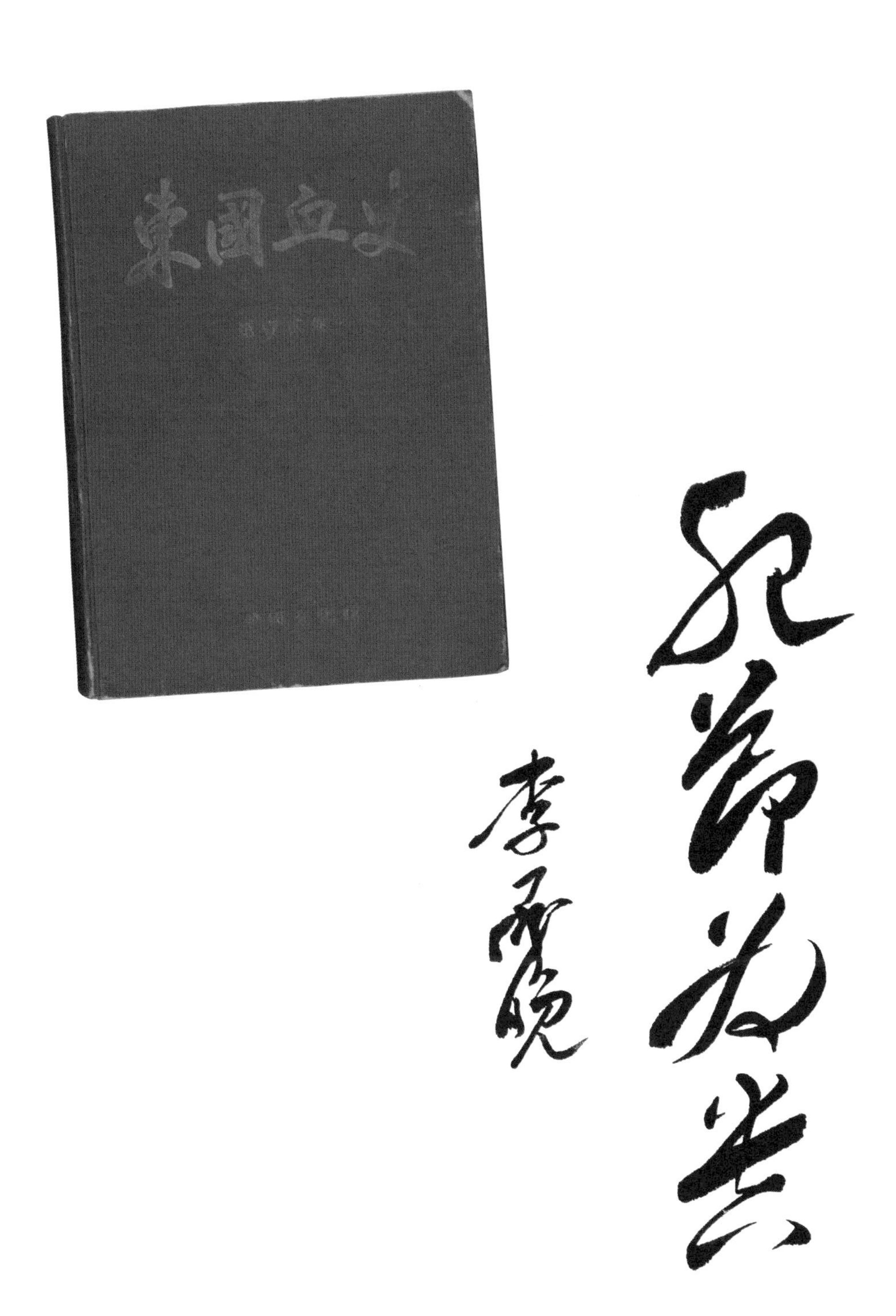

「東國血史」 표지와 이승만(李承晩) 대통령 휘호 헌사(獻詞)를 싣고 있는 『東國血史』 표지(上)와 책의 출간을 축하하는 이승만(李承晩) 대통령의 휘호(下). 휘호의 내용은 '사절위귀(死節爲貴)' 곧 '절개를 위해 죽는 것이 귀한 것이다.'라고 씀.

만사(1)
輓詞(一)

- 박동완(朴東完)*

千里江南路 천리강남로
傷心此別離 상심차별리
欲說還無語 욕설환무어
我恨有誰知 아한유수지

천 리 길 강남에
가슴 찢어질 듯한 이별이며.
마음속 하고픈 말은 많지만 말이 없으니
이 원한을 뉘라서 알리요.

* 박동완(朴東完) : 1885(고종 22)~1941년. 독립운동가. 민족대표 33인 중 한 사람. 호는 근곡(槿谷). 감리교 제일교회 전도사로 근무하는 한편 기독신보사 서기로 전도와 독립사상 고취에 힘썼다. 박희도(朴熙道)로부터 독립 계획을 듣고 찬동하여 1919년 2월 27일 여러 동지들과 정동교회 내에 있던 이필주(李弼柱) 집에 모여 천도교 측이 작성한 독립선언서에 민족대표로 서명하고, 3월 1일 인사동 태화관에 손병희 등과 민족대표로 참석하여 만세삼창을 외친 뒤에 검거되어 2년간의 옥고를 치루었다. 1928년 하와이로 이주하여 한인교회 목사로 근무하면서 국내의 흥업구락부와 비밀연락을 취하여 독립운동을 계속하다가 병사하였다. 1962년 건국훈장 대통령장이 추서되었다.

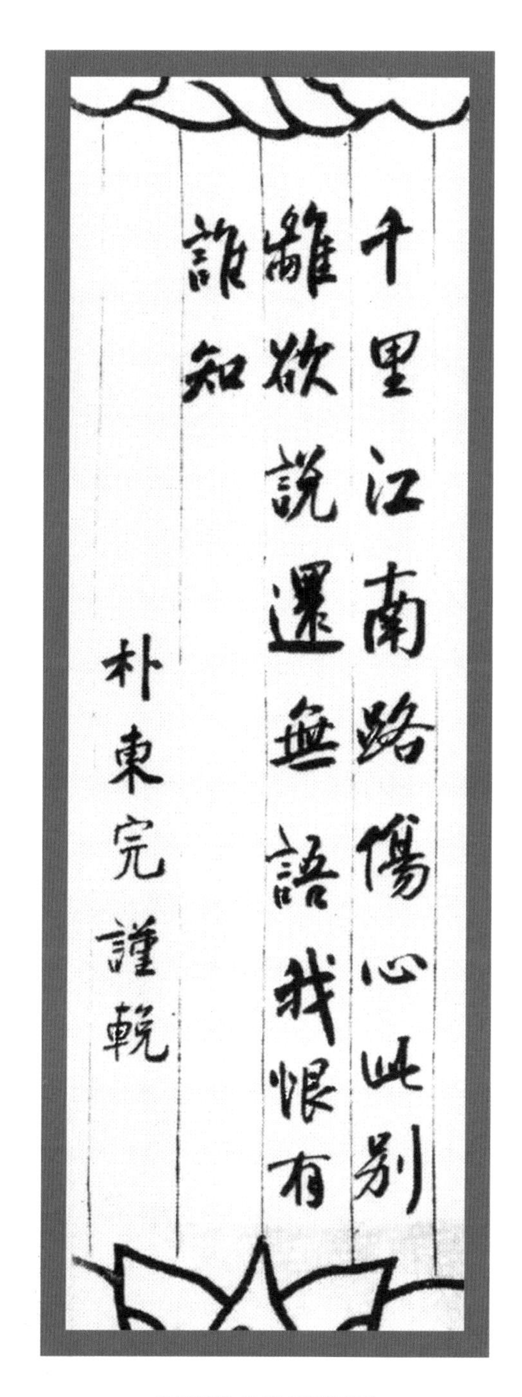

박동완(朴東完) 만사(輓詞)

만사(2)
輓詞(二)

- 나용환(羅龍煥)*

兩翁心事上天知 양옹심사상천지
出處存亡一輿之 출처존망일여지
隔壁相呼如昨日 격벽상호여작일
東城草宿已多時 동성초숙이다시

두 분의 심사는 하나님이 알고 계시는데
출처와 존망을 관념치 아니하고 任意에 부치셨다.
옥중에서 벽을 사이에 두고 서로 인사를 하던 날이 어제 같은데
동쪽 성의 지하에 고이 잠드심도 이미 오래다.

* 나용환(羅龍煥) : 1864(고종 1)~1936년. 독립운동가, 천도교교인이자 민족대표 33인. 호는 택암(澤菴). 평안남도 성천 출신. 23세 때 동학에 가담하여 나인협(羅仁協)과 함께 동학농민운동에 참가. 1919년 2월 천도교 기도회 종료 보고와 국장 참배를 위해 상경, 손병희(孫秉熙)·권동진(權東鎭)·오세창(吳世昌) 등을 만나 3·1 독립만세운동 계획을 듣고 찬동하여 서명에 동의. 2월 27일 오세창(吳世昌)·홍기조(洪基兆)·김완규(金完圭)·양한묵(梁漢默) 등과 함께, 김상규(金相奎) 집에 모여 독립선언서에 날인하였다. 3월 1일 태화관에서 만세삼창을 외치고, 2년간의 옥고를 치렀다.

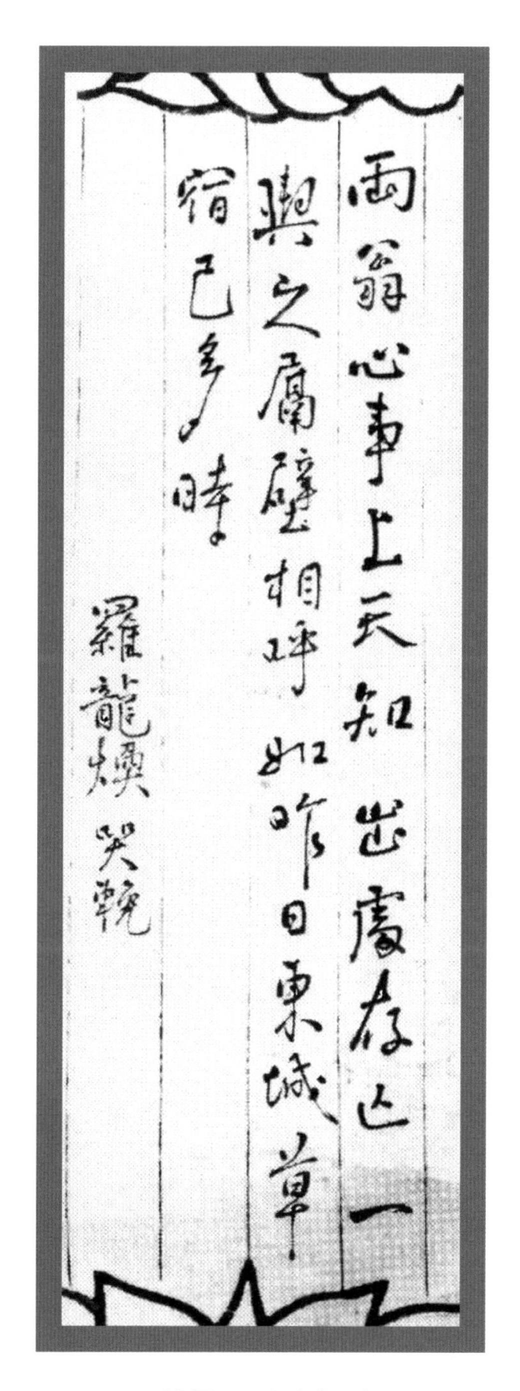

雨翁心事上天知出處存亡一
與之隔壁相呼如昨日東城草
宿已多時

羅龍煥 哭輓

나용환(羅龍煥) 만사(輓詞)

만사(3)
輓詞(三)

- 이종훈(李鍾勳)*

君去我往同 군거아왕동
我來更不同 아래갱부동
在今亦不同 재금역부동
千載一心同 천재일심동

그대 가는 곳에는 늘 나도 함께 갔는데
내가 왔는데 다시는 함께 하지 않네.
지금 있는 곳이 또한 같지 않더라도
천년을 한 마음으로 함께하리라.

* 이종훈(李鍾勳) : 1855~1931년. 독립운동가 민족대표 33인 중 한 사람. 호는 정암(正菴). 경기도 광주 출신. 25세에 동학에 입교하여 1894년 동학혁명에 참여하였다. 1898년 6월 천도교 2세교조 최시형(崔時亨)이 교수형을 당하자, 옥리를 매수하여 시체를 빼내어 광주에서 장례를 치렀다. 1902년 손병희(孫秉熙)와 일본으로 망명하여 권동진(權東鎭)·오세창(吳世昌)을 만나 구국의 방도를 논의하였다. 3·1운동에 민족대표로 참여하여 일본 검찰에 검거되어 2년간 옥고를 치렀다. 1922년 7월 출옥하여 천도교인을 중심으로 조직된 고려혁명위원회의 고문으로 추대되어 항일운동을 계속하였다. 1962년 건국훈장 대통령장이 추서되었다.

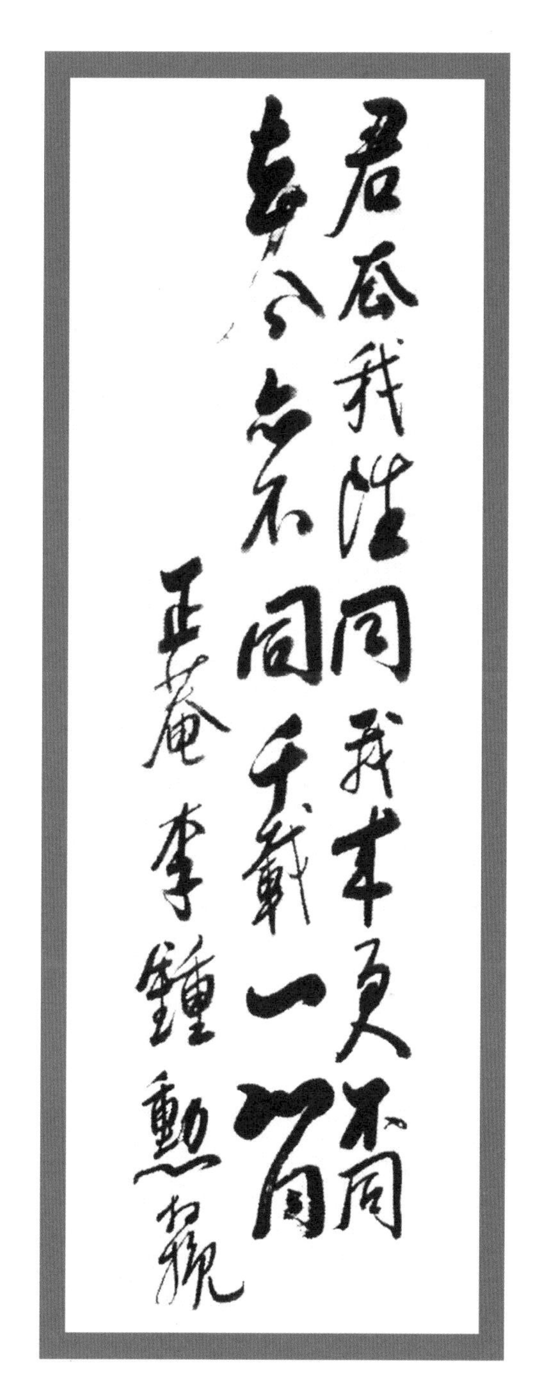

이종훈(李鍾勳) 만사(輓詞)

만사(4)
輓詞(四)

김완규(金完圭)*

風雨金鷄夜 풍우금계야
飛生暗與期 비생암여기
誰分今日路 수분금일로
相見更無時 상견갱무시

비바람 몰아치고 금계가 울던 밤에도
날아오르기를 남모르게 기약하였는데,
누가 오늘의 길을 갈라놓았는가?
서로 볼 날이 다시는 없겠구려.

* 김완규(金完圭) : 1876~1949년. 독립운동가. 민족대표 33인 중 한 사람. 호는 송암(松巖). 서울 출신. 한성부주사(漢城府主事) 등을 지내다가 국권상실 이후에는 천도교에 입교하여 봉도(奉道)·법암장(法庵長) 등을 역임하였다. 1919년 국장(國葬) 참배를 위하여 상경하여 3·1 독립만세운동 계획을 듣고 민족대표로 서명 동의하여 독립선언식에 참여한 후 일경에 검거되어 징역 2년의 옥고를 치렀다. 출옥 후 천도교 도사(道師)로서 종교활동과 민족운동을 계속하였다. 광복 후에는 국민회의 재정부장을 지냈고, 1962년 건국훈장 대통령장이 추서되었다.

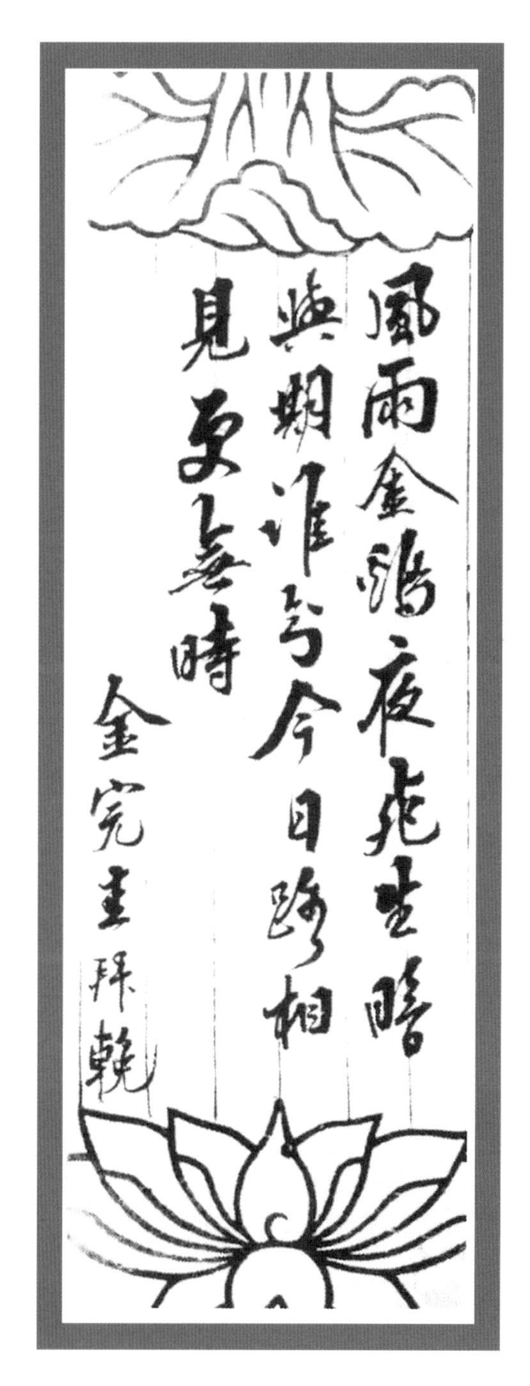

김완규(金完圭) 만사(輓詞)

만사(5)
輓詞(五)

- 권동진(權東鎭)*

願滿行成政此時 원만행성정차시
今□*君捨我獨何之 금□군사아독하지
荒山落日窮天恨 황산낙일궁천한
不是殘年遠別離 불시잔년원별리

덕행(德行)이 가득하고 일을 바루기를 원하는 이때에
지금 당신께서는 나를 버리고 어디를 홀로 가셨는가요.
황량한 산하에 해는 지고 원한은 하늘에 사무치는데
살날이 얼마 남지 않았는데 멀리도 떠나시는군요.

* 권동진(權東鎭) : 1861~1947년. 독립운동가. 3·1운동 때 민족대표 33인 중 한 사람. 호는 애당(愛堂)·우당(憂堂). 천도교에 입교한 뒤의 도호는 실암(實菴). 경기도 포천 출생. 19세에 조선육군사관학교에 입학하여 관리를 지내다가 일본으로 망명하여 11년간 동경에 체류하였다. 일본에서 만난 손병희(孫秉熙)의 영향으로 천도교에 입교하여 도사(道師)가 되었고, 1918년 미국 대통령 윌슨의 민족자결주의 14개 조항을 읽고 구체적으로 독립운동을 전개하기로 결심. 12월 천도교 측 오세창(吳世昌)·최린(崔麟) 등과 함께 최초로 독립운동을 발의하여 손병희와 상의하였다. 3·1운동 때 민족대표 33인으로 서명하고 일경에 체포되어 3년간 옥고를 치렀다. 출옥 후 신간회 부회장으로 항일민족운동을 적극 전개하였다. 1962년 건국훈장 대통령장이 추서되었다.
* □ : 공격(空格). 상대방을 공경하는 뜻으로 한 글자를 비우는 것.

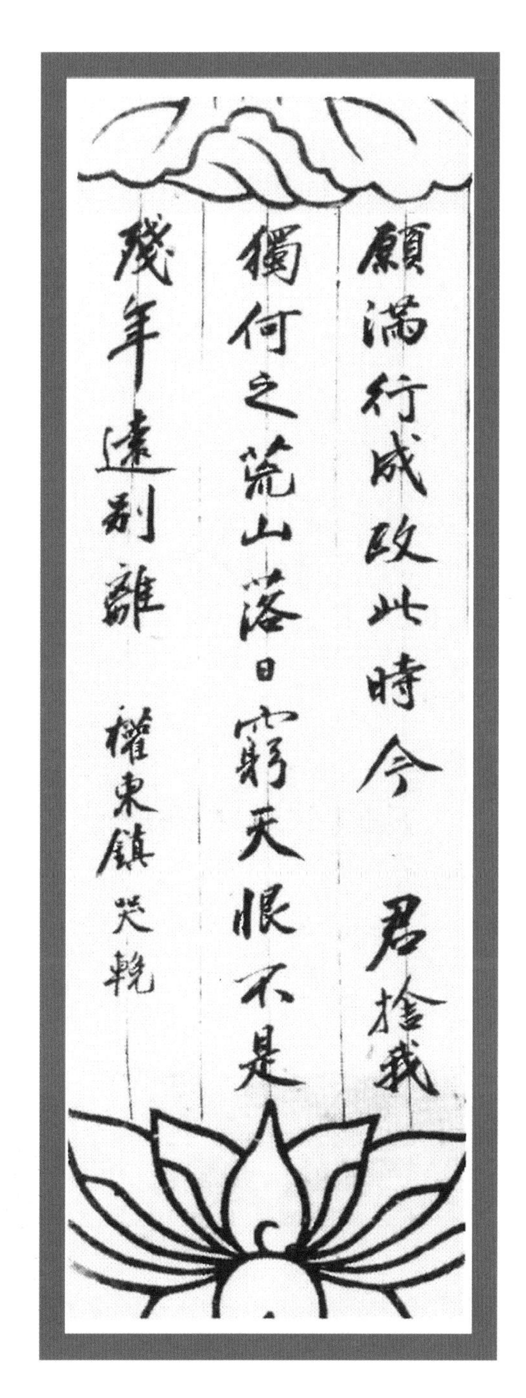

권동진(權東鎭) 만사(輓詞)

만사(6)

輓詞(六)

- 이종린(李鍾麟)*

平生何所志 평생하소지

一完自分明 일완자분명

夜夜金山月 야야금산월

年年杜宇聲 연년두우성

일생을 두고 품은 마음

일사보국의 장치가 분명하네.

밤마다 변함없이 금산의 달은 떠오르고

해마다 두견새는 그대의 무덤에 슬피 우네.

* 이종린(李鍾麟) : 1885(고종 22)~1950년. 언론인·정치인. 아호는 봉산(鳳山), 도호는 보암(普菴). 충청남도 서산 출생. 향리에서 한학을 수학하다가 상경하여 1908년 성균관 박사가 되었다. 1912년 천도교에 입교하여 천도교 월보과(月報課) 주임으로 언론을 통한 포교활동 전개하였다. 3·1운동 때 《독립신문(獨立新聞)》 주필로 민족의식 고취에 기여하는 한편 교령 또는 장로로 종교 활동을 계속하였다. 광복 후 제헌국회에 진출하고 2대국회의원에 당선, 6.25 사변 당시 북한군에 체포되어 옥중에서 반병하여 가출옥한 후 병사하였다.

死사와 永生영생
- 梁漢默先生(양한묵 선생) 返葬(반장)[373]에 對(대)하야[374]

(東亞日報 社說, 1922년 5월 6일(토). 제616호, 1면)

死는 人生의 暗黑面이며 恐怖門이니 人生의 免치 못할 運命이라. 旣히 免치 못할 運命임으로 또한 不可避한 問題라 하노라. 그러나 世間에 生을 惜하는 사람은 잇서도 死를 惜하는 사람은 적으며, 生에 對하야 憂慮하는 사람은 잇서도 死에 對하야 念及하는 사람은 稀少하도다. 吾人은 如何히 하여 死할가 하는 것도 또한 人生의 大問題라 하겟도다. 吾人은 歷史를 讀하야 大宗敎의 發源을 考察하엿도다. 그러나 宗敎는 生하기 爲하는 敎訓보다 死에 對한 大悟어니, 釋迦가 人生의 四苦를 感하야 解脫의 道를 說하얏스며, 耶蘇가 同胞의 原罪를 贖하야 永生의 道를 開하엿나니, 解脫과 永生은 이곳 死의 問題를 解決하는 方法이라. 賢人의 說示와 哲學의 主旨가 天

373 返葬(반장) : 객지에서 죽은 사람을 그가 살던 곳이나 고향으로 옮겨 장사지냄. 지강 양한묵 선생은 1919년 5월 26일에 서대문 형무소에서 순국(殉國, 暗殺 또는 毒殺)하고, 서울 교외 수철리(水鐵里;현 서울시 성동구 금호동 일대. 옛 지명 豆毛坊. 두묵개) 공동묘지에 묻힌 후, 3년 만인 천도교 주최로 1922년 5월 8일 향리인 전라남도 화순군(和順郡) 도곡면(道谷面) 신덕리(信德里) 뒤 '달구산'에 안장하였다. 다시 1949년에 장손 회경(會慶)에 의해 현 묘소가 있는 화순군(和順郡) 화순읍(和順邑) 앵남리(鸚南里) 앵무봉(鸚鵡峯) 산록에 이장하였다. 정부에서는 국립묘지 순국선열 묘역으로 옮기기를 권장한 바 있다. 현재 제주양씨학포공파대종회(濟州梁氏學圃公派大宗會)와 화순군에서 선생의 묘역 성역화 작업을 계획하고 있다.

374 사설(社說)의 원제(原題)와 부제(副題)를 바꾸었다. 부제가 시공을 초월하여 공감의 폭이 넓은 것으로 사료되기 때문이다.

地人生의 理法을 明瞭히 하야 人生으로 하여금 安心立命의 道理를 自得케 하는데 不過하도다. 道德도 現世生活만을 爲하야 存在한 것이 안이니, 名譽의 不朽를 思하며 事業의 永遠을 說한 것은 이곳 死後의 世界를 論及한 것이 아닌가. 人生으로서 그 生만한 見하고 그 死를 見치 못한 者는 人生의 根本을 漏脫한 것이라. 이는 死가 萬物의 終이 되며 또한 萬物의 初가 되는 까닭이라. 그러면 吾人은 死를 考察하여야 할 것이니, 死를 考察하는 것은 곳 人生의 目的을 考察하는 것이라. 如何히 하야 生할가 하는 問題는 곳 如何히 하야 死할가 하는 問題이니, 死를 考察하는 것은 死滅을 考察하는 것이 아니라, 永生을 考察하는 것이니, 死는 人生의 究竟이며 永生은 人生의 目的이 되는 까닭이라. 生死의 優劣을 爭하며 人生의 價値를 論하는 것은 極히 愚하도다. 吾人이 生을 知하고 死를 知치 못하면 如何히 하야 그 優劣를 論할가. 人生의 價値는 絶對이니 他에 比할 것이 아니라 厭世라 하며 樂天이라 하는 것은 그 意味의 所存이 甚히 不明하도다. 吾人은 다못 人生의 實在를 覺知할 뿐이라. 그러면 吾人은 生하여야 할 것이며, 生하여도 永遠히 生하여야 할 것이니, 死는 萬物의 運命이라. 그러나 吾人은 그 死를 起點하야 永生을 繼續코저 하는도다. 如何히 하면 死하여도 生을 得할가? 人生의 究竟 問題가 玆에 在하도다. 世間에 神에 禱하여 永生을 求하는 者ㅣ 잇으며, 佛에 願하야 人生의 倏忽을 歎하고 涅槃의 寂寞을 求하는 者ㅣ 不無하도다. 그러나 形體를 離하야 魂魄이 업슬 것이며, 그 墳墓를 壯大히 하야 金으로 建하며 石으로 刻하야 그 名을 後世에 傳하려 하는 者ㅣ 잇스나, 時間은 萬物의 破壞者이니 風雨幾歲 時移人變하면 桑滄이 纖變하나니, 墓標만 그 獨全함을 得할가. 이 또한 永生의 道가 아님을 可知할 것이라. 眞實된 永生은 名으로 生할 것이 안이라, 事業으로 生할 것이니 儒敎가 傳한 곳에 孔子가 잇스며, 佛堂의 築한 곳에 釋迦가 잇스며, 十字架가 잇는 곳에 基督이 잇스며, 蒸汽機關이 動하는 곳에 「와트」

의 (精)力이 잇스며, 電(氣線)이 縱橫하는 곳에 「호랭무린」의 生命이 躍動하는도다. 眞實된 永生은 時間과 共히 그 深을 加하며 空間과 갓치 그 廣을 致하나니, 一人의 精神은 千萬人의 生命이 된지라. 河로부터 海에, 海로부터 陸에 浩浩蕩蕩하야 遂히 世界를 震動케 하는도다. 現代의 文明은 如此한 幾多永生의 結果라 하겟도다. 死를 思치 아니하고 生하는 것은 空虛한 生命이니 死를 思하는 것은 이곳 永生의 道라. 이러한 意味에 잇서서 先生의 死를 慕하며 先生의 魂을 慰하노라.

東亞日報

梁漢默先生返葬에 對하야

死와 永生

歐洲思想의 由來

經濟發達의 要件

「말크쓰」의 唯物史觀

朝鮮青年會聯合會現代叢書

第一輯 新人 新國家 黎明期

金明植先生 著 目次 緒言

發行所 朝鮮靑年會聯合會

英語講義錄

金光商會

辯護士 姜世馨

廣興商會

新事業

夏 帽

여름 모자

양한묵 선생(梁漢默先生) 반장(返葬)에 대한 사설 양한묵 선생의 유해 반장에 대한 사설을 1면 첫머리로 싣고 있는 〈동아일보〉 1922년 5월 6일자 신문

104

지강 유묵
芝江遺墨

旱餘甘霔洽 慰三農此時 枉函及於村欣 野悅之中披 來傾瀉何翅 如沃灌枯槁 也謹審 兄體增護眷[375] 節匀迪招邀 佳朋大設詞 壇旗鼓强壯 陣隊嚴整足 以短冑墻而劘 屈壘矣尤令人 聳聽第左右酬應不甚煩惱 否弟風囱雨榻 日與溪朋潤友 携紙局賭白 酒便作方外一 浪客羞向 高明道耳

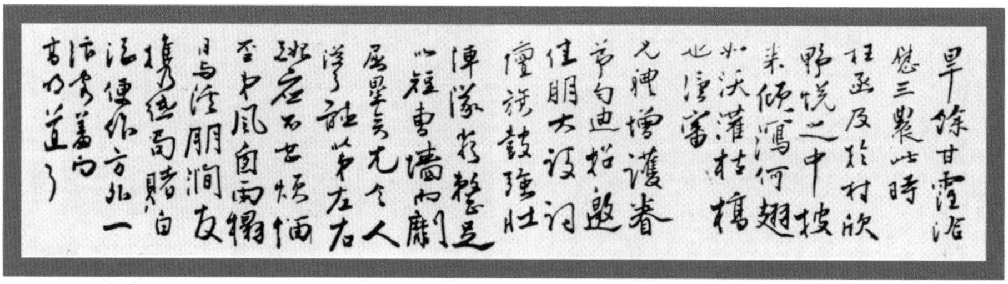

지강 유묵(芝江遺墨)

375 兄體增護眷(현체증호권) : 대두법(擡頭法)에 의한 표기. 앞 행의 끝 심(審)자 아래 여백이 있음에도 행을 바꾸어 '형(兄)'자를 쓴 것은 간찰의 수신자의 지위가 높은 사람과 관련된 말이 나오면 행을 바꾸어 씀으로써 그 사람을 높이는 것으로 개행법(改行法)이라고도 한다.